복
기

1

서주원 장편소설

1

평사리
Common Life Books

봉기 1

펴낸날 | 2017년 10월 10일

지은이 | 서주원

편집 | 김관호, 윤정인
디자인 | 랄랄라디자인

펴낸곳 | 도서출판 평사리 Common Life Books
펴낸이 | 홍석근
출판신고 | 제313-2004-172 (2004년 7월 1일)
주 소 | 서울시 마포구 성산로 2길 39 금풍빌딩 7층
전 화 | 02-706-1970 팩 스 | 02-706-1971
전자우편 | commonlifebooks@gmail.com

서주원 ⓒ 2017
ISBN 979-11-6023-227-1 (04810)
ISBN 979-11-6023-226-4 (세트)

| 차 례 |

1.
오월 광주의
악몽(惡夢)

저격병의 임무를 맡은 계엄군 김만수 상병은 부사수와 함께 광주 A여고 근처에 있는 한 건물의 옥상으로 뛰어 올라갔다. 시민군 몇 명이 A여고에 숨어 있으니 '발견 즉시 사살하라'는 상관의 명령을 받은 상태였다.

2층 건물의 옥상에 오르니 광주시내 곳곳에서 검은색 연기가 피어올랐고, 도처에서 이따금씩 총소리가 들려왔다. 만수는 사방을 경계하며 옥상 난간으로 접근했다. 머리를 살짝 난간 위로 내밀고 내려다 본 A여고 교정은 한 폭의 수채화 같았다. 온갖 꽃들이 만발하고 신록은 눈이 부시도록 아름다웠다.

하지만 부릅뜬 만수의 눈엔 계절의 여왕 5월의 고운 자태를 한껏 뽐내고 있는 A여고 교정이 살기로 가득한 시민군의 진지로 보였다. 나무 뒤엔 M1 소총 등을 든 시민군이 숨어 있을지도 모르고, 교실 유리창 너머에서는 자신을 향해 총을 겨누고 있는 시민군들이 몸을 숨기고 있는지도 모를 일이었다.

만수는 부사수인 박민종 일병에게 손짓을 했다. 몸을 낮추고 옥상으로 올라오는 계단을 맡으라는 지시였다. 박 일병의 엄호를 받으며 자신은 A여고 교정을 감시하고 있다가 학교 밖으로 빠져 나오는 시민군을 저격할 작정이었다.

만수는 M16 소총의 방아쇠울에 집게손가락을 집어넣고 조준경으로 우선 교정 구석구석을 샅샅이 살폈다. 그런 다음 각 교실의 창문들을 일일이 살펴보았다. 사람의 그림자도 보이지 않았다. 만수는 일단 안도의 한숨을 내쉬었다.

그런데 갑자기 교문 쪽에서 인기척이 느껴졌다. 어디서 나타났는지 책가방을 든 여고생 두 명이 교문 밖으로 걸어 나오고 있었다. 잔뜩 긴장한 만수의 눈동자가 더욱 커졌다. 조준경으로 자세히 살펴본 두 명의 여고생은 여장(女裝)을 한 시민군 같았다. 단발머리는 가발처럼 보였고, 교복 밖으로 드러난 손과 종아리는 영락없는 남자였다.

여고생 두 명은 잔뜩 굳은 얼굴로 주변을 경계하면서 조심스럽게 교문 밖으로 빠져 나오고 있었다. 한 명은 여학생용 가방을 들고 있는 것이 틀림없는데, 나머지 한 명이 들고 있는 가방은 분명 남학생용 가방이었다. 왜 여학생이 남학생용 가방을 들고 있는지 그 영문을 곰곰이 따져볼 겨를도 없이 만수는 무의식적으로 방아쇠를 당겼다.

단 한 방의 총소리에 남학생용 책가방을 든 여고생이 앞으로 푹 고꾸라졌다. 왼쪽 관자놀이에 명중한 모양이었다. 여학생용 책가방을 든 여고생이 이미 이승을 떠나 버렸을 친구를 붙들고 울부짖는 듯했다. 만수는 다시 방아쇠를 당겼다. 그 여고생도 머리에 총알을 맞고 곱드러졌다.

쓰러져 있는 두 여고생의 목덜미를 정조준해서 확인사살까지 마친 만수는 박 일병을 데리고 옥상으로 올라오는 계단을 미친 듯이 뛰어 내려가기 시작했다. 계단을 타고 출입문 앞까지 내려 온 두 사람은 황급히 건물 밖으로 빠져나가려는 남학생과 맞닥뜨렸다. 짧은 스포츠머리에 교련복 상의를 입은 그 남학생은 고등학생으로 보였다. 그 남학생은 대검을 꽂은 소총과 곤봉 등으로 중무장한 계엄군 만수와 박 일병 앞에서 발걸음을 떼지 못했다. 온몸이 얼어붙은 듯했다.

잠시 뒤, 그 남학생이 달아나기 시작했다. 벌써 1층 출입문을 열고 건물 밖으로 다리를 내밀고 있었다. 박 일병이 쫓아가 곤봉으로 그 남학생의 뒤통수를 후려 갈겼다. '따악' 하는 소리가 어찌나 큰지 아마도 골이 빠개졌을 것이라고 짐작되었다. 하지만 그 남학생은 피가 철철 흐르는 뒤통수를 오른손 손바닥으로 짓누르며 건물 밖 왼쪽 골목으로 달아났다.

만수와 박 일병은 그 남학생의 뒤를 쫓았다. 좁은 골목이 기다랗게 이어져 있는데, 그 남학생은 눈 깜짝할 사이에 어디론가 사라져 버렸다. 만수와 박 일병은 그 남학생을 찾아내기 위해 한 집 한 집 대문을 열고 이 잡듯 수색해 나갔다.

그러던 중 대문의 문고리에 선홍색 피가 묻어 있는 낡은 한옥을 발견했다. 살짝 대문을 열고 들어가니 마당 우측에 있는 화장실에서 거친 숨소리가 새어나왔다. 박 일병이 화장실 문을 확 열어 제치자 그 남학생은 사색이 된 얼굴로 두 손을 번쩍 들고 항복하겠다는 몸짓을 취했다. 하지만 박 일병은 그 남학생의 멱살을 잡고 화장실 밖으로 끌어낸 다음 곤봉으로 아까 때렸던 뒤통수를 다시 또 후려갈겼다. 비명을 지르며 마당으로 쓰러져 나뒹구는 그 남학생의 목과 배를 만수는 소총 끝 대검으로 사정없이 찔러댔다.

만수와 박 일병이 그 남학생을 그렇게 처참하게 도륙하고 대문을 나서는 순간 건장한 체구의 중년 남성 네 명이 몽둥이와 보도블록을 들고 마당으로 들어섰다. 그들은 만수와 박 일병을 가격하기 시작했다. 순식간에 일어난 일이어서 만수와 박 일병은 총검과 곤봉을 휘두를 겨를조차 없었다.

보도블록에 이마를 찍혀 얼굴에 선혈이 낭자한 박 일병이 몸을 가까스로 가누며 저항했다. 곤봉으로 한 '시민군'의 뒤통수를 갈기려했지만 다른 시민군이 들고 있던 몽둥이가 박 일병의 정수리에 내리꽂혔다. 박 일병은 그 자리에 거꾸러졌다. 부사수의 실신에 눈이 뒤집힌 만수가 M16 소총을 들어 박 일병을 몽둥이로 가격한 시민군의 심장을 향해 방아쇠를 당기려고 방아쇠울에 손가락을 집어넣었다. 이때 보도블록을 든 시민군이 만수가 들고 있는 M16 소총을 붙잡아 총구를 하늘 쪽으로 돌렸다. 또 한 명의 시민군이 마당 화단에 있던 삽을 들어 만수의 어깻죽지를 내리찍었다.

만수가 들고 있던 M16 소총이 마당에 떨어졌다. 시민군 한 명이 그 M16 소총을 집어 들더니 주저앉은 만수의 얼굴에 총구를 들이댔다.

만수는 눈을 감았다. 계엄군으로 광주에 투입돼 며칠 동안 자신이 자행한 온갖 만행에 대한 단죄를 이렇게 받을 수밖에 없다는 생각이 들었다. 그래서 '살려 달라'고 애원하고 싶지 않았다. 그것은 사나이가 할 일이 아니라는 생각이 들었다.

만수는 자신이 광주에 들어와서 저지른 죗값을 톡톡하게 치를 것이라고 예상했다. 개나 돼지를 잡아 죽이듯 사람을 죽였으니 저승의 옥황상제가 반드시 엄한 벌을 내릴 것이라고 어림짐작했다.

그는 최루탄 냄새가 코를 찌르는 금남로 지하도 공사장에서 술이 떡이 되도록 퍼마신 뒤 시민군을 찾아내기 위해 광주 시내를 샅샅이 뒤지며 온갖 만행을 저질렀다. 술 먹은 사냥개처럼 날뛰며 저지른 천인공노할 만행은 지옥의 불구덩이에 떨어질 만한 업(業)이라고 여겨졌다.

'용 못 된 이무기 방천 낸다'고, 살인마 김만수 상병은 부하들에게도 아주 못된 짓을 저질렀다. 얼떨결에 킬링필드에 투입된 부하들은 거의 대부분 얼이 빠져 있었다. 만수는 그런 부하들을 인간 도살장으로 내몰면서 명령에 불복하면 군율을 어긴 죄를 물어 엄벌에 처하겠다고 엄포를 놓기도 했다.

그런 악업(惡業)이 있어 만수는 자신의 저승 가는 길은 가시밭길일 수밖에 없다는 판단이 섰다. 그래서 이승에서 저지른 악업에 대한 응분의 대가를 당당하게 치를 생각으로 감고 있던 눈을 떴다. 시민군이 만수의 얼굴에 들이댔던 M16 총구가 저승으로 빠져 들어가는 맨홀 구멍 같이 크고 넓어 보였다. 어둠침침한 그 총구 안에는 저승사자가 쭈그리고 앉아서 명부(冥府)에서 들고 온 치부책(置簿冊)을 뒤적거리고 있는 듯했다. 데리러 온 사람을 확인하는 모양이었다. 그러던 중 만수와 눈이 마주치자 저승사자는 씩 웃었다.

만수는 눈을 지르감았다. 갑자기 고향에 계신 어머니의 얼굴이 떠올랐다. 할머니의 얼굴도 떠올랐고, 형과 누나들, 그리고 친척들의 얼굴도 떠올랐다. 나이 스물셋에 이렇게 타관객지에서 처참하게 죽음을 맞게 되었지만 고향인 전북 부안군 위도면 딴치도 뒷산에 묻히고 싶다는 생각이 돌았다. 사내대장부로 태어나서 비굴하게 '살려 달라'고 애걸하고 싶지는 않지만 '제발 내 고향 위도에 묻어 달라'는 간청은 한번 해보고 싶었다.

그러나 그것도 부질없는 짓이라는 생각이 들었다. 무엇보다 자신을 낳고 길러 주신 어머니가 결코 용서하지 않을 것 같았다. 밉건 곱건, 잘났건 못났건 그래도 당신의 자식이기에 아들의 주검을 정성스럽게 수습해 주겠지만 그 사인(死因)을 알게 된다면 어머니는 남은 생애를 편하게 보낼 수 없을 듯했다. 인간 말종을 낳아서 길렀다고 자책하실 어머니의 한을 헤아려 보자니 고향 마을의 뒷산에 묻히고 싶다는 생각도 싹 사라졌다.

만수는 의연하게 죽음을 받아들이겠다고 마음을 다잡았다. 그가 어지러운 마음을 가라앉혀 바로잡을 수 있는 것은 한편으론 투철한

군인정신 덕분이리라. 다른 한편으로는 어려서부터 수많은 죽음과 주검을 눈으로 보고 몸으로 체험하며 자란 탓도 있을 것이다.

중풍에 걸려 오랫동안 병석에 누워 계시다 돌아가신 할아버지, 고깃배 선실에서 불에 타 죽은 아버지, 빚쟁이한테 시달리다 농약을 마시고 자살한 사촌형, 크고 작은 각종 해난사고로 불귀의 객이 된 위도의 어부들….

그런데 어이없게도 광주에 계엄군으로 투입돼 눈으로 보고, 손으로 만져 보고, 총으로 저격하고, 개머리판으로 때려죽이고, 대검으로 찔러 죽인 수많은 죽음과 주검이 만수의 저승 가는 길을 편하게 인도해 주는 것 같았다.

'죽음은 급살이 제일'이라 생각하고 있는 참인데, 어느 순간 그의 이마에 닿아 있던 예리한 대검 끝이 사라진 듯했다. 마당 가득 살기를 뿜어대던 시민군의 거친 숨소리도 들리지 않는 듯했다.

만수는 슬며시 눈을 떴다. 마당에 서서 만수의 얼굴에 M16 총검을 들이댔던 시민군도, 만수의 어깻죽지를 삽날로 내리찍었던 시민군도, 몽둥이로 박 일병의 정수리를 내리쳤던 시민군도 보이지 않았다. 다만 선혈이 낭자한 박 일병과 만수가 M16 소총의 대검으로 목과 배를 사정없이 찔러서 처참하게 도륙한 남학생이 피바다가 된 마당에 널브러져 있었다.

만수는 통증이 느껴지는 오른쪽 어깻죽지를 왼손으로 매만지며 힘겹게 일어섰다. 허리를 굽혀 왼손으로 박 일병의 손목을 만지며 동맥이 뛰는지 확인했다. 박 일병이 죽었다고 판단한 만수는 참담

한 표정을 지었다. 고통스럽게 눈살을 찌푸리더니 고개를 뒤로 젖혀 하늘을 우러러보며 한동안 멍하니 서 있었다. 잠시 뒤 만수의 눈시울이 붉어졌다.

그때 근처에서 잇따라 총소리가 울려 퍼졌다. 계엄군과 시민군 사이에 교전이 벌어진 듯했다. 만수가 본능적으로 허리를 낮추고 대문 쪽으로 걸어가려고 오른발을 뗐다. 그 순간 도륙을 당해 처참하게 죽어 널브러져 있는 줄로 알았던 남학생의 피 묻은 손이 만수의 왼쪽 군홧발을 억세게 붙잡았다. 깜짝 놀란 만수는 오른쪽 군홧발로 남학생의 양쪽 손목을 짓밟고 또 짓밟았다. 그런데도 그 남학생의 두 손은 만수의 왼쪽 군홧발에서 떨어지지 않았다. 피범벅이 된 남학생의 두 손이 군홧발을 붙들고 악착같이 매달리자 만수의 눈은 서서히 뒤집히기 시작했다.

초점을 잃은 만수의 눈에 화단의 꽃그늘 아래 박혀 있는 삽이 보였다. 아까 시민군이 들고 자신의 오른쪽 어깻죽지를 내리찍었던 바로 그 삽이었다. 만수는 전광석화와 같이 그 삽을 뽑아 높이 쳐들었다. 왼쪽 군홧발을 붙들고 있던 그 남학생의 양쪽 손목을 힘껏 내리찍었다.

연거푸 예닐곱 번을 내리찍고서야 비로소 남학생의 손아귀에서 벗어나게 된 만수는 진홍색 철쭉꽃이 흐드러지게 피어 있는 화단의 가장자리 쪽에 피 묻은 삽을 내동댕이쳤다. 그런 다음 심한 통증이 느껴지는 오른쪽 어깻죽지를 피투성이가 된 왼손으로 매만지며 반쯤 열려 있는 대문을 향해 터벅터벅 걸어갔다.

만수가 대문 밖으로 고개를 살짝 내밀고 집밖의 동태를 살피려는 찰나, 시민군 두 명이 집안으로 황급히 뛰어들었다. 성난 사자처럼 돌진해 들어오는 시민군에 떠밀려 만수는 뒤로 나자빠졌다. 그가 엉덩방아를 찧으며 넘어진 곳은 하필 창자가 튀어나온 그 남학생의 복부였다.

마당으로 뛰어든 두 명의 시민군 가운데 한 명이 화단의 꽃그늘 아래 내동댕이쳐진 삽을 집어 들더니 만수의 오른쪽 다리를 사정없이 내리 찍었다. 만수의 비명이 담을 넘어 대문 앞 골목을 지나 동네의 이 고샅 저 고샅으로 울려 퍼지기도 전에 또 한 명의 시민군이 화단에 놓여 있던 두리함지박만한 바윗돌을 번쩍 들어 올렸다. 남학생의 주검 위에 엉덩이를 깔고 앉아 있는 만수의 얼굴을 향해 바윗돌을 내리쳤다.

"으악…!"

만수는 고통스럽다 못해 절규에 가까운 비명을 지르며 눈을 떴다. 꿈이었다. 나이 스물세 살이었던 1980년 5월부터 쉰두 살이 되는 2009년 5월까지 자그마치 29년 동안 만수를 지독하게 괴롭혀 온 악몽이었다.

광주에 계엄군으로 투입돼 천인공노할 만행을 일삼다가 시민군의 응징에 양쪽 무릎 뼈가 부러지고 부서지던 1980년 5월 27일, 그날로부터 만수는 끊임없이 이런 악몽에 시달렸다. 그날 이후, 국군수도통합병원의 병상에서도, 휠체어에 실려 의병제대를 하던 전날 밤에도, 만수는 방금 전에 다시 꾼 이 악몽과 엇비슷한 꿈을 꾸었다.

제대 후, 만수는 전주의 작은 누나네 집에서 일 년 가까이 재활치료를 받았다. 그때도 이런 꿈에 시달렸다. 그 뒤 목발을 짚고 고향 위도에 들어가서 요양을 하면서도 이런 비슷한 꿈에 시달려 왔는데, 심지어 제주도에서 보낸 신혼 첫날밤에도 이런 악몽을 꾸었다.

　만수의 생각으로는 아마도 이런 악몽이 평생 자신을 괴롭힐 성싶었다. 이런 악몽을 꿀 때마다 그는 박복한 인생이 서럽고 세상이 원망스러웠다. 그렇지만 이런 악몽에 시달리지 않을 뾰족한 방법도 없다. 자신의 의지와 상관없이 꾸고 또 꿀 수밖에 없는 꿈이니 이를 어찌한단 말인가.

2.
금수의
본성(本性)

　만수는 자리에 누운 채 머리맡에 놓여 있는 핸드폰을 더듬어 시간을 확인했다. 오전 4시 20분. 하지를 한 달쯤 앞둔 2009년 5월 23일, 음력으로는 4월 29일이니 어둑새벽에 해당되는 시간이었다.

　파주시 교하지구에 있는 큰누나네 집. 지난 2007년 4월에 이곳에 들렀으니 약 2년 만에 다시 찾아 온 셈이다.

　요즘 만수는 경남 거제도에 있는 한 조선소에서 막일을 하고 있다. 어제 저녁 8시쯤 교하에 도착한 것은 다름이 아니라 오늘 오후 서울에서 열릴 동학 115주년 기념 학술행사 준비 모임에 참석하기 위해서다.

　만수는 오른쪽 무릎을 힘겹게 세우며 잠자리에서 일어났다. 담배와 라이터를 챙겨들었다. 절뚝절뚝 방문을 열고 거실로 나간 그는 지척거리며 현관문을 열고 마당으로 향했다.

심한 편은 아니지만 만수는 오른쪽 다리를 절뚝거리는 장애인이다. 1980년 5월 이후, 이렇게 지체장애인으로 살아왔다. 인생의 절반이 넘는 무려 29년 동안 말이다.

유년기의 만수는 약간 병약한 편이었다. 하지만 사춘기 이후 성년으로 접어들면서 그의 몸집은 건장한 체구로 바뀌었다. 다부진 용모와 장골(壯骨)인 골격에서는 늘 남성다움이 물씬 풍겼다. 지천명의 나이인 50대 초반에 들어섰지만 여전히 그의 외양은 절구통처럼 튼실해 보인다.

준골(俊骨)에 준걸(俊傑)인 만수의 신체적인 결함이라면 우선 다리가 온전하지 않다는 점이다. 그 다음은 이마에 있는 흉측한 흉터다. 머리카락이 덮고 있어 남의 눈에 쉽게 띄지 않지만 마치 칼침을 맞은 것 같은 흉터가 이마에 선명하게 새겨져 있다.

그 옛날 만수네 집안 형편은 매우 궁색했다. 만수의 형제자매 2남 2녀는 편모슬하에서 겨우 입에 풀칠이나 할 정도로 어렵게 유년기를 보냈다. 그런데도 만수는 4남매 중 유일하게 고등학교를 졸업했다. 위도에서 국민학교와 중학교를 마친 뒤 서울에 있는 고등학교를 나왔다. 순전히 큰누나 김미순 덕분이었다.

그미는 위도에서 중학교를 중퇴한 뒤 고향을 떠나 서울에서 남의 집 식모살이를 했다. 덕분에 만수는 지방이 아닌 서울에서 고등학교를 졸업할 수 있었다.

1958년생 개띠인 만수가 1974년에 입학한 고등학교는 서울은 물론이고 전국에서도 알아주는 K상고였다. K상고를 우수한 성적으로 졸업한 만수는 은행에 들어갔다. 대학에 진학할 성적은 됐지만 가정 형편 때문에 대학 진학을 포기할 수밖에 없었다. 만수는 서울 종로에 있는 Y은행의 한 지점에서 근무했다. 군 입대 전까지 혼자 자취를 하며 매달 월급의 절반 이상을 위도에서 가정을 이루고 사는 형 김대수에게 보냈다.

4남매 중 맏이인 대수는 동생들과 달리 초등학교밖에 졸업하지 못했다. 일찍 아버지를 여읜 탓에 10대 후반부터 가장 역할을 하며 동생들을 뒷바라지 했다. 홀로 된 어머니와 함께 가족들의 생계를 책임지느라 청춘을 다 보낸 셈이다.

동생 만수가 Y은행에 입사할 무렵, 형 대수는 딸 한 명을 두고 있었다. 형수는 앞 동네 치도리 출신인 박정자였다. 대수와 정자는 작은 멸치배로 고기를 잡아 생계를 유지하며 홀어머니와 나이 드신 할머니를 지극정성으로 모셨다.

그런데 날이 갈수록 대수네 고기잡이는 시원치 않았다. 경제적인 어려움이 따를 수밖에 없었다. 그러다보니 만수는 물론이고 당시 서울에 살던 만수의 큰누나 미순과 전주에 살던 작은누나 미정도 틈틈이 대수에게 사업자금을 보탰다. 언젠가부터 금이 가고 말았지만 그 당시 만수네 형제자매는 동기간의 의초가 좋았고, 우애도 남부러울 정도였다.

"아니, 만수야! 좀 더 자지 왜 벌써 일어났어?"

큰누나 미순이 거실에 널브러진 빈 술병과 먹다 남은 치킨 등 음식물 쓰레기를 들고 마당으로 나오며 던진 말이다. 목소리는 컸지만, 동생에 대한 애틋한 정이 물씬 풍기는 목소리였다. 동기간이라 그런지 미순의 골격과 목소리도 컸다. 성격도 괄괄했다.

"글쎄 잠자리가 바뀌어서 그런지 영 잠이 안 오네. 한 번 눈을 뜨니까 말야!"

하늘을 향해 담배 연기를 뿜어 올리고 있는 동생이 걱정되는 듯 그미는 혀를 차며 긴 한숨까지 내뱉었다.

"끊어라 끊어! 몸도 좋지 않다며 정말 왜 그러냐? 쯧쯧쯧….'

그미의 핀잔 속에는 알 수 없는 근심과 걱정이 진하게 녹아 있는 듯했다. 하지만 만수는 아랑곳하지 않고 필터 앞까지 담뱃불을 쪽쪽 빨아당겼다.

비는 내리고 있지만 동녘은 희붐했다. 그미는 는개보다는 좀 굵은 가랑비가 내리고 있는 마당으로 걸어 나갔다. 가로등 불빛 비낀 대문 근처에 빈 술병들을 가지런히 내려놓았다. 그 뒤 음식물 쓰레기를 들고 뒤란으로 향하며 만수에게 다시 채근했다.

"아직 술도 덜 깬 것 같은데, 그만 들어가 한 숨 더 자!"

"알았어요."

가랑비를 맞으며 뒤란으로 향하는 누나 미순의 걱정은 태산 같았지만, 동생 만수의 대답은 건성이었다.

잠시 뒤, 뒤란에서 가축들의 요란한 울음소리가 들리기 시작했다. 만수는 반사적으로 뒤란을 향했다.

그미의 남편 백팔만. 만수의 큰매형이다. 처남매부지간인 만수와 팔만은 어젯밤 자정이 넘을 때까지 술을 마셨다. 그 술자리에서 팔만은 두어 시간이 넘게 일명 '팔만동물농장'에 대한 자랑을 늘어놓았다. 술이 덜 취한 만수가 듣기엔 한마디로 귀가 따가울 정도였다.

원래 팔만과 미순은 서울 홍제동에서 살았다. 홍제동의 아파트를 팔고 이곳 파주 교하지구의 2층짜리 단독주택으로 이사 온 건 지난 2007년 새해 첫머리였다.

팔만은 S은행 임원의 승용차 운전기사로 오랫동안 근무했다. 명예퇴직을 한 뒤 자영업을 하면서 전원생활을 해보겠다고 교하지구의 전원주택을 매입했던 것이다.

팔만은 뒤란에 있는 3백 평 정도의 밭뙈기를 어떻게 하면 요긴하게 쓸 수 있을까 하고 고민을 거듭해 왔다. 그러다 지난해 봄, 대략 150평씩 나눠 절반은 채소밭을 만들고, 나머지 절반은 미니 동물농장으로 꾸몄다.

자신의 이름을 따서 '팔만동물농장'이라 명명했고, 현재 농장에는 거위 다섯 마리, 청둥오리 열 마리, 오골계 아홉 마리, 칠면조 두 마리, 토종 암탉 세 마리와 수탉 한 마리, 그리고 태어난 지 석 달쯤 되는 강아지 한 마리가 살고 있다.

팔만의 자랑 섞인 설명에 따르면, 그 조그만 동물농장 안에서 자연의 이치와 세상살이의 지혜를 끊임없이 배운다는 것이었다. 자연계의 법칙이랄 수 있는 적자생존과 약육강식의 실상을 하루에도 수십 차례 목격하게 되는데, 어떤 때는 인간 세상보다 더 나은 동물의 세계도 엿볼 수 있다고 했다.

가축들은 주변 환경이 나빠지거나 어려울 때, 종(種)이 달라도 싸우지 않고 서로 기대거나 한 가족처럼 살아가기도 한다는 것이었다.

지난 3월, 강아지를 농장 안에 집어넣기 전까지 닭, 오리, 거위를 비롯한 여러 종류의 가금류는 먹이를 놓고 자리다툼을 벌일 때를 제외하고는 비교적 평화롭게 어울려 살았다고 한다. 비바람이나 눈보라가 몰아치는 날이면 가축들은 다투기보다는 서로 하나가 되려고 노력할 때도 있다는데, 팔만은 그런 광경을 목격할 때마다 금수의 세계보다 못한 인간 세상이 저주스럽게 여겨졌다고 말했다.

만수는 어젯밤 기분 좋게 술이 취해 장광설을 늘어놓던 자칭 '팔만동물농장 백 원장'의 떠벌임을 떠올리며 아직도 잠이 덜 깬 듯한 어둠을 머금고 추적추적 흩어져 내리는 가랑비 속의 농장 안을 두루 살펴보았다.

어스름이 채 가시지 않은 새벽. 그물망을 장방형으로 둘러 친 울타리 안에서는 강아지와 덩치가 큰 다섯 마리의 거위가 먹이를 놓고 아귀다툼을 벌이고 있었다. 강아지와 거위는 앞서 미순이 울타리 안에다 던져준 치킨과 족발 등 음식물 쓰레기를 한 입이라도 더 먹으려고 사생결단식 다툼을 벌였다.

상대적으로 덩치가 작으면서, 치명상을 입힐 수 있는 이빨이나 발톱이 없는 청둥오리, 칠면조, 오골계, 토종닭 등 가금류의 몸부림은 전혀 딴판이었다. 강아지나 거위가 먹다 남긴 음식물 쓰레기의 턱찌끼라도 맛보려고 안간힘을 쓰고 있었다.

하지만 사정이 여의치 않자 울타리 밖에서 이리저리 움직이며 비설거지를 하고 있는 미순의 발걸음을 허겁지겁 뒤쫓기 시작했다.

그미를 향해 토해 내는 허기진 울음소리는 애처롭기 짝이 없었다.

만수는 빗방울이 떨어지지 않는 처마 밑 한 쪽에 붙박인 듯 서서 농장을 물끄러미 바라보았다.

덩치가 큰 다섯 마리의 거위는 아직도 젖비린내가 펄펄 날 것 같은 강아지를 결코 두려워하지 않았다. 강아지가 송곳니를 드러내며 앙칼지게 달려들 때면 거위는 요리조리 살짝살짝 피해 다녔다. 하지만 더 이상 물러설 상황이 아니면 큰 주둥이를 쫙 벌리고 꽉꽉 고성을 지르며 맞서곤 했다. 그럴 때마다 강아지는 기세에 눌려 더 이상 거위에게 달려들지 못했다. 거위는 그런 식으로 자리를 사수하며 미순이 던져 준 음식물 쓰레기를 게걸스럽게 찾아 먹었다. 만수가 보기에 거위의 생존술이 한편으로는 신기했고, 한편으로는 얄미웠다.

미순은 아침 밥상에 올릴 요량으로 채소밭에서 웃자란 야채를 듬뿍 뜯어 만수가 서 있는 처마 밑으로 걸어오고 있었다. 그미의 발걸음을 따라 청둥오리와 오골계 그리고 칠면조와 토종닭들이 줄을 지어 따라왔다. 스무 마리가 넘는 가금류가 집주인의 등 뒤를 앞서거니 뒤서거니 따르면서 토해 내는 생존을 위한 아우성이 점점 커지는가 싶더니 이내 시끄러운 소음으로 바뀌었다. 어느새 요란하기 짝이 없는 괴성을 지르며 게걸스런 거위 다섯 마리까지 합세한 탓도 있었다.

"아니 저 잡것들이 걸신이 들렸나, 처먹어도 처먹어도 이 모양이니, 원…!"

완력으로 음식물 쓰레기를 독식하고도 투정하는 거위들이 못마땅한 듯 그미가 신경질적인 어투로 내뱉는 혼잣말이었다. 그러면서도 그미는 비가 닿지 않는 처마 밑에 세워져 있는 사료부대에 어느새 바가지를 푹 집어넣고 알곡을 퍼서 동물농장에 휙휙 뿌려댔다.

농장 안에서는 다시 먹잇감을 눈앞에 두고 가축들의 아귀다툼이 벌어졌다. 모든 가축들이 제 배를 채우기 위해 필사적으로 덤벼들었다.

힘이 약하고 몸집도 작은 가금류의 입장에서 보면, 그미가 뿌려준 사료를 거의 독차지하고 있는 거위들이 무섭지 않을 수도 있다. 하지만 날카로운 송곳니를 드러내며 날뛰고 있는 강아지는 경계 대상 1호가 아닐 수 없었다.

그런데 놀랍게도 이번에는 연약한 가금류가 호락호락 뒤로 물러서지 않았다. 아까 음식물 쓰레기를 강아지와 거위에게 양보했던 때와는 달리 이번엔 죽기 아니면 까무러치기 식으로 덤비고 있었다.

만수는 흡족한 미소를 지었다. 죽기 살기로 흙을 헤집으며 사료를 쪼아 먹고 있는 연약한 가금류가 대견스럽게 여겨졌기 때문이다.

'그래 쥐도 막다른 골목에 몰리면 고양이를 무는 법, 절대 물러나지 말고 많이들 쪼아 먹어라. 굶어 죽지 않으려면 배짱을 두둑하게 갖고 덤벼라. 그래, 그래, 옳지…!'

하지만 만수의 입가에 흐르던 미소가 금세 사라졌다. 사료가 집중적으로 뿌려졌던 곳에서 벌써 양껏 배를 채웠을 다섯 마리의 거위가 다른 곳에 흩어져 있는 사료까지 찾아서 쪼아 먹겠다고 나서

자 힘이 없는 가금류가 슬며시 자리를 떴기 때문이다.

거위의 위협에 밀린 가금류는 앞마당으로 향하는 미순의 발걸음만 쫓고 있었다. 주인한테 따로 먹이를 더 달라는 애절한 몸짓이었다. 하지만 그미는 이를 아랑곳 여기지 않았다.

"감기 걸릴라! 어서 들어와!"

그미는 만수에게 이렇게 당부하고 앞마당으로 사라졌다. 하지만 만수는 누나의 당부를 귓전으로 듣고 동물농장 가축들의 행태에 온 신경을 쏟고 있었다. 이 풍진 세상의 단면을 들여다보고 있는 것 같아 만감이 교차했다.

'이 금수의 세계가 인간 세상과 어찌 이리 똑 같을꼬? 강자는 잘 먹고 잘 살고, 약자는 못 먹고 못 사는 것이 정말 우주만물 삼라만상의 이치란 말인가? 강자는 저 강아지와 거위처럼 먹을거리를 발 아래 깔아놓고 뭉개며 쉬엄쉬엄 여유를 갖고 챙겨 먹는다. 그런데 약자는 저 청둥오리, 칠면조, 닭처럼 먹을거리를 눈앞에 두고도 먹지 못할 뿐만 아니라 강자가 양껏 처먹다 배가 터질 것 같아 내버린 것이나, 미처 발견하지 못한 것을 어떻게든 찾아 먹어야 된다. 그것도 운이 없고, 복이 없고, 돌봐주는 이가 없으면 굶어 죽어야 되니… 아, 이 빌어먹을 인간의 세상에서 어찌 살아야 된단 말인가?'

만수는 긴 한숨을 내쉬며, 담배를 꼬나물었다. 담배 연기를 길게 빨아 목구멍 너머로 깊이 들이키면서 동물농장 가축들의 동태를 예의주시했다.

그런데 이때, 암컷 오골계 한 마리가 강아지한테 쫓기고 있었다.

앞뒤의 정황을 헤아려 보니, 거위가 먹지 못한 사료 몇 톨을 오골계가 발견해서 입으로 쪼아 먹고 있는데, 심술이 난 강아지가 오골계를 물어뜯으려고 쫓고 있는 것이었다.

한바탕의 소란 끝에 강아지는 오골계의 볼기짝을 물어뜯고 있었다. 가만히 보니 그동안 강아지한테 얼마나 물렸는지 오골계의 볼기짝은 원형 탈모증에 걸린 사람의 머리처럼 털이 쏘옥 빠져 있었다.

'아니 저런 개새끼가 있나!'

만수는 당장 울타리 안으로 뛰어 들어가서 강아지를 때려죽이고 싶은 충동을 느꼈다. 채소밭 고랑의 누렁물에 온몸을 담그고 있는 각목을 집어 들고 농장 안으로 뛰어 들어가서 강아지를 때려죽이고 싶었다.

'아니 저 개새끼를 어떻게 요절을 내야 오늘 내 직성이 풀릴꼬?'

만수는 끓어오르는 분노를 삭이고 또 삭였다. 강아지가 물어뜯어 살이 훤하게 드러난 오골계의 볼기짝에서는 피가 뚝뚝 떨어지고 있었다. 알 수 없는 어떤 감정이 북받치는지 만수는 이렇게 내뱉었다.

"저 개새끼를 오늘 내가 가만 놔두나 봐라!"

절뚝절뚝 빗속으로 걸어가는 만수의 손엔 어느새 채소밭에서 비를 맞고 있던 그 각목이 들려 있다.

그물망으로 울타리를 친 동물농장의 채소밭 쪽 중간 지점엔 간이 출입문이 설치돼 있다. 폐 문짝과 검은색 고무밴드를 이용해서 만든 엉성하기 짝이 없는 출입문을 잽싸게 열고 동물농장으로 들어선 만수는 아직도 오골계의 볼기짝을 물어뜯고 있는 강아지를 향해 바쁘게 발걸음을 옮겼다.

각목을 든 만수의 출현에 깜짝 놀란 강아지는 벌써 저만치 달아
나고 있었다. 절뚝거리는 만수와 발 빠른 강아지의 쫓고 쫓기는 추
격전이 한동안 계속됐다. 빗속에서 벌어지고 있는 만수와 강아지의
소란에 놀란 팔만동물농장 가축들의 울음소리는 더욱 커졌다.

"꽥꽥 꽉꽉! *꼬꼬댁 꼬꼬꼬…!*"

가축들은 비명에 가까운 울음소리만 내뱉은 것이 아니었다. 만수
와 강아지의 움직임에 따라 이리저리 흩어지기도 하고 한쪽으로 우
르르 쏠려 몰려다니기도 했다.

신고 있던 슬리퍼도 벗어던진 채 숨을 헐떡거리며 강아지를 쫓고
있는 만수의 눈은 살기를 품고 있었다. 그런 눈빛을 읽었는지 강아
지는 젖 먹던 힘까지 다 짜내며 줄행랑을 치는 것 같았다. 만수가 강
아지를 거의 다 따라 잡은 곳은 뒤란 담벼락 근처에 설치된 엉성한
닭장 앞이었다.

만수가 드디어 강아지를 향해 각목을 휘두르는가 싶었는데, 강아
지는 각목을 살짝 피한 다음 구접스러운 닭장 안으로 뛰어 들었다.
다시 또 각목을 휘두르던 만수는 몸의 중심을 잃고 비틀거리다 그
만 앞으로 고꾸라지고 말았다.

닭장 앞 땅 바닥에 코를 박은 만수의 얼굴엔 닭똥이 묻어 있고, 팔
과 다리에 엉겹이 된 가축들의 배설물 속엔 개똥도 포함돼 있는 것
같았다.

3.
한강의
눈물

"똥 묻은 개가 겨 묻은 개 나무란다카더이, 마 꼭 그짝이구마!"

자유로를 달리고 있는 중형 승용차 안에서 운전대를 잡고 있는 백팔만이 혼자 중얼거리는 소리였다. 언뜻 듣기엔 이른 새벽 팔만 동물농장에서 강아지를 쫓다가 넘어져 가축들의 똥오줌을 뒤집어 쓴 만수를 향한 쓴소리 같았다.

그러나 사실은 그게 아니었다. 승용차 라디오에서 흘러나오는 정치 관련 뉴스를 듣다가 짜증이 나서 내뱉은 말이었다.

경남 출신인 만수의 매형 백팔만. 나이는 환갑을 갓 넘겼다. 체격은 보통이고 깡마른 편이다. 머리카락이 많이 빠지고, 백발이 성성한 그는 영남 출신인데도 정치적으로는 의외로 야당 성향이었다.

팔만은 거울을 통해 뒷좌석에 앉아 있는 만수의 행동거지를 사이사이 살폈다. 승용차가 일산 호수공원 근처의 자유로를 달릴 때쯤,

만수는 코를 벌름거리며 양쪽 손등과 좌우 팔뚝의 냄새를 킁킁거리며 맡고 있었다. 자신의 몸에서 아직도 구린내가 나는지 확인하는 중이었다. 농장에서 넘어진 뒤 만수는 팔만의 집 2층 화장실 욕조에 물을 가득 채우고 한 시간쯤 몸을 담갔다. 그리고 온몸을 구석구석 깨끗이 씻은 다음 아침밥을 먹었다. 하지만 아직도 자기 몸 어디에선가 가축들의 똥 냄새 오줌 냄새가 나는 것 같아 찝찝한 모양이었다.

"이 문딩이 자슥들!"

팔만의 입에서 악에 받친 쌍욕이 튀어나왔다. 그 쌍욕이 만수의 귓속으로 파고들었다. 길게 여운이 남는 저런 욕을 왜 팔만이 아침 댓바람부터 해대는지 만수는 그 이유를 알고 싶었다. 그래서 라디오 뉴스에 촉각을 곤두세웠다.

팔만은 평소 부처님 가운데 토막 같다는 소리를 들을 정도로 온순하고 차분했다. 만수와 처남매부지간이 된 1980년대 초반부터 지금까지 팔만은 늘 상냥하고 온순한 편이었다.

그런데 참 이상스러운 면이 있었다. IMF 외환위기 때 명예퇴직을 당한 이후로 정치적인 문제만 나오면 이상할 정도로 예민했다. 자기와 정치적 소신이 다른 사람과 심하게 언쟁이 벌어지면 우격다짐도 불사했다.

만수는 팔만의 그런 성품을 너무도 잘 알고 있었다. 그래서 가급적 정치적 논쟁을 피하려고 노력해 왔다.

그렇기는 하지만 아침부터 팔만이 왜 쌍욕을 지껄이고 있는지 그 이유가 궁금했다. 필시 라디오에서 흘러나온 정치 뉴스 때문일 것이라고 짐작했다. 그래서 만수는 라디오 뉴스에 귀를 기울였다. 일기예보가 나오고 있었다.

아직 경북을 비롯한 중부지역 곳곳에는 약한 비가 이어지고 있는데, 오전 중엔 비가 대부분 그친다고 했다. 토요일인 오늘 낮 동안 계속 흐린 하늘이 이어지며 적은 양의 비가 잠깐 내리는 곳도 있을 것이라는 예보였다.

팔만의 승용차가 가랑비를 맞고 있는 자유로에 들어선 시간은 오전 7시 50분쯤이었다. 주말이고 휴일인데도 팔만이 승용차를 끌고 나선 것은 오전 9시쯤 용산역에서 약속이 있다는 만수 때문이었다.

승용차에 올라타기 전까지 만수는 큰누나 미순의 핀잔을 귀가 따갑도록 들었다. 매형은 물론이고 나이 어린 조카들까지 둘러앉은 밥상머리에서 그미는 동생 만수를 꾸짖고 또 꾸짖었다.

"도대체 나이가 몇인데 왜 맨날 이 모양이냐? 언제 철이 들래? 그 못된 성질머리 고치지 않으면 너 제명에 못 산다…!'

그미의 지청구는 대강 이런 내용이었다. 속사포처럼 쏟아대는 그미의 꾸지람은 만수의 귀를 밥상 위의 젓가락으로 후벼 파는 것 같았다. 그런데도 만수는 한마디의 말대답도 하지 않았다. 그미의 핀잔이 옳고 그름을 떠나 면목이 없었기 때문이었다.

팔만은 집에서도 그랬지만 지금 차 안에서도 식전에 동물농장에서 벌어진 일에 대해서는 일절 말이 없었다. 어이가 없어서 그런 건지, 그럴 수도 있다고 판단해서 그런 건지는 모르겠지만 오늘 새벽 만수가 저지른 우중(雨中) 촌극에 대해서는 오불관언이라는 태도를 취했다.

달변가인 그의 일언반구가 없자 되레 속이 타는 쪽은 만수였다. 그래서 만수는 용산역까지 태워다 주겠다고 집을 나서는 팔만의 가슴을 떠밀었다. 만수는 대중교통을 이용하겠다고 억지를 부렸다. 하지만 팔만은 대중교통을 이용하면 제 시간에 용산역에 도착할 수 없는 데다 만 2년 만에 집에 찾아 온 처남을 택시나 버스를 태워 서울로 보낼 수 없다며 자신의 승용차를 끌고 나선 것이다.

만수는 어제 1박 2일 일정으로 거제도에서 서울로 올라왔다. 직장인 조선소에서 조퇴를 하고 허겁지겁 서울로 올라오느라고 미처 여벌의 속옷을 챙겨오지 못했다.

오늘 아침 동물농장에서 강아지를 쫓다 넘어질 때 입고 있었던 겉옷은 팔만의 옷이었다. 어젯밤 그가 파주 팔만의 집에 도착하자마자 미순은 갈아입을 옷을 챙겨줬다. 상의는 운동복이었고, 하의는 반바지였는데, 둘 다 매형 팔만의 옷이었다.

만수는 팔만의 운동복과 반바지를 입고 빗물을 잔뜩 머금고 있는 동물농장의 땅바닥에 나뒹굴었다. 그 바람에 가축들의 똥오줌은 속옷까지 스며들었다. 그래서 겉옷뿐만 아니라 속옷도 갈아입어야 했다. 그렇지만 제 속옷이 없었다. 그래서 부득이 팔만의 속옷을 빌려 입었다.

팔만의 승용차를 타고 경기도에서 서울로 건너오면서 만수는 밀려오는 자괴감 탓에 마음이 착잡했다. 남의 속옷을 빌려 입을 정도로 내 몸뚱이 하나도 관리를 못하는 주제라고 생각하니 낯이 뜨거워 고개를 들 수 없었다. 후회막급이었다. 강아지가 오골계의 볼기짝을 물어뜯든 말든 자기와는 아무런 상관이 없는 일인데 왜 나서서 그랬는지, 참으로 한심한 노릇이었다. 이렇게 무겁고 복잡한 마음이 엉켜돌다 보니 라디오 뉴스에 집중하지 못한 것이다.

팔만의 평상심을 잃게 한 정치 뉴스가 뭐였을까? 만수는 대충 흘려들었던 뉴스들을 되짚어 보았다. 승용차가 파주 교하지구에서 출발해 고양시 행주산성 근처에 이를 때까지 라디오에서 들었던 정치 뉴스 가운데는 무민국 전 대통령 내외의 검찰 소환 문제도 포함돼 있는 것 같았다.

P실업. 명민국 현 대통령의 취임 1년 차인 지난해 7월 말, 국세청 세무조사가 시작된 회사다. 이 회사의 박차대 회장은 거액의 탈세와 뇌물공여 혐의로 지난해 말 구속 기소됐다.

박차대 회장은 거액의 비자금으로 정관계 로비를 벌였다는 의혹을 받았다. 소위 박차대 게이트에 얽힌 혐의로 지금까지 여러 사람이 구속됐고, 여러 명이 추가로 검찰 수사 선상에 올라 있다. 그 가운데는 무민국 전 대통령의 측근도 있고, 명민국 현 대통령의 측근도 있다. 그렇긴 하지만 박차대 게이트 수사의 마지막 종착지는 무민국 전 대통령일 것이라고 세간에 널리 알려져 있다. 실제로 무민국 대통령은 검찰청에 소환돼 조사를 받은 적이 있다. 자녀의 주택 구입 명목 등으로 박 회장한테서 돈을 받았다는 혐의를 받고 있다. 이런 상황에서 오늘 아침엔 박차대 게이트 막바지 수사가 경남지역

정계 인사로 향하고 있다는 소식이 전해진 것 같다. 여러 명의 정치인에 대한 소환 여부와 일정 등이 보도된 듯했다.

그러나 팔만을 발끈하게 한 정치 뉴스는 이것이 아닐 성 싶었다. 이 정도 뉴스로 팔만이 욕설을 퍼붓지는 않았을 것이다.

'그렇다면 … 그렇면… 아, 그렇구나…!'

만수는 팔만이 그토록 역정을 낼 만한 정치 뉴스는 바로 이것이라는 확신이 들었다.

검찰이 무민국 전 대통령의 딸 소라 씨에게 미국 집 주인에게서 계약서 사본을 받아 제출해 달라고 요청했다는 소식이 있었던 것 같다. 검찰이 오늘이나 내일쯤 무민국 전 대통령의 부인 양국모 여사를 재소환해서 조사를 한 뒤 다음 주 중 무민국 전 대통령에 대한 형사처벌 수위를 결정할 방침이라는 뉴스를 만수는 어렴풋하게나마 들은 것 같았다. 그래서 팔만이 "이 문딩이 자슥들!"이라며 발끈한 것이라고 여겨졌다.

팔만은 무민국 전 대통령을 열렬히 지지해 왔다. 지난 2002년 대통령 선거 때부터 2008년 2월 무민국 전 대통령의 퇴임 때까지도 그랬다. 무민국 전 대통령이 권좌에서 물러나 고향 마을로 돌아간 뒤에도 그의 열렬한 지지는 변함이 없었다.

'그렇다면 아까 승용차가 교하지구를 막 벗어날 때 팔만이 혼잣말처럼 내뱉은 똥 묻은 개는 누구이고, 겨 묻는 개는 누구란 말인가?'

만수는 '똥 묻은 개'와 '겨 묻은 개'가 도대체 누구를 지칭하는 건지 깊이깊이 꼽아 보았다. 그러나 지칭하는 대상을 정확하게 분간하기 어려웠다.

아무튼 팔만은 열렬한 무민국 전 대통령의 지지자이지만 만수는 무민국 전 대통령을 싫어한다. 싫어하는 정도가 아니라 거의 증오 수준이다.

무민국 전 대통령에 대한 두 사람의 극단적인 호불호는 그동안 수많은 언쟁을 불러왔다. 그런 과거가 있기에 오늘도 만수는 팔만의 주관적인 정치 촌평에 개입하고 싶지 않았다. 그 언쟁 과정과 결과는 언제나 만수에게 깊은 마음의 상처를 남겼기 때문이다.

다시 좌우 손등과 팔목에 코를 대고 가축의 똥오줌 냄새를 맡아 보던 만수는 짧게 한숨을 내뱉었다. 그런 다음 빗방울이 주르륵 주르륵 흘러내리는 차창 너머로 한강을 바라보았다.

늦봄의 가랑비를 맞고 있는 한강. 비가 오면 빗소리를 들으며, 바람이 불면 바람소리를 들으며, 유구한 세월을 저렇게 유장하게 흐르고 또 흘러온 한강. 반만년이 넘는 한민족의 역사를 지켜보면서 때론 목 놓아 울고 싶었고, 때론 입이 찢어지도록 웃고 싶었겠지만 한강은 예나 지금이나 변함없이 저렇게 입을 틀어막고 가느다란 숨소리만 들려줄 뿐이다. 간간이 인상을 찌푸리거나 종종 눈웃음을 칠 뿐이었다.

만수는 오늘도 한마디 말도 없이 흐르고 있는 한강을 물끄러미 바라보며 사색에 잠겼다. 팔만이 채널을 돌렸는지 라디오에서는 귀에 익은 국악 한 곡이 흘러 나왔다. 김영동의 〈어디로 갈꺼나〉였다.

"어디로 갈거나 어디로 갈거나 내 님을 찾아서 어디로 갈거나 …
어디에 있을까 어디에 있을까 내 님은 어디에 어디에 있을까…."

만수는 꽤 오랜만에 이 노래를 듣는 것 같았다. 눈을 지그시 감고 2
절의 끝까지 다 듣고 있자니 이런저런 상념에 깊이 빠져들고 말았다.

'나는 지금 어디로 무엇을 하러 가고 있는 것일까. 저 강을 건너간
들, 이 산을 넘어간들 내가 편히 쉬고, 내가 잠시 머물 곳은 없는 것
같은데, 나는 지금 어디로 가고 있는 것일까. 이 비가 그치면 하늘에
다시 해가 뜨고 구름이 흘러갈 텐데, 저녁이 되면 서산에 해가 지고,
하늘에서 어둠이 내리고, 짙은 어둠이 온밤을 꼬박 지새우고 나면
다시 또 해가 떠오를 텐데, 나는 또 어디로 가야 하는 것일까….'

자기도 모르는 사이에 눈시울이 붉어졌다. 만수가 두 손으로 눈
을 비비며 눈물을 훔치는 참인데, 팔만이 뭐라고 묻는 것 같았다.

만수는 꽤 오랜만에 이 노래를 듣는다. 눈을 지그시 감고 2절까지
다 듣고 있자니 이런저런 상념에 깊이 빠져들고 말았다. 자기도 모
르는 사이에 눈시울이 붉어졌다. 만수가 두 손으로 눈을 비비며 눈
물을 훔치는 참인데, 팔만이 뭐라고 묻는 것 같았다.

"처남! 용산역 다 와 가는데, 한 가지 궁금한 게 있다. 용산엔 왜
가노?"

만수는 대답을 하지 않았다. 그러자 팔만이 목청을 약간 돋우었다.

"혹시 그 빨갱이 신부 만나러 가는 거 아이가, 엉?"

만수는 비위가 확 상했지만 이번에도 아무 대꾸를 하지 않았다.

"정신 차려라! 니 지금 그리 살 처지 아이다! 내가 뭐 특별히 도와

준 것 없고 보태준 것도 없고, 또 뭐냐, 그래 내 인생도 제대로 추스르지 못하는 주제라, 뭐 할아버지 소리 들을 나이인 처남한테 이래 살아라 저래 살아라 잔소리 하는 게 갱우가 아닌 것 같다만도, 그래도 니캉 내캉 핏줄로 맺어진 처남매부 사이 아이가. 그래서 한마디 하는데, 정말 니 그리 살면 안 된다. 올해 나이가 몇이고? 언제까지 그리 살 낀데? 자식들은 우짤라꼬…?"

만수는 아무 말도 하지 않았다. 할 말도 없고 염치도 없어서 그 어떤 대꾸도 할 수가 없었다. 묵묵부답이지만 잔뜩 풀이 죽어 있는 만수의 표정을 자동차 안 거울로 확인한 팔만은 다시 잔소리를 이어갔다.

"한두 살 먹은 얼라도 아이고 쉰둘이나 먹었다는 사람이 그게 뭐꼬? 고 개새끼가 달구새끼 궁딩이를 물어뜯든 말든, 다른 가축들 멕아질 물어뜯어 죽이든 말든, 니가 무신 상관인데?"

만수는 맥이 탁 풀려 고개를 푹 숙였다. 팔만의 잔소리는 다시 또 날아왔다.

"내 이 말만은 안 할라켔는데 기왕 말이 나온 김에 한마디 더 할란다. 니도 잘 알고 있겠지만 지난 설 연휴 때 다함이와 다솜이가 우리 집에 왔다 안 갔나. 다함인 휴학을 하고 올해 군대를 간다카더만. 다솜이는 올해 수능을 본다카던데 얼라 둘이 전주서 자취를 하면서 학업을 이어간다는 게 얼매나 어렵겠노. 그래도 기죽지 않고 늘 웃음 잃지 않고 학업에 열심인 것 같아 맘은 놓이더라. 허지만 걔들을 보면서 나도 울고 니 누나도 속으로 마이 울었다. 어린 나이에 엄마 잃고, 애들이 얼마나 모질고 팍팍허게 살아왔노. 애들이 전주로 내려간 뒤 우리 집 애들한테 들었다만 다함이 요놈아는 요즘 술집에서 일을 한다카던데 군대에 가고 나면 고3 수험생인 동생 다솜이 학비와 용돈을 어떻게 마련할지 고게 가장 큰 고민거리라 카더라. 애들이 둘 다 콜록콜록 감기를 달고 사는 이유도 따로 있었던기라. 글쎄 지난해 늦가을 이후, 자취방에 가스가 끊겨 그랬다는 소리를 우리 집 애들한테 전해 듣고 우리 부부 한참 울고 또 울었다 아이가. 우짤끼는데? 먹는 게 부실허고, 챙겨 주는 어른도 없으니 두 놈 다 빼빼 말라가꼬 바람만 불어도 쓰러지게 생겼던데, 그래 니 앞으로 애들을 우째 키울끼는데?"

팔만의 목소리엔 눈물이 흠뻑 묻어 있는 것 같았다. 그 때문인지 만수의 눈시울은 더욱 뜨거워졌다.

그는 한숨을 몰아쉬며 승용차 뒷좌석의 오른쪽 차창을 살짝 내렸다. 가랑비가 바람을 타고 달리는 차 안으로 들어와 만수의 얼굴을 때렸다. 빗물인지 눈물인지 분간하기 힘든 물방울이 만수의 볼을 타고 흘러 내렸다. 양 볼에 흘러내리는 그 물방울을 두 손바닥으로 쓰윽 훔쳐 낸 만수는 점퍼 주머니에서 담배와 라이터를 꺼내 불을 붙였다. 담배 연기를 깊숙이 빨아 삼켰다. 목구멍 안으로 숯불이 타들어가는 것같이 고통스러웠다.

오늘도 저 하늘에서 자신을 내려다보고 있을 아내 송지숙의 얼굴이 떠올랐다. 그미는 지난 2004년 한여름 꼭두새벽에 부안읍과 격포항 사이의 도로에서 교통사고로 사망했다. 중앙선을 넘어 들어온 화물차에 치여 즉사했다. 당시 송지숙은 차를 몰고 부안 읍내에서 격포에 있던 만수를 태우러 격포 항구로 가던 길이었다. 그때 만수는 부안환경영화제 진행을 돕고 있었다. 그 영화제는 무민국 정부가 위도에 세우려고 강력하게 밀어붙였던 방폐장, 다시 말해서 방사성폐기물처리장 건립사업을 저지하기 위한 반핵운동 차원에서 기획된 소규모 영화축제였다. 이 영화제의 진행요원인 만수는 사고 당일 격포항에서 만취한 상태였다. 새벽 2시쯤, 남편 만수를 태우러 가다 지숙은 그만 사고를 당했던 것이다.

4.
봉하노송(烽下老松)의
절명

"개새끼들!"

용산역 근처의 허름한 해장국집에서 만난 박정기의 입에서 쌍욕이 거침없이 쏟아졌다. 박정기는 요즘 '동신당'에서 허드렛일을 돕고 있다고 했다.

지난 1월 20일 새벽, 서울 용산에 있는 한 건물의 꼭대기에서 대형 참사가 발생했다. 경찰이 살인적으로 진압을 하던 중 건물 꼭대기의 망루에서 불길이 일어났고, 이 화재로 인해 5명의 철거민과 1명의 경찰관이 목숨을 잃었다. 참사가 일어난 이 건물의 1층에는 '동신당'이라는 금은방이 있었다. 그래서 사람들은 용산 참사 현장의 이름을 '동신당'이라 부르고 있다.

동신당 분향소에서 이런저런 잡일을 거들고 있는 박정기는 전라도 광주 출신으로, 만수보다 한 살이 많은 올해 쉰셋이다.

재야 문화예술운동단체인 '얼쑤패' 대표인 박정기는 만수와 15년 지기다. 박정기는 무민국 정권 말기에 청와대 앞에서 분신을 시도한 바 있다. 그가 분신을 시도한 이유는 다름 아니었다. 1988년 발생한 '얼쑤패 피습사건'의 진실을 밝혀 달라는 항의 표시였다.

지금도 그렇지만 당시에도 얼쑤패 사무실은 신촌 연세대 근처에 있었다. 얼쑤패는 88서울올림픽의 남북 공동개최를 주장했는데, 그해 8월 괴한들이 얼쑤패 사무실을 습격했다. 여학생을 성폭행하기도 했다고 알려져 있다.

거듭되는 수사 요구에도 오늘날까지 그 사건의 진상은 밝혀지지 않았다. 당시 인권 변호사로 잘 나가던 무민국 전 대통령은 직접 사무실에 찾아가 무료 변론을 자청하고 수사를 촉구한 바 있다고 했다.

박정기는 2007년 7월에 청와대 앞에서 1인 시위를 벌였다. 그러다 결국 그해 10월 19일 분신을 시도했다. 민주화 세력이 권력을 잡은 뒤에도 여전히 '얼쑤패 피습사건'의 진실이 밝혀지지 않는 것에 대한 불만을 품고 분신이라는 극단적인 방법을 선택한 것이다.

박정기는 분신을 시도하기 전 날, 만수에게 핸드폰 문자 메시지를 보냈다. 만수는 그 문자 메시지를 받고도 박정기의 분신을 말리지 못했다. 그래서 오늘도 만수는 박정기의 몸 구석구석에 남아 있는 화상 흉터를 보고 있노라면 무안해서 아무 말을 할 수 없다.

"정말 아침을 먹었능가?"

"예, 먹었으니 걱정 말고 어여 드세요!"

만수가 아침 식사를 했다는 걸 재차 확인한 정기는 뚝배기에 담긴 순댓국 국물에 공깃밥을 말았다. 숟가락을 들고 국물을 한 술 떠서 맛을 보았다. 간이 맞지 않는 듯 찻숟가락으로 새우젓을 두 스푼 반이나 넣고 간을 맞췄다. 다진 양념과 들깨가루도 뚝배기에 듬뿍 넣은 다음 숟가락으로 국물을 휘휘 젓더니 한 술 떴다. 쩝쩝 입맛을 다시며 맛을 확인했다. 그런 다음 밥을 먹기 시작했다.

순댓국에 밥을 말아서 먹고 있는 박정기를 만수는 우두커니 바라보았다. 먹는 모습이 아주 게걸스러웠다. 한 사나흘 굶은 사람처럼 흉하게 먹어댔다. 게걸스러운 꼬락서니는 팔만동물농장의 가축과 크게 다르지 않았다. 허겁지겁 정신없이 허기진 배를 채우고 있는 정기의 모습이 짐승과 다를 바 없다는 생각이 들었다.

'도대체 몇 끼를 굶었길래 이러시오? 한 뚝배기의 국밥과 여러 접시의 반찬을 '마파람에 게 눈 감추듯' 먹고 있는데, 결단코 한두 끼니를 굶은 것 같지는 않소. 혹시 노숙을 하고 있는 것 아뇨? 부스스한 머리카락은 새집처럼 헝클어져 있소. 지난 겨우내 입었을 법한 낡은 개량한복에서는 땟국물이 흐르오. 상의 밖으로 드러난 목과 손에 남아 있는 화상 흉터는 모골이 송연할 정도요. 꼭 비루먹은 짐승 같은 몰골에서는 땀에 절어 악취가 역겹게 풍겨 나오는데, 이거 정말 미치겠소. 형! 어쩌다 이 꼴이 됐소? 십수 년 동안 변함없이 보여주었던 고고한 선비의 풍모는 어딜 갔단 말이오. 순댓국 한 그릇에 도도한 자존심도 내팽개친 것 같은데, 형! 어쩌다 인생이 이렇게 망가졌소? 도대체 왜 이러고 사냔 말이요…?'

만수는 걸신들린 사람처럼 순댓국 한 뚝배기를 뚝딱 먹어치우는 박정기를 쳐다보며 잠시 이런 생각에 잠겼다. 그러나 그것도 잠시. 자신을 돌아보니, 자치동갑의 연배인 정기 못지않게 자신의 신세도 비참하고 처량하다는 생각이 머리를 휙 스치고 지나갔다.

"그려, 자네가 오늘은 무신 일로 동신당엘 찾아 왔지?"

순댓국 한 그릇을 두꺼비 파리 잡아먹듯 비우고 난 정기가 연거푸 세 컵째 물을 마신 뒤 이렇게 물었다.

"아니 형! 지금 무슨 말을 하는 거요? 동신당엔 오늘이 첨이고, 어젯밤에 전화로 말씀드렸잖소. 오랜만에 서울에 올라왔으니 한번 찾아뵙겠다고!"

"어젯밤에 우리가 통화를 했다구?"

"네, 어젯밤 여덟 시 반쯤 통활 했잖아요!"

"여덟 시 반쯤?"

정기는 결코 그런 적이 없다는 듯 고개를 갸우뚱거렸다.

"여기 보시요…! 맞죠?"

만수는 휴대전화기의 통화 내역을 찾아서 보여주었다. 그런데도 정기는 믿지 못하겠다는 표정이다. 정기도 자신의 휴대전화기 통화 내역을 확인했다. 그런 정기의 언행엔 뭔가 이상한 점이 있는 듯했다. 만수가 보기엔 그의 기억력이 예전 같지 않았다.

박정기. 그는 '민주화의 성지'라는 광주에서 태어났다. 큰 한정식집을 운영하던 집안의 장남으로 광주 K고등학교를 졸업했다. 아버지의 권유에 따라 법조인을 꿈꾸며 서울에 소재한 S대 법대에 입학했다. 대학 1학년 1학기가 끝나기도 전에 그는 자의반 타의반 검사나 판사가 되겠다던 꿈을 단호하게 접었다. 그리고는 민주화의 길에 주저하지 않고 동행했다. 76학번인 정기는 그렇게 반독재 투쟁의 길에 들어선 이후 한평생 흔들림 없이 그 길을 걸어왔다.

정기는 결혼도 하지 않은 노총각이다. 30대 초반에 대학 후배와 약혼을 한 적은 있지만, 헤어질 수밖에 없었다. 약혼을 하고도 결혼식을 올리지 못한 결정적인 이유가 몇 가지 있었다. '얼쑤패 피습사건'의 여파도 이유 중 한 가지였다.

15년 전인 1994년에 정기는 만수를 처음 만났다. 이후 그는 한 살 아래인 만수를 때론 친동생처럼, 때론 고향친구처럼 대해 주었다. 비록 피를 나눈 형제는 아니었지만 정기에게 만수는 의형제나 다름없었다. 만수도 정기를 그렇게 여겨왔다. 두 사람이 서로 호형호제하며 너나들이로 지내온 세월이 어느덧 햇수로 16년째다.

정기는 늘 순박한 웃음을 잃지 않았다. 잔정이 많고, 가슴도 따뜻했다. 비록 가진 것은 적었지만 정기는 만수와 콩 한쪽이라도 나눠 먹으려고 무던히 애를 썼다.

정기는 또 차가운 이성의 소유자였다. 비운의 항일혁명가 김산(金山)의 생애와 사상에 조예가 깊었다. 물론 아리랑도 좋아하고 즐겨 불렀다.

불화살같이 살다간 김산을 연구하는 모임에서 처음 만난 뒤 정기는 만수의 정신적 지주가 되어 주었다. 정기의 폭넓은 학식과 풍부한 경험, 특히 민주화의 길에서 갈고 닦은 냉철한 현실 감각과 혜안은 만수가 고단하고 험난한 세상살이를 헤쳐 오는데 큰 힘이 되었다.

그런데 오늘 정기의 모습과 행동은 참으로 이상하다. 나이 쉰셋에 벌써 치매에 걸린 것일까. 아니면 무민국 정권 말기에 청와대 앞에서 저지른 분신의 후유증 때문에 기억력이 많이 떨어진 것일까. 그 정확한 원인은 잘 모르겠지만 오늘 정기의 언행엔 분명 몇 가지 오류가 있었다.

"형, 동신당엔 매일 나오쇼?"

"그건 아니구, 짬이 날 때마다 들러서 허드렛일을 돕고 있구만."

"민 신부님은 잘 계시죠?"

"민 신부님…? 그 분이 누구지?"

"민중현 신부님 말요."

"아하, 민 신부님…! 아니 근데 동생이 민 신부님을 어떻게 알지?"

"이것 참 미치고 환장하겠구만! 제가 민 신부님을 왜 몰라요?"

"글쎄 자네가 그 분을 어떻게 아냐고?"

"민 신부님이 부안에서 저희와 어떤 일을 했소?"

"부안에서 우리랑?"

"네, 우리랑?"

"글쎄…."

"부안에서 새만금 간척사업 반대운동도 허시고, 위도 방폐장 건립사업 저지운동도 함께 허셨잖소."

"민 신부님도 그 일을 함께 허셨나?"

"네, 그랬구요. 2006년엔 평택 대추리 미군기지 확장 저지운동도 우리랑 함께 했잖아요."

"글쎄 난 기억이 잘 안 나는데, 정말 민 신부님이 그랬나?"

"아니 형! 도대체 왜 이러시우?"

"아니 내가 뭘 어쨌는데?"

"벌써 치매에 걸릴 나이도 아니고, 도대체 왜 이러냐구요?"

만수가 무심결에 내뱉은 악담에 정기는 할 말을 잃은 듯했다. 말문을 닫은 정기의 입가에 작은 경련이 일어났다가 순식간에 사라졌다. 그 순간을 목격한 만수는 가슴이 철렁 내려앉는 것 같았다.

주말 이른 아침이라 해장국집 안에 있는 손님은 정기와 만수 두 사람 뿐이었다. 둘 사이에 잠시 침묵이 흐르자 카운터 위 벽에 설치된 고물이나 다름없는 텔레비전에서 흘러나오는 웃음소리가 또렷하게 들리기 시작했다. 정기는 텔레비전 쪽으로 시선을 돌렸다.

만수는 무안함을 견딜 수 없어 고개를 푹 숙였다. 고개를 떨군 채 자신의 머리를 긁적거리며 짧은 한숨을 내뱉었다. 욱하는 성격을 고치지 못하는 자신이 한없이 부끄럽고 수치스러웠다.

'형! 정말 죄송합니다. 저 보다 더 힘들게 이 풍진 세상을 살아가고 있는데, 돕지는 못할망정 왜 맨날 제가 이렇게 염장을 지르고, 형님 가슴에 대못을 박는지, 저 자신이 원망스럽고 한심하오. 제발 오늘도 용서를 좀 해주시오. 다시는, 앞으로 다시는 이런 실례를 범하지 않으리다….'

만수는 이렇게 속다짐을 했다.

지난 15년 동안 정기는 술을 마시다 인사불성이 돼 서너 차례 만수에게 악다구니를 놀린 적이 있다. 그렇지만 만수의 멱살잡이를 한 적은 단 한 차례도 없었다. 만수는 정기 앞에서 종종 말실수를 했다. 어떤 때는 정기의 머리꼭지까지 화가 치밀게 했다. 그런데도 정기는 늘 허허 웃어넘기곤 했다.

정기는 자신과 만수가 '조자룡이 헌 칼 휘두르듯' 제 멋대로 세상을 재단하고, 제 맘대로 주먹을 휘두르며, 자기 꼴리는 대로 혀와 펜을 놀리는 개망나니라고 규정했다. 두 개망나니가 한판 붙어봤자 그 끝은 불을 보듯 뻔한 일이라며 먼저 화를 풀었다. 나이를 한 살 더 먹은 죄로.

그러나 오늘 만수의 말실수는 좀 경우가 다른 듯했다. 그래서 만수는 제대로 고개를 들지 못하고 있다. 어떻게 해서든지 정기의 상한 감정을 누그러뜨려야 될 텐데, 뾰족한 방법이 떠오르지 않았다.

만수는 눈을 감았다. 무슨 말로 사죄를 하고, 어떤 식으로 용서를 구할지 고민을 하고 있는데, '꽝' 하는 굉음이 귀청을 때렸다.

식당 안 천장이 무너져 내리는 것 같은 굉음과 함께 플라스틱과 쇠붙이가 식당 바닥에 우르르 떨어져서 나뒹구는 소리가 이어졌다. 거의 동시에 절규에 가까운 만수의 고함소리가 들렸다.

"어따 씨발! 세상에 뭐 저런 개 같은 경우가 있어, 어엉!"

밀림의 야수가 포효하는 것 같은 정기의 악다구니엔 살기마저 잔뜩 묻어 있었다. 이런 악다구니가 귀청에 와 닿는 순간 만수의 가슴에서는 저릿저릿한 전율이 일었다.

만수는 고개를 들었다. 식탁 위에 있던 플라스틱 뚝배기와 반찬 접시는 물론이고 스테인리스 재질인 숟가락과 젓가락, 그리고 컵이 사라졌다. 식탁 아래 시멘트 바닥 여기저기에 흩어져 있다.

표독스럽게 부릅뜬 정기의 눈은 카운터 위 그 고물 같은 텔레비전 화면을 주시하고 있었다. 주먹을 불끈 쥔 그의 오른손은 핏빛 김칫국물이 흩뿌려진 식탁 위에서 심하게 떨리고 있었다.

깜짝 놀라 주방 안에서 뛰어 나온 식당 여주인과 종업원, 그리고 만수는 정기가 핏발이 선 눈으로 뚫어지게 바라보고 있는 텔레비전 화면으로 시선을 돌렸다. 카운터 위의 낡은 텔레비전은 긴급 속보를 자막으로 전하고 있었다.

'무민국 전 대통령 서거, 고향 마을 뒷산에서 투신'

그 자막을 본 만수의 눈에서는 쌍심지가 뻗치기 시작했다. 식당 여주인은 충격 때문인지 온몸이 얼어붙은 듯했다. 반면, 중국 조선족 동포로 보이는 여종업원의 표정은 무덤덤할 뿐이었다.

"사장님! 여기 쏘주 한 병 주쇼!"

정기는 술을 주문했다. 그의 눈에 선 핏발은 조금 가라앉은 듯했다. 순간적인 공황에서 일단은 벗어난 모양이었다.

정기는 자리를 박차고 벌떡 일어났다. 식탁 아래에 흩어져 있는 뚝배기와 몇 개의 접시를 주웠다. 만수는 자기 발밑에 떨어져 있는 숟가락과 젓가락을 집었다. 어느새 여종업원은 접시 한 개와 컵을 집어 들고 있었다.

"다행히 옷은 깨끗하신데, 손은 좀 씻어야 되겠네요."

김칫국물이 흩뿌려져 있는 식탁을 닦으려고 행주를 들고 온 여종업원이 정기의 손을 보고 하는 말이었다.

"저기 아줌마! 물수건 좀 갖다 주쇼."

만수가 정기를 대신해서 물수건을 부탁했다. 식탁을 행주로 대충 훔치고 난 여종업원은 물수건을 가져다 정기에게 건넸다.

정기는 물수건으로 오른손에 묻은 김칫국물을 닦아냈다.

만수는 자신의 옷은 물론 정기의 개량한복에 혹시 김칫국물이나 순댓국 국물이 묻지 않았나 하고 유심히 살펴보았다. 다행히 두 사람의 옷에서는 국물 자국이 눈에 띄지 않았다.

여종업원이 냉장고 안에서 꺼낸 소주 한 병과 소주잔 두 개를 들고 와서 식탁 위에 놓았다.

"이거 깡소줄 마실 수 없으니 순대하고 국물 좀 주시오."

정기가 따라주는 술을 소주잔으로 받으며 만수가 안주를 주문했다.

"저기 아줌씨! 맥주잔 하나 갖다 주실래요!"

만수가 술을 소주잔에 따르려고 하자 정기가 소주잔보다 큰 맥주잔을 부탁했다. 여종업원이 맥주잔을 내왔다. 정기는 손수 맥주잔에 소주를 가득 따라서 마시기 시작했다.

식당 여주인이 순대와 머리고기를 담은 접시와 순댓국 국물을 담은 뚝배기, 그리고 숟가락 두 개와 젓가락 두 매를 새로 내왔다. 정기는 그 전에 이미 맥주컵에 담긴 소주를 다 마신 상태였다.

만수는 카운터에서 리모컨을 가져다 이 방송국 저 방송국으로 채널을 돌려가며 좀 더 빠르고 정확한 뉴스특보를 검색했다. 여러 텔레비전 방송국에서 동시 다발적으로 무민국 전 대통령 서거 문제를 다룬 특별 생방송을 내보냈지만 오보도 많고 진행이 매끄럽지 못한 방송도 있었다.

아무튼 텔레비전을 시청하는 두 사람 사이엔 그 어떤 말도 오가지 않았다. 물론 주방 앞쪽 식탁 의자에 자리를 잡고 앉아서 뉴스 특보를 시청하고 있는 식당 여주인과 여종업원도 입을 꼭 다물고 있었다.

그런 분위기 속에서 시작된 만수와 정기의 술자리는 그 뒤 한 시간 삼십분이 넘게 계속되었다. 술기운이 오를수록 두 사람의 말수는 점점 늘어났다.

술자리가 시작된 지 약 사십분 뒤부터 한껏 높아진 두 사람의 목청은 다시 내려가지 않았다.

"아니 씨발! 저거 자살이여, 타살이여, 응"

"아니 형! 정말 왜 이래! 제발 목소리 좀 낮춰!"

"얌마 김만수! 도대체 사망 원인이 뭐냔 말이여! 자살이여, 타살이여, 엉?"

"아 씨팔! 그걸 내가 어떻게 알아요!"

"그럼 씨발! 이걸 누구한테 물어봐야 되는데?"

답답하고 궁금하기는 만수도 매일반이었다. 그렇긴 하지만 어디다 대놓고 그 진짜 원인이 뭐냐고 물어볼 수도 없는 일 아닌가.

자살이냐, 타살이냐? 그칠 줄 모르고 계속 되묻는 정기의 술주정은 누구도 말릴 수 없었다. 지난겨울에 발생한 용산참사 현장에 꾸며진 분향소인 일명 동신당에서도 자살인지 타살인지를 묻는 그의 술주정은 그칠 줄 모르고 계속되었다.

"신부님! 죽인 겁니까? 죽은 겁니까?"

술에 잔뜩 취한 백정기가 '동신당 본당 보좌 신부'로 불리는 민중현 신부에게 벌써 세 번째 던지는 질문이었다. 동신당 분향대 앞 긴 목재 걸상에 지그시 눈을 감고 앉아 있는 민 신부는 이번에도 묵묵부답이었다.

"신부님! 왜 꿀 먹은 벙어리가 되셨습니까? 대답을 좀 해주세요! 오늘 새벽 무민국 대통령이 고향 마을 뒷산에서 투신을 했다는데, 자살이요. 타살이요, 네?"

여전히 민 신부는 꿀 먹은 벙어리였다. 두꺼운 안경알 너머의 주름진 눈꺼풀이 약간 떨리는 듯했다.

"이것 보세요. 신부님! 무민국 대통령이 스스로 절벽 아래로 뛰어내린 건 아니겠죠? 누군가 뒤에서 벼랑 아래로 등을 밀어버렸겠죠?"

민 신부의 대답이 없자 화가 난 정기의 목소리는 더욱 높아졌다.

"제발 대답 좀 해보시라구요! 신부님도 잘 아시겠지만 무민국 대통령은 결코 자살할 사람이 아니잖아요. 그 양반 자존심이 얼마나 쎕니까? 한평생을 뚝심으로 살아 온 분인데 그런 양반이 자살을 했다구요? 그걸 믿으라구요? 이건 말도 안 되는 소립니다. 신부님! 타살된 게 맞겠죠? 그렇죠? 신부님도 그렇게 생각하시죠…? 아, 젠장, 왜 가타부타 말씀이 없으십니까…?"

만수는 정기의 무람없는 술주정에 부아가 치밀어 더 이상 참을 수 없었다. 그래서 제지하고 나섰다. 정기의 오른손 회목을 낚아채며 다부지게 따지고 들었다.

"아니, 형! 왜 이래? 신부님이 무슨 죄가 있다고 이러는 거야?"

"너, 이 새끼, 이 손 못 놔! 정말 안 놀래, 엉…? 씨발 니가 뭔데 끼어들고 지랄이여?"

"뭐요? 지랄…!"

만수는 이를 악물고 입 안 가득 독기를 품었다. 정기도 이에 질세라 입을 악다물고 뽀드득 이를 갈았다.

자칭 '개망나니'라는 김만수와 박정기. 두 사람의 말다툼이 자칫 몸싸움으로 폭발할 뻔했다. 두 개망나니가 한판 크게 붙을 것 같았는데, 이상하게도 금방 수그러들었다.

그런데 더 이상한 점은 따로 있었다. 다른 때 같으면 정기가 먼저 꼬리를 내렸을 것이다. 그러나 이번엔 달랐다. 민 신부 앞에서 정기를 말리고 있던 만수가 옆으로 한 발짝 비켜섰다. 그래서 판이 더 이상 커지지 않았다. 만수가 그런 결정을 하게 된 것은 꼿꼿하게 세운 정기의 눈살이 예사롭지 않은 탓도 있었다.

다시 정기의 술주정이 시작됐다. 정기의 날카로운 시선이 민 신부의 얼굴에 꽂혔다. 지그시 눈을 감고 있는 민 신부를 잠시 노려보던 정기는 두 손으로 민 신부의 어깨를 우악스럽게 틀어쥐었다. 연약해 보이는 어깨를 흔들며 다시 '자살이냐, 타살이냐'를 물을 작정이었다.

"아악…!"

민 신부가 두 손을 어깨에 엇갈리게 걸치며 비명을 질렀다. 통증이 매우 심한 모양이었다.

정기는 민 신부의 어깨에서 황급히 손을 뗐다. 민 신부의 비명소리가 의외로 컸고, 관자놀이를 씰룩거리며 이를 앙다문 모습에 정기는 정신이 번쩍 든 모양이었다.

올해 73세인 민중현 신부. 백발이 성성한 그의 머리는 정수리 근처까지 벗겨져 있다. 개량한복 가슴팍까지 늘어진 덥수룩한 흰 수염은 도사를 연상케 한다. 전북 출신인 민 신부는 독실한 천주교 집안에서 태어나 자랐고, 동생 민기현 신부도 같은 천주교 사제다.

유신 시절인 1970년대 중반, 민 신부는 한 시국 사건을 알게 되면서 반독재 투사로 변신했다. 동료 성직자 등과 함께 유신 정권을 비판하는 내용의 '민주구국선언문'을 발표한 이른바 'M사건'으로 옥고를 치르기도 했다.

민 신부는 1980년대 후반부터 1990년대 말까지 노동운동에 투신했다. 그래서 '노동자의 아버지'로 불렸다. 2000년대 들어서는 길거리 투쟁을 많이 했다. 때문에 '거리의 신부'로도 불린다.

정기가 민 신부를 처음 만난 것은 1989년 가을이었다. 성남지역의 한 노동운동 현장에서다. 그래서 두 사람은 30년지기인 셈이다.

지난 30년 동안 정기는 민중현 신부를 사표로 받들었다. 민 신부의 정신과 이상을 본받으려고 정기는 지며리 노력했다.

민 신부는 지난 3월 하순에 동신당에 들어와 2개월 가까이 동신당에 상주하고 있다. 매일 저녁 고인들을 추모하고 유족들을 위로하는 미사를 봉헌하고 있다.

거리의 신부답게 민 신부는 '꽃마차'라는 낡은 미니버스를 끌고 다닌다. 잠을 잘 수 있도록 내부를 개조한 승합차다. 민 신부는 이곳 동신당에 들어온 뒤에도 이 꽃마차 안에서 숙식을 해결하고 있다.

민 신부는 원래 어깨가 좋지 않다. 수술을 해야 되지만 주변 사람들이 수술을 하면 팔을 못 쓴다고 주장하는 바람에 수술을 미룸미룸 피해 온 터였다.

경찰은 적잖은 인력을 투입해서 용산 참사 현장인 동신당 건물과 그 주변을 24시간 감시하고 있다. 그들은 무시로 폭력을 휘둘렀다. 무차별로 가해진 폭력은 유가족은 물론이고 성직자도 예외가 없었다.

민 신부도 가끔씩 경찰의 폭력에 시달렸다. 어느 땐 경찰이 민 신부의 팔을 꺾기도 하고 질질 끌고 다니기도 했다. 그 때문에 민 신부의 어깨는 몹시 망가진 상태다.

정기는 틈틈이 짬을 내 민 신부와 어려운 일을 함께 해왔다. 그렇기에 정기도 민 신부의 사정과 몸 상태를 누구보다 잘 알고 있었다. 그럼에도 불구하고 정기는 방금 민 신부의 어깨를 꽉 틀어쥐고 억세게 흔들려고 했던 것이다. 술에 취한 데다, 전직 대통령의 서거 소식에 그만 평상심을 잃어버린 듯했다.

어쨌거나 분향대 앞 걸상에 앉아 있던 민 신부가 서서히 몸을 일으켰다. 어깨 통증을 도저히 견디기 힘든 모양이었다. 두 손으로 어깨를 감싸고 엉거주춤 발걸음을 옮겼다.

"아니 신부님! 어딜 가십니까…? 신부님! 신부님! 자살인지 타살인지 말씀도 안 하시고 대체 어딜 가시냐구요…?"

민 신부는 일언반구도 없이 동신당 밖으로 나가 버렸다. 정기도 그 뒤를 따라 동신당 앞 인도로 나섰다.

민 신부는 벌써 저만치 걸어가고 있었다. 아픈 어깨를 자꾸 주무르며 동신당 건물 오른쪽 모퉁이를 돌았다. 그런 민 신부의 뒷모습을 노려보며 만수는 숨을 가쁘고 거칠게 몰아쉬었다.

'여기 사람이 있다!'

5층짜리 상앗빛 동신당 건물 외벽에 걸린 대형 걸개그림에 적혀 있는 문구다. 걸개그림엔 철거민들의 모습도 담겨 있는데, '여기 사람이 있다'라는 문구 속엔 여러 가지 의미가 함축돼 있다.

여기에도 사람이 살고 있다. 여기에도 대한민국 국민이 살고 있다. 그런데도 세상 사람들은 자신들의 이웃이자 같은 국가 구성원인 여기에 있는 사람들을 거들떠보지 않는다. 아니 애써 외면하려고 한다.

그러면서 여기에 터를 잡고 살아 온 사람들을 몰아내고 고층 빌딩을 짓겠다는 개발 계획을 입안했다.

그것도 모자라, 가난하고 못 배운 사람들이 한데 모여 삶의 터전에서 쫓겨나면 먹고 살 일이 막막해 결사항전을 외치며 저항하자 강경한 진압 방침을 세웠다. 그러다 결국 사람들을 죽였다.

'여기 사람이 있다'라는 문구는 용산 참사 현장에서 탄생했다. 이후 이 문구는 매정한 세상에 대한 반감과 분노, 그리고 국가 폭력과

자본의 폭력에 항변하는 민초들의 생존을 위한 투쟁 구호로 애용되고 있다.

용산 철거민 참사가 발생한 지 엊그제 만 4개월이 지났다. 동신당 건물 이곳저곳엔 시커먼 화마의 흔적이 고스란히 남아 있다.

그뿐 아니다. 경찰의 강경 진압에 저항하다 무고하게 희생을 당한 철거민들이 이승을 떠난 지 5개월째로 접어들었는데도 그 영령들은 아직 하늘에 오르지 못하고 있다. 서럽고 고단한 이 풍진 세상에서의 소풍을 참혹하게 마쳤지만 그 한 많은 영령들은 오늘도 하늘로 가는 길에 나서지 못하고 있다. 지금 이 순간에도 이 건물 안팎에 머물며 떠돌고 있는 것 같았다.

철거민 다섯 명의 합동 분향소인 동신당. 그 안에는 이런 문구가 적힌 검정색 현수막도 걸려 있다.

'용산 살인 진압 넉 달! 남은 것은 불신과 의혹뿐이다! 대통령은 사죄하고 전면 재조사하라!'

그 현수막 아래엔 희생자 다섯 명의 영정 사진이 놓여 있다. 그리고 각각의 영정 사진 밑에 붙어 있는 다섯 장의 흰색 유인물에 똑같은 문구가 씌어 있다. '근조(謹弔) 학살만행 명민국 퇴진!'

"야, 이 개새끼들아! 저리 안 꺼져!"

정기가 어디선가 벽돌을 집어 들고 이렇게 악을 써댔다. 동신당 건물 왼쪽에서 걸어오고 있던 두 명의 경찰관이 걸음을 멈추고 우뚝 몸을 세웠다. 오른손에 쥔 벽돌을 머리 위로 쳐들고 살벌하게 구겨진 인상으로 정기가 달려가자 경찰 두 명은 슬슬 꽁무니를 빼더니 뒤로 달아나기 시작했다.

　건물 왼편에 세워져 있는 경찰차 뒤로 모습을 감춰버린 경찰관들을 향해 정기는 또다시 벽력같은 소리를 내질렀다.

　"이 개새끼들! 다시 또 여길 얼씬거리면 그땐 이걸로 니 새끼들 대갈통을 깨버린다! 알았냐, 엉!"

　이렇게 욕지거리를 퍼부은 정기는 '카악!' 하며 가래침을 돋워내 경찰들이 사라진 쪽 인도에다 내뱉었다. 그런 다음 입술에 대롱대롱 매달려 있는 가래침을 입고 있는 개량한복의 소매로 쓰윽 훔쳐냈다.

　만수가 보기엔 정기와 경찰관들 사이에 벌어지는 이런 일이 하루에도 수십 번씩 벌어지는 일상사로 여겨졌다. 정기와 마주친 경찰관들은 전혀 겁을 먹은 표정이 아니었다. 심지어 경찰관들은 정기를 보고 실실 웃으며 천천히 뒷걸음질을 치다가 냅다 몸을 돌려 도망쳤다. 그들의 얼굴에는 '어이구, 저 미친개 또 나타났네!'라고 비웃는 것 같은 표정이 역력했다.

　동신당 출입구 앞 인도에 있는 벤치 쪽으로 걸어오는 정기 역시 일상적인 임무 하나를 처리했을 뿐이라는 표정이었다. 숨소리도 그리 거칠지 않았고, 목덜미의 핏대도 거의 솟아오르지 않았다.

　정기는 벽돌을 벤치 밑에 내려놓았다. 그런 다음 벤치에 걸터앉더니 이내 꾸벅꾸벅 졸기 시작했다. 만수도 그 옆에 사이를 두고 나란히 앉았다.

　상복을 입은 유가족들이 동신당 안으로 들어가고 있다. 그 유족들 중엔 상복을 입은 어린 아이도 끼어 있었다. 몸집으로 봐서 초등학교 고학년 같은 아이의 뒷모습이 만수의 눈에 쩌릿하게 걸렸다. 이 때문에 만수의 눈앞에 어린 시절 돌아가신 아버지의 모습이 어른거렸다.

만수가 국민학교에 입학하던 해 늦가을이었다. 만수네 아버지는 전남 영광군 법성포 포구에 정박 중이던 안강망 어선의 선실에서 불에 타 돌아가셨다.

당시 만수 아버지는 멀리는 흑산도를 지나 동지나해까지 고기를 잡으러 다니던 칠산호 선원이었다. 주로 난바다에서 조기잡이를 하던 칠산호 선주는 위도면 벌금리 출신이었다. 선장은 위도면 진리 출신으로 만수의 친 고모부였다.

추석 명절 뒤 위도면 벌금리 포구를 출발한 칠산호는 제주도 근해 마라도 근처에서 잡은 고기를 팔기 위해 법성포로 들어갔다. 선장과 기관장을 포함한 선원 대부분은 법성포의 한 술집에서 꼭두새벽까지 술을 마셨다. 감기가 심하게 걸린 만수 아버지는 흑산도 출신 선원 한 명과 함께 배에 남게 되었다.

만수 아버지는 감기약을 먹고 곤히 잠이 들었다. 그런데 배에 함께 남아 있던 흑산도 출신인 그 선원의 실수로 배에 불이 났다. 미처 잠에서 깨어나지 못한 만수의 아버지는 연기에 질식했고, 결국 불에 타서 사망했다.

불행 중 다행인지 불길이 빨리 잡혀 배는 전소되지 않았고 선실만 거의 다 탔다. 늦가을 강한 갯바람이 선실을 태우며 피워 올린 강렬한 화염에 타버린 만수 아버지의 시신은 거의 형체를 알아볼 수 없을 정도였다.

아버지의 시신은 며칠 뒤 법성포에서 위도면 딴치도 만수네 집으로 옮겨졌다. 어린 만수는 얼떨결에 불에 탄 아버지의 시신을 목격하고 말았다. 그 주검은 정말 무섭고 끔찍했다.

그날 밤, 만수는 할머니 방에서 이불을 뒤집어쓰고 부르르 떨며 밤새 울었다. 돌아가신 아버지가 시커멓게 뼈다귀만 남은 손으로 멱살을 잡고 검은 바다로 끌고 갈 것 같아 화장실도 못가고 버티다가 바지에 똥오줌을 지리고 말았다.

다음 날, 아버지의 시신은 꽃상여를 타고 작은 딴치도 애장 돌무덤 옆 선산으로 향했다. 그날 장례를 치르며, 만수는 하루 종일 바다를 원망하고 저주했다. 어른이 되면 칠산호에 불을 낸 흑산도 출신의 선원을 꼭 찾아내서 반드시 앙갚음을 하겠다고 칠산바다 용왕님 앞에 몇 번이고 다짐하고 또 다짐했다.

40여 년 전 그때 그 일을 떠올리자니 만수의 눈에서 하염없이 눈물이 흘러내렸다. 만수는 눈을 감았다. 일부러 눈물이 더 흐르도록 내버려 둘 참이었다.

아련한 아버지의 얼굴을 그려 보았다. 잘 그려지지 않았다. 어머니와 할머니의 얼굴도 그려 보았다. 어째 오늘은 어머니와 할머니의 얼굴도 잘 그려지지 않았다. 갑자기 죽은 아내의 얼굴이 그려지고 있는 참인데, 방금 전 동신당 안으로 들어간 그 어린 유가족의 얼굴이 떠올랐다.

'저 아이는 지난겨울 엄동설한에 저 건물 위 옥상 망루에서 아버지가 불에 타서 돌아가셨다는 소식을 듣고 얼마나 놀랐을까? 벌써 5개월 째 아버지의 장례도 치르지 못하고 있는데, 이 세상이 얼마나 저주스럽고 원망스러울까? 그 옛날 내가 그랬던 것처럼, 아마 저 아이도 이다음에 커서 내 아버지를 죽인 사람들을 결코 가만 두지 않을 것이라고 날이면 날마다 다짐하고 있을지 모를 일이다. 이 개떡 같은 나라에서는 오늘도 또 한 사람이 비참하게 죽었다. 일반 국민도 아니고 전직 대통령이 서거한 것이다.그래 나도 한 때는 무민국 전 대통령을 죽이고 싶었다. 청와대를 폭파해서라도 무민국 정권을 무너뜨리고 싶었다. 허나 그건 2003년에 시작되었던 부안반핵투쟁 과정에서 비롯된, 힘도 없고 막상 그런 기회가 주어져도 그런 엄청난 일을 감행하지 못할 보잘 것 없는 무명 민초의 허황된 망상일 뿐이었다. 근데 이게 뭔가? 자살인지 타살인지 그 정확한 사인은 아직 알 수 없지만 어떻게 한 나라의 대통령을 지낸 분이 고향 마을 뒷산에서 벼랑 아래로 떨어질 수 있단 말인가? 내 기억이 맞다면, 무민국 정권은 지난 2007년 국기에 대한 맹세문을 고쳤다. 지난 1974년부터 자랑스러운 태극기 앞에 서서 외우고 또 외웠던 그 맹세문을 일부 고쳤던 것이다. 2007년 이전까지 이 나라 국민 모두는 태극기 앞에 서서 가슴에 손을 얹고 자기 심장이 팔딱팔딱 뛰는 소리를 손바닥으로 들으며, 조국과 민족의 무궁한 영광을 위하여 몸과 마음을 바쳐 충성을 다할 것을 굳게 다짐해 왔다. 하지만 2007년 이후에는…자유롭고 정의로운 대한민국의 무궁한 영광을 위하여 충성을 다할 것을 굳게 다짐하고 있다. 근데 이게 뭔가? 자유롭고 정의로운 대한민국을 만들자고 만천하에 천명했던 전직 대통령이 오늘 새벽 고향 마을 뒷산 7부 능선의 높은 절벽 위에서 투신했다니 이게 말이 되는 소린가? 이 땅의 민초들은 앞으로 어떻게 살아야 한단 말인가? 자유롭고 정의로운 대한민국의 무궁한 영광을 위하여 몸과 마음을 바쳐 충성을 다한들 이미 도탄에 빠진 민생은 개선될 수 없는 형국이다. 이런 기막힌 현실 속에서 힘없고, 돈 없고, 빽 없는 민초들은 시시때때로 국가의 폭력 앞에 무방비로 노출돼 두들겨 맞기도 하고, 불에 타 죽기도 하고, 감옥으로 끌려가면서도 신음 소리 한번 제대로 낼 수가 없는 판국이다. 이것 보시오, 고 무민국 대통령님! 먼저 삼가 명복을 빕니다. 그런데, 님은 자유롭고 정의로운 대한민국을 건설하자고 앞장 서서 당당하게 외치신 분 아니오? 도대체 무슨 일로 오늘 이런 청천벽력 같은 일이 벌어졌단 말이오? 한 나라의 군주는 하늘이 정하는 거라고 하니, 천명이 없었던들 님이 권좌에 오를 수는 없었겠지요. 이 궤변을 제 나름대로 적용해 보자면, 한때 권좌에 오르셨던 분이 오늘 이렇게 절명을 하셨는데, 이도 천명에 따른 것이라고 할 수 있을 것 같은데, 님도 이 점은 양해해 주시리라 믿습니다. 아무튼 이렇게 속절없이 떠나실 운명이었다면 무엇 때문에 님은 우리에게 자유롭고 정의로운 대한민국을 위해 충성을 다하자고 독려하셨단 말이오? 차라리 말입니다. 금수들의 공화국, 금수만도 못한 사람들이 국정을 운영하는 금수공화국 대한망국의 무궁한 발전을 위하여 우리의 몸과 마음을 다 바쳐 충성을 다하자고 권장하실 것이지….'

5.
새야 새야
파랑새야

만수는 눈을 떴다. 옆에 앉아서 졸고 있던 정기가 사라진 것 같은 허전함을 느꼈기 때문이었다.

아니나 다를까. 정기는 옆에 없었다. 벤치 아래에 내려놓았던 그 벽돌도 보이지 않았다. 아마도 정기는 벽돌을 집어 들고 어디로 떠난 것 같았다.

"제기랄! 이 진상이 어딜 간 거여?"

오른쪽 무릎을 힘겹게 세우며 벤치에서 일어난 만수는 절뚝거리며 정기를 찾아 나섰다. 우선 동신당 안을 살펴보았다. 분향소 안에 정기의 모습이 보이지 않았다.

경찰관들이 도망쳤던 경찰차 뒤편으로 갔다. 그러나 거기에도 정기의 모습은 보이지 않았다.

이번엔 아픈 어깨를 주무르며 민중현 신부가 걸어갔던 동신당 건물 오른쪽으로 가보았다. 건물 뒤편에 세워져 있는 민 신부의 꽃마차 안에서도 정기의 모습은 찾을 수가 없었다.

"아, 정말 미치고 환장하겠다! 이 화상이 어딜 갔지?"

만수는 휴대전화를 꺼내 들었다. 정기에게 전화를 걸었다. 신호는 가는데 전화를 받지 않는다.

동신당 출입구 맞은편 벤치에 털썩 주저앉은 만수는 거칠게 숨을 몰아쉬었다. 다시 휴대전화를 꺼내 전화를 걸었다. 역시 이번에도 정기는 전화를 받지 않았다.

도대체 어디로 간 것일까. 고주망태가 돼 몸도 제대로 가누지 못하면서 대체 어디로 사라진 것일까? 그것도 흉기나 다름없는 벽돌까지 들고서 말이다. 만수는 등을 타고 목덜미를 거쳐 머릿속으로 스멀스멀 기어 들어온 불안감에 사로 잡혔다.

정기는 2007년 청와대 앞 분신자살 시도 이후 많이 변했다. 오늘 새삼스럽게 확인한 것이지만 그의 기억력은 예전 같지 않다. 이성도 또렷하지 않다. 그런 상황에서 잔뜩 술에 취해 벽돌을 들고 종적을 감춰 버렸으니 이거 참 보통 난감한 일이 아닐 수 없었다.

만수는 짜증이 났다. 정기 때문에 짜증이 났다기보다는 박복한 자신의 인생에 짜증이 났다. 왜 하는 일마다 제대로 되는 일이 없는 것일까. 왜 자기 주변엔 거들어주는 사람보다는 걸리적거리는 사람이 더 많은 것일까.

만수는 기가 막혔다. 인덕이 없어도 어느 정도지 왜 이 모양 이 꼴인지. 자신의 인생이 참으로 기구하다는 생각이 들어 화가 치미는 참인데, 순간 무엇인가가 뒤통수를 '쾅!' 치는 것 같은 느낌을 받았다.

만수는 급히 오른손에 들고 있던 전화를 들여다보았다. 시간을 확인했다. 오후 1시 5분 전이었다.

"햐! 이거 정말 미치겠네!"

늦었다. 오늘 오후 1시에 동학 115주년 기념 학술행사 준비 모임을 종로에서 열기로 돼 있었다. 두 달 전에 정해진 약속인데, 시간이 5분밖에 남지 않았다.

만수는 택시를 잡으려고 부랴부랴 벤치 뒤편 도로로 뛰어내려갔다. 택시는 쉽게 잡히지 않았다. 이미 약속 시간은 지나가고 있었다. 모임 참가자 한 명에게 '좀 늦게 도착하겠다'는 문자를 전송한 만수는 한참 뒤에야 어렵게 택시를 잡았다.

"저기 기사님! 수운회관 좀 갑시다!"

동학은 조선말인 1860년에 수운(水雲) 최제우가 창시한 민족종교다. 1905년 제3대 교주 손병희는 동학을 천도교로 개칭했다. 종로구 경운동(慶雲洞)에 있는 수운회관은 천도교 중앙대교당으로 1921년 준공된 이후 천도교의 총본산이자 요람 역할을 해 왔다.

수운회관 옆 커피숍에서 열기로 한 동학 115주년 기념 학술행사 준비 모임에 참석하려고 만수는 직장이 있는 거제도에서 어제 오후 서울로 올라왔다.

지난 2004년 한여름 밤, 부안읍과 격포항 사이의 도로에서 교통사고로 사망한 만수의 아내 송지숙은 부안군 백산면(白山面) 용계리(龍溪里) 출신이다.

용계리는 '앉으면 죽산(竹山), 서면 백산(白山)'이라는 말과 함께 널리 알려져 있는 동학혁명의 성지 백산이 있는 마을이다. 이 마을 출신인 지숙은 1958년 개띠인 만수보다 세 살 아래인 1961년생 소띠였다.

백산면은 원래 고부군(古阜郡) 땅이었다. 동학혁명 20주년인 1914년에 일제는 고부군을 없애 버렸다. 이때 백산면은 부안군에 편입됐다.

백산면의 '백산'이라는 지명은 용계리 서북 방향에 위치한 해발 47m 높이의 야트막한 야산 이름에서 유래했다고 전해 온다. 이 산의 이름을 '백산'이라고 부르게 된 것은 흰색 화강암 바위가 많아 산이 하얗게 보이기 때문이라는 설화도 있다.

김만수는 송지숙과 연애 시절부터 백산에 자주 올랐다. 그미는 살아생전에 마을 뒷동산인 백산에 수천 번, 아니 수만 번을 올랐을 것이다. 만수가 이날까지 백산에 오른 횟수는 아마도 백회는 될 것이다.

백산에 오르는 등산로 초입엔 사적 제409호 백산성(白山城)을 안내하는 간판이 서 있다. 주차장 입구 왼편에 서 있는 이 백산성 안내 간판에는 '동진강 주변을 감싸고 있는 야산에 위치한 백산성은 백제 부흥운동의 성지'라고 적혀 있다. 또한 '고종 31년인 1894년 3월, 동학 농민군이 집결하여 전열을 재정비하고 혁명의 불길을 당겼던 곳'이라고 씌어 있다.

산이라 부르기엔 너무나 야트막한 백산. 다른 고장에 가면 이 정도 높이의 야산은 산으로 취급하지도 않겠지만 지평선의 고장인 김제시 인근에서는 상황이 달랐다. 높이 47m에 불과한 언덕이나 다를 바 없지만, 이곳 평야지대에서는 매우 중요한 요새이고, 군사적 요충지였다.

분명 눈에 보이는 백산의 높이는 매우 낮다. 하지만 가슴으로 어림하는 그 높이는 가늠하기 힘들 정도다. 특히 한민족의 역사를 돌이켜 보자면 백산의 높이는 결코 만만치 않다. 이 낮은 야산에 갑오농민혁명의 성지라는 역사적인 의미를 덧붙이게 되면 백산은 한반도의 그 어떤 명산 못지않은 높이와 무게를 지니게 된다.

만수가 백산에 난생 처음 발을 디딘 것은 1987년 4월 5일 식목일 오후였다. 군사독재의 마침표를 찍고, 평화적 정권교체의 길을 트게 한 6월 민주항쟁이 일어나기 약 두 달 전의 일이었다.

그날 총각 만수는 처녀 지숙의 손을 잡고 백산에 올랐다.

"오빠! 왜 말이 없어?"

"글쎄! 왠지 무섭고 떨리고 참 기분이 묘하네."

"덩치 값 좀 하세요!"

"그게 뭔 소리니?"

"아까 점심 때 우리 엄마 아빠한테 뭐라고 자랑을 했지? 비록 다리 좀 절고 있습니다만 힘이 장사고 무술의 달인이라, 바다에 빠지면 식인상어 쯤은 주먹 한방으로 기절시킬 수 있고, 산에서 호랑일 만나도 걱정이 없는데, 군대서 익힌 특공무술로 호랑이 눈깔을 눈깜짝할 사이에 빼낼 수 있다고 했어, 안했어? 그렇게 호언장담을 했던 남자가 뭐? 이깟 야산에 오르면서 겁이 나서 무섭고 떨린다구?"

"모르겠어. 이유는 잘 모르겠는데 말야, 괜히 무섭고 떨려! 저저 산꼭대기서 눈을 부릅뜬 녹두장군이 날 부르는 것 같기도 하구… 저기 저 무덤 중엔 아무래도 동학혁명 때 돌아가신 분들도 계실 것 같은데, 있잖아. 저기 대나무 숲에서 금방이라도 귀신이 튀어 나올 것 같아 소름이 끼치는데, 글쎄, 넌 안 들리니? 아까부터 내 귀엔 귀신 울음소리 같은 이상한 소리가 희미하게 들리는 것 같은데…."

"걱정이다, 걱정!"

"뭐가 걱정이라는 거야?"

"이런 겁쟁이 남자하고 평생을 어떻게 살아야 될지 그게 걱정이라구!"

"갈라설까?"

"안 그래도 마악 그 생각을 하던 참인데, 그거 참 잘 됐네! 기왕 말이 나온 거 쇠뿔도 단김에 빼라고 말이야, 우리 당장 쫑을 내지 뭐! 자, 어서 새끼손가락 걸어!"

"후회할 껜데!"

"내가 후회를 할 꺼라구?"

"그럼! 나 같은 남자 만나기가 쉬울 것 같니?"

"그렇겠지. 그렇게 겁 많고, 버르장머리 없고, 외골수고, 찢어지게 가난한 섬놈에다 다리까지 저는 병신인데 만나기가 어디 쉬울까?"

"뭐? 섬놈에다 다리까지 저는 벼엉신?"

"그럼 아냐?"

"그래 틀린 말은 아니다만 너 정말 이럴 꺼야?"

"내가 뭘! 어차피 종 낼 건데, 여태 가슴에 담아뒀던 말들을 오늘 죄다 털어 놓으면 안 돼?"

"뭐 그거야 니 맘대로 하세요만, 어째 말하는 싸가지가 좀 그렇지 않니, 응?"

"이판사판인데 뭐 싸가질 따지고 그래! 아, 뭐해! 신체적 장애인 김만수와 정신적 장애인 송지숙 두 사람, 진달래꽃 개나리꽃 그리고 또 뭐냐 아 그래 벚꽃까지 흐드러지게 핀 이 동학혁명의 성지 백산 정상에서 역사적인 이별을 하기 위해 손가락을 걸자는데, 아니 왜 이래? 뭣 땜에 망설이셔!"

"잠시 생각을 좀 해보자!"

"무슨 생각?"

"고집불통이고, 당돌하고, 천방지축인데다 싸가지라곤 눈꼽만큼도 없는 불량처녀와 헤어지는 것이 이내 인생에 보탬이 될지, 아니면 손해가 날지, 한번 계산을 좀 해볼 테니까 시간을 좀 주시지!"

"그래? 저저 서산에 해 떨어질라면 한 두어 시간 남은 것 같은데, 저기 보이지, 육각정! 저기 올라가서 고민을 한번 해보시지! 자, 그럼 나 먼저 내려간다!"

"야, 지숙아! 지숙아…! 지숙아…!"

그미는 뒤도 안 돌아보고 왔던 길을 되돌아 백산 아래로 내려가 버렸다.

그미가 떠난 뒤 만수는 선머슴 같으면서도 여장부가 틀림없는 그미와 앞으로 어떻게 살아가야 될지 잠시 고민해 보았다. 그런 다음 뒷짐을 지고 느릿느릿 걸으면서 백산 정상 구석구석의 속살을 유심히 살펴보았다.

백산 정상에 서니 사방이 수십 리 들판으로 둘러싸여 있었다. 동진강이 가까이 흐르고 있고, 동서남북 어느 쪽에서 외부 세력이 접근해 와도 이곳 정상에서는 금방 알아챌 수 있을 듯했다.

저 멀리 동남쪽의 산 너머가 전북 정읍시 고부면인 것 같았다. 서울 K상고 동기 동창인 이수현의 고향이기도 한 고부면은 동학혁명의 시발지다. 조선 고종 29년인 1892년 고부군수로 부임한 조병갑(趙秉甲)의 불법 착취와 동학교도 탄압에 대한 불만이 동학혁명의 도화선이 됐다.

1894년 초, 고부에서는 당시 동학의 고부 접주였던 전봉준을 선봉장으로 삼아 동학교도와 농민들이 폐정 개혁을 외치며 일어났다. 농민군은 다음 달 고부 관아를 공격해서 불법 수탈된 수세미를 되찾아 농민들에게 나눠주고 해산했다.

이후 관이 고부 농민봉기의 주모자 및 가담자를 수색해서 체포하려고 하자 전봉준 등 농민군 지도부는 무장현(茂長縣)에 모였다. 탐관오리의 숙청과 보국안민을 천명하는 창의문을 발표하며 재봉기에 나섰다. 그 뒤 이곳 백산에 집결한 농민군은 전봉준을 총대장으로 삼고 군사적인 대오를 갖추어 중앙정부에 정면으로 저항하는 전국적인 농민 전쟁으로 나아가게 되었다.

동학농민군이 이곳 백산에 집결했을 때 그 수는 1만여 명에 달했다고 전해 온다. 인근 지역에서 두 주먹을 불끈 쥐고 달려온 농민군이 하도 많아서 백산은 인산인해를 이루었다. 손에 죽창을 들고, 어깨에 괭이를 걸친 흰옷 차림의 농민군들이 앉게 되면 백산은 죽창이 가득한 죽산이 되었다. 반면 흰옷을 입은 농민군들이 일어서면 백산은 한자(漢字) 지명 그대로 흰색의 산인 백산이 되었다.

훗날 사람들은 당시를 회고하며 이런 말을 남겼다.

'앉으면 죽산, 서면 백산'

이러한 백산봉기는 동학농민혁명사에서 1차 봉기 후 흩어진 동학농민군이 재집결해서 전열을 정비하고 그 세력을 전국으로 확산시켜 나가는 기폭제 역할을 했다는 평가를 받고 있다.

동학군이 첫 지휘소인 '호남창의대장소'를 설치하고 전열을 정비했던 백산성. 이 백산성이 있는 백산에 처음 오르는 만수에게 지숙은 '동학혁명 창의문'의 한 대목을 쪽지에 메모해 주었다.

'오늘날 신하된 자들은 국사는 젖혀 놓고, 감투와 국록만 도둑질하며 참된 정의는 아첨배의 농간에 가려지고, 바른말 하는 이는 역적으로 몰아세우니, 안으로는 조정을 도울 기둥이 없고, 밖으로는 탐관오리만이 와글거리고 있다. 경향 간에 벼슬아치들은 도둑질로 일을 삼고 재화가 국고에 들어가기는커녕, 가로채는 자의 배만 불리고, 교만함과 음탕함이 거침새가 없더라.'

전봉준 등 동학군의 지도자들이 함께 의병으로 나설 것을 널리 호소하는 글인 창의문을 작성해서 발표한 것은 도탄에 빠진 백성을 구하고 누란의 위기에 처한 나라를 반석 위에 올려놓기 위함이었다. 이를 위해 안으로는 탐학한 관리의 머리를 베고, 밖으로는 횡포한 외세를 내쫓으려고 '보국안민(輔國安民)'의 깃발을 들고 나섰던 것이다.

이에 백성들은 적극 동참했고, 세상의 온갖 악을 함께 척결하려고 분연히 일어섰다. 우선은 먹고 사는 생존이 절박했겠지만 사회정의를 바로 세우고, 백척간두에 선 나라를 구하는 역사적인 소명에 농민들이 목숨을 걸고 나섰던 것이다.

만수는 백산 정상에서 '동학혁명 창의문'을 읽고 또 읽어 보면서 여러 가지 생각을 해보았다. 예나 지금이나 민중은 극단적인 선택을 감행할 때는 그 동기나 상황이 엇비슷하다는 생각도 들었다. 민중은 그 어느 때이고 '청명에 죽으나 한식에 죽으나 매일반'이라는 판단이 확고하게 서게 되면 목숨을 건 봉기를 결코 거부하지 않는 것 같다는 생각이 들기도 했다.

"오빠! 안 내려 갈 꺼야, 응?"

먼저 내려가겠다고 큰 소리를 뻥뻥 쳤던 지숙이 백산 정상으로 올라오고 있었다.

만수는 담배를 꺼내 물며 일부러 그 소리를 못 들은 척 했다. 그러자 애가 탄 그미는 만수가 등을 돌린 채 앉아 있는 육모정 근처로 씩씩거리며 다가왔다. 그러더니 만수의 검지와 중지 사이에서 연기를 뿜어 올리고 있는 담배를 오른 손으로 낚아채더니 풀밭에 내동댕이쳤다. 운동화발로 짓이겨 담뱃불을 꺼버렸다.

절반도 못 피운 담배를 그미가 그렇게 꺼버리자 만수는 화가 치밀었다. 엉덩이를 털고 일어서며 그미를 날카롭게 쏘아 보았다. 한 마디 악담을 퍼붓고 싶었지만 눈물이 가득 고여 있는 그미의 맑고 깨끗한 큰 눈을 들여다보면서 그만 생각을 고쳐먹었다.

"정말 이럴 꺼야? 정말 헤어질 꺼냐구?"

그미는 만수를 향해 다짜고짜 이렇게 따지고 물었다. 그러더니 오른손 새끼손가락을 내밀었다. 다시는 만나지 말 것을 손가락을 걸고 약속하자는 몸짓이었다. 만수는 잠시 망설였다.

"아 얼른 쫑을 내! … 뭘 망설여, 이만 쫑을 내잔 말야!"

그미는 울부짖었다. 당돌하고 강해 보이지만 그미의 목소리는 심하게 떨리고 있었다. 뉘엿뉘엿 지는 해가 너른 호남평야 저 건너의 서산 위 하늘을 붉게 물들이고 있는데, 그 붉은 노을이 가득 담긴 듯한 그미의 눈망울은 세상의 모든 것을 다 태우려는 듯 이글거리고 있었다. 눈물을 가득 머금은 채.

만수는 새끼손가락을 걸지 않고 버텼다. 재작년 서울에서 고등학교 동창 이수현의 소개로 그미를 처음 만난 이후, 약 2년 정도 사귀면서 겪었던 여러 차례의 사랑싸움이 주마등처럼 스쳐 지나갔다.

두 사람의 사랑싸움은 늘 이렇게 결말을 맺곤 했다. 먼저 토라져서 이별을 고하는 쪽은 그미였다. 끝까지 버티며 싸움에서 승리한 뒤 끝내 상대의 무릎을 꿇리는 쪽은 대체로 만수였다.

늘 그랬지만 그미는 급하고 당돌한 성격 때문에 먼저 별리의 강을 건너는 편이었다. 백기도 달지 않고, 돛대도 없고, 사공도 없이 홀로 상앗대만 이용해서 애증의 강을 무시로 건너가기 일쑤였다.

그렇지만 그미는 제 풀에 제가 꺾여 나룻배에 가득 눈물을 싣고 다시 강을 건너오곤 했다.

그미가 용감하게 배를 띄우고 떠났던 그 강나루에 울부짖으며 다시 돌아오는 시간은 제아무리 길어도 채 이틀을 넘기지 못했다. 어려서부터 보고 자란 동진강의 폭이 그리 넓지 않은 탓인지, 아니면 천생 여자여서 그런지는 잘 모르겠지만 그미는 늘상 그런 식으로 필사적인 사랑싸움의 종지부를 찍었다.

반면, 남자이자 섬 출신인 만수의 대응 방식은 정반대였다. 가는 여자 잡지 않고, 오는 여자 막지 않겠다는 식이었다. 갈 테면 가고, 올 테면 오라는 막무가내식 배짱으로 끊임없이 거듭되는 만남과 이별의 줄다리기를 이어왔다.

새끼손가락을 내밀고 틈틈이 콧물까지 훔치고 있는 그미의 머리 위엔 꽃샘바람이 이리저리 몰고 다니다 내려 놓은 백산성의 꽃비가 뚝뚝 떨어졌다. 꽃샘바람은 벌써 땅에 떨어져 시커멓게 색이 바랜 백산성의 흰색 목련 꽃잎까지 그미의 발아래에다 옮겨다 놓는 중이었다. 점점 나이가 차서 노처녀 소리를 듣게 생겼는데도 하늘 높은 줄 모르고 마냥 콧대만 세우려는 그미에게 화무십일홍의 섭리를 일깨워 주려는 듯.

만수는 자신이 좀 특이한 성적 취향을 갖고 있다고 생각해 왔다. 왜냐하면 그미의 평상시 모습 보다는 이렇게 화가 나서 눈을 희번덕거리며 따지고 들 때, 그리고 분하고 억울해서 도저히 참을 수 없다고 악을 쓰며 울부짖을 때, 그미가 더 사랑스럽게 여겨졌기 때문이었다. 특히 그미가 그렁그렁 눈물이 가득 고인 눈으로 만수를 노려보면서 강렬한 사랑을 갈망할 때 묘한 성적 매력마저 느끼곤 했다.

그럴 때 마다 만수는 그미의 입술을 기습적으로 덮쳤다. 그와 동시에 그미의 갈비뼈가 부러질 정도로 꼬옥 끌어안았다. 그럴 때마다 고삐 풀린 망아지 같던 그미는 금세 순한 양이 되곤 했다. 그런데 난생 처음 오른 동학혁명의 성지인 백산에서, 그것도 예비 처갓집을 코앞에 둔 상황에서 첫사랑의 불장난을 어떻게 마무리 지어야 할 지 퍽이나 곤혹스러웠다. 울며불며 표독스러운 눈빛으로 쨰려보면서 이별의 손도장을 어서 찍자고 새끼손가락을 들이대고 있는 그미를 어떻게 달래야 될지 만수로서는 난감한 일이었다.

고민 끝에 만수는 그미를 번쩍 들어 올렸다. 보통 키에 가녀린 몸매인 그미를 만수는 눈 깜짝할 사이에 오른쪽 어깨 위에 걸쳤다. '빨리 내려 달라'고 발버둥치는 그미를 만수는 어깨에 짊어지고 뒤뚱뒤뚱 백산 정상에서 하산하기 시작했다.

유난히 꽃샘추위가 매섭던 그해 봄 식목일 초저녁 무렵부터 다음 날 새벽이 오기까지 스물일곱 살 처녀 송지숙은 서른 살 총각 만수에게 갖가지 백산의 전설을 들려주었다. 거의 다 허물어진 백산성 성벽에 등을 기댄 채 그 옛날엔 수십 그루가 있었다는 백산의 금강송 얘기도 들려주었다. 처갓집 골방 창호지 봉창에 꼭두새벽 쯤 쏟아져 내렸던 별똥별의 잔영이 비칠 때는 백산성 주변에 있었다는 두 개의 조그만 사찰 얘기도 전해 주었다.

만수와 지숙은 이듬해인 1988년 춘삼월, 부안 낭주예식장에서 결혼식을 올렸다. 그 전까지 만수는 수십 차례 그미의 손을 잡고 백산에 올라 데이트를 즐겼다. 용계리 처갓집에 들를 때면 으레 데이트 코스를 마을 뒷산인 백산으로 잡았다.

새야 새야 파랑새야
전주 고부 녹두새야
녹두밭에 앉지 마라
녹두꽃이 떨어지면
청포 장수 울고 간다
백설이 휘날리면
먹을 것이 없어진다

민요 〈새야 새야 파랑새야〉를 즐겨 불렀던 송지숙.

그미의 애창곡 중엔 노찾사(노래를 찾는 사람들)의 '이 산하에'도 들어 있었다. 그미가 애절한 목소리로 '이 산하에'를 부를 때면 만수는 눈을 감고 감상하면서 1894년 갑오년 춘삼월 백산에 오른 동학 농민군의 모습을 상상해 보기도 했다.

죽창을 손에 들고, 괭이를 어깨에 메고 기나긴 압제의 밤들을 하얗게 지새웠을 백산성의 동학 농민군. 배고픔에 지친 그들은 처자식과 노부모를 집에 남겨 두고 집을 나섰고, 타락한 관리들의 학정과 수탈을 더 이상 견딜 수 없어 백산에 올랐을 것이다.

하지만 어찌 두렵고 무섭지 않았으랴. 언제 어디서 관군의 칼에,

일본군의 총에 맞아 죽을지 모를 신세였기에 서럽고 쓰리던 지난날들을 떠올리며 하염없이 속울음을 터트렸으리라.

그 소리 없는 통곡소리에 백산 아래 녹두벌판을 가로질러 흐르는 동진강과 고부천도 어찌 울고 또 울지 않았으랴. 동진강과 고부천의 강물도 결사항전에 나선 농민군의 속울음을 들으면서 밤낮으로 함께 울부짖었으리라.

피에 물든 '보국안민'의 깃발을 높이 올리고, 불타는 눈빛이 칠흑같은 어둠 속에서도 별처럼 빛나던 녹두장군을 따라 백산을 떠나는 농민군의 타는 목마름을 함께 느끼면서 잠시 목이라도 축이고 가라고 시원하고 깨끗한 물 한바가지 퍼주지 못한 죄책감에 어쩌면 동진강도, 고부천도 백여 년이 지난 오늘날까지 소리 없이 울고 있는지도 모를 일이다.

갑오년 한 해 동안 시뻘건 피로 물들었던 녹두벌판의 그 참혹했던 현장은 기나긴 세월의 풍화 속에 오간데 없고, 역사적인 기록과 전설을 간직한 유적으로만 남아 있을 뿐이다. 그렇지만 이 한 몸 죽더라도 이 나라 삼천리 금수강산에서 기필코 압제와 폭정의 무리를, 국정을 농단하고 국토를 유린하는 외세를 몰아내겠다던 동학 농민군의 피 끓던 함성은 제 아무리 세월이 흘러도 시나브로 가슴 아픈 메아리로 살아 있으리라.

'가세 가세 가보세! 죽어도 죽어도 우리 함께 이 길을 가보세!'

얼핏 들으면 노래인지 구호인지 모를 소리로 서로를 위로하고 격려하며 불의와 폭압이 난무하는 광야로 나섰던 동학 농민혁명군.

그들이 갑오년 초겨울 공주 우금치전투에서 관군과 일본군에 협공을 당해 숨을 거두면서 외쳤던 그 날의 그 절규가 메아리로 남아 내 귀청을 울리고, 내 가슴을 울리고, 내 영혼을 울리고 있다고 자각하는 사람이 이 붉은 산하에 얼마나 있을까? 만수는 그미가 노찾사의 〈이 산하에〉를 열창할 때면 그 메아리가 희미하게 들리는 것 같아 더욱 가슴이 아리고 쓰렸다.

이 한 목숨을 바쳐서라도 기어이 '사람이 곧 하늘인 세상'을 만들어 금이야 옥이야 키운 자식들에게 물려주려고 녹두벌판으로 나섰던 백산 농민군의 후예인 그미는 부안 B고등학교를 졸업했다. 만수와 결혼을 한 뒤 첫아이인 다함이를 출산한 다음 뒤늦게 대학에 진학했다. 나이 서른 즈음에 늦깎이 대학생이 된 것이다.

서울 S여대 문예창작과 1학년 때 여의도에 있는 한국방송작가노동조합이 운영하는 방송작가아카데미의 TV드라마작가 양성과정을 다니던 중 방송계에 입문했다. 그 뒤 KBC, MBS, 우리소리방송 등 공중파 방송국에서 주로 라디오 구성작가로 활동했다.

그미는 1998년 '화개부안(花開扶安)'이라는 시민단체 출범을 이끌었다. 이 단체는 부안 군민들이 중심이 된 새만금 반대 운동을 지원했고, 2003년 늦봄에 시작된 부안반핵운동을 돕기도 했다.

해월(海月) 최시형(崔時亨).

경주 출신으로 동학의 제2대 교주인 최시형은 1891년 5월경, 세 번째 전라도 순회 포교활동에 나섰다. 이때 그의 포교활동의 중심지가 바로 부안이었다.

장맛비가 억수로 쏟아지는 그해 7월 어느 날, 최시형은 부안 고을에 사는 제자의 집에서 하룻밤을 묵게 되었다. 그 집 툇마루에 걸터앉은 최시형은 산과 들, 그리고 바다가 어우러진 부안 고을의 독특한 풍광을 바라보다 문득 유명한 말을 남긴다.

이날 최시형은 '부안에서 꽃이 피어 부안에서 결실을 보리라(花開於扶安 結實於扶安)'는 말을 남겼다고 한다. 그가 이렇게 언급한 것은 '부안 땅이 가진 신비로움과 개벽의 땅으로서의 가능성을 함축한 말'이라고 부안 사람들은 받아들였다.

해월 최시형이 부안에서 남긴 '화개어부안 결실어부안(花開於扶安 結實於扶安)'이라는 문장에서 지숙은 '화개부안'이라는 시민단체의 이름을 지었다. 만수가 잠시 뒤 참석하게 될 동학 115주년 기념 학술행사 준비 모임은 시민단체 화개부안이 주최하는 모임이다.

그미가 2004년 국가 폭력에 신음하던 낭주골 부안에서 비참하게 세상을 떠난 이후, 남편인 만수는 이 단체의 고문을 맡아왔다. 사실 만수는 이 단체의 운영자금을 조달하는 실질적인 후원회장이다.

"야, 이 새끼야! 너 뒈질라고 환장을 했냐, 응?"

'끼익!' 브레이크를 급히 밟는 소리에 이어진 택시 기사의 욕지거리에 만수는 눈을 떴다. 용산역 근처 동신당 앞에서 택시를 잡아타고 뒷좌석에 앉은 뒤 술기운에 그만 깜박 졸았던 모양이다.

만수가 깜짝 놀라 눈을 뜨고 보니, 택시는 서울시청 광장 옆 1차선 도로 위에 멈춰 서 있었다. 뛰어 내리다시피 한 택시기사와 대한문 쪽에서 시청광장 쪽으로 무단횡단을 하던 남루한 옷차림의 행인이 한바탕 싸우고 있었다.

왜소한 체구의 행인은 힘에 밀리는가 싶더니 손에 들고 있던 벽돌로 택시 기사의 머리를 내리칠 기세였다. 택시 기사는 그 행인의 턱 밑에 머리를 들이밀고 '죽여! 죽여! 어서 죽여 임마!'라고 외치는 것 같았다.

"아니, 저런 미친 새끼가 있나?"

만수는 벽돌을 들고 설치고 있는 그 행인을 바라보며 이렇게 중얼거렸다. 그런데 그 행인의 얼굴을 다시 자세히 뜯어보니, 그는 다름 아닌 박정기였다.

깜짝 놀란 만수는 용수철이 튕기듯 택시 밖으로 뛰쳐나갔다. 벽돌을 높이 쳐들고 여차하면 택시기사의 머리를 내리치려 덤비고 있는 정기의 오른손 손목을 가까스로 붙잡았다.

"형! 왜 이래? 제발 정신 좀 차려!"

"야, 이 새꺄! 이 손 못 놔?! 얼렁 놔! 나 살고 싶지 않으니까 이 손 노란 말야, 새꺄! 어서, 씨발…!"

만수는 정기의 오른손에 들려 있는 벽돌을 간신히 빼앗았다. 서울시청 앞 광장의 출입을 봉쇄하기 위해 다닥다닥 붙어있는 경찰버스 쪽 도로변에 그 벽돌을 획 던졌다. 그런 다음 택시 기사에게 만원 짜리 지폐를 건네주었다. 거스름돈을 받을 겨를도 없이 만수는 왼손으로 정기의 멱살을 잡았다.

만수는 두 눈을 부릅뜨고 노려보는 정기의 사타구니 사이로 오른손을 쑤욱 집어넣어 등 뒤쪽 허리끈을 거머쥐었다. 그런 다음 정기를 확 들어 올려서 자신의 어깨에 둘러멨다. 순식간에 일어난 일이라서 정기는 속수무책이었다.

"너 이 새끼, 빨리 안 내려? 내려…! 어서 내려…!"

정기는 만수의 어깨 위에서 바둥거리며 악을 써댔다. 만수는 아랑곳하지 않고 두리번거리면서 빠져나갈 방향을 찾았다.

거스름돈도 돌려주지 않고 택시가 사라진 뒤, 시청 앞에서 광화문 쪽으로 가는 도로에 일시적인 정체가 빚어졌다. 2차로 중간쯤에 정기를 둘러멘 만수가 서성이고 있기 때문이었다.

거북이걸음을 하고 있는 차량들마다 신경질적으로 경적을 울려댔다. 경적이 어찌나 크고 요란한지 귀가 먹먹할 정도였다. 어떤 운전자는 운전석 옆 차창으로 고개를 내밀고 만수를 향해 쌍욕을 퍼부어댔다.

그래도 만수는 개의치 않았다. 이 정도의 모욕과 수모쯤이야 관심 밖이었다.

문제는 발걸음을 어디로 옮기느냐였다. 광화문 방향 도로를 무단 횡단하자니 왠지 불안했다. 사람 한 명도 빠져나갈 수 없을 정도로 다닥다닥 붙어있는 경찰버스들. 그 버스 옆에 서 있는 경찰관과 정기가 맞닥뜨리면 필시 무슨 사고가 날 성싶었다.

그렇다고 해서 뒤로 돌아 중앙선을 넘어 대한문 쪽으로 무단 횡단하는 것도 마땅치 않았다. 차량도 많고 달리는 차들의 속도도 무서웠다.

"아 씨발, 미치겠네…!"

만수는 결심했다. 일단 경찰버스가 늘어서 있는 시청 앞 광장 쪽으로 방향을 정했다. 그런 다음 경찰이 보이지 않는 프레스센터 앞에서 정기를 내려놓아야겠다고 생각했다.

정기를 어깨에 둘러멘 만수는 어렵사리 발걸음을 떼기 시작했다. 차들이 다시 경적을 울리며 몰려왔다. 느릿느릿 서행을 하며 다가오던 차량 안에서 다시 또 삿대질과 쌍욕이 쏟아져 나왔다.

만수는 차량들을 요리조리 피해 가며 시청광장 쪽 도로변으로 절뚝절뚝 걸어갔다. 몸체가 큰 관광버스가 옆으로 다가올 때는 눈앞이 아찔했다. 만수는 경찰버스가 길게 세워져 있는 도로변까지는 일단 무사히 건넜다. 두 사람의 몸에서는 땀이 비 오듯 쏟아졌다.

만수는 힘도 들고 맥도 빠졌다. 그렇지만 어깨 위에서 발버둥을 치고 있는 정기를 내려놓고 싶지는 않았다. 그렇게 둘러멘 채 신축 중인 서울시청 뒤편 도로를 거쳐 프레스센터까지 걸어갈 작정이었다. 정기를 아무 데나 내려놓았다가는 큰 변고가 일어날 것 같은 극심한 불안감 때문이었다.

그러나 어깨 위에서 악을 써대며 바둥거리는 정기의 몸부림도 장난이 아니었다. 만수는 하는 수 없이 정기를 땅에 내려놓았다. 두 발이 땅에 닿자마자 정기는 만수의 멱살을 틀어쥐었다.

"야 이 새꺄! 너 왜 이래?"

"아 씨발! 지금 누가 헐 소릴 형이 하는 거야?"

"내가 뭘 어쨌다구?"

"씨발! 이게 무슨 꼴이여…? 형! 미쳤어? 정말 미친 거냐구?"

"그래 미쳤다! 그래 이 새꺄 나 돌아버렸다! 지금 내 눈에 뵈는 게 없으니 더 이상 날 건들지 마라! 오늘 너 죽고 싶지 않으면 제발 좀 날 내버려 두라구! 알았냐, 엉!"

"도대체 무슨 일로 무단횡단을 한 건데?"

"야 이 X새꺄! 넌 눈깔도 없냐? 여기 봐라! 시청광장에 분향소 설치 못 허게 경찰뻐슬 어떻게 세워 놨냐…? 눈깔이 있으면 저기도 좀 보라구! 시민들이 피눈물을 훔치며 저 대한문 앞에라도 분향소 설치 헐려는데 저 개새끼들이 그것도 못하게 허잖어! 그래서 이 경찰뻐쓸 뚫고 저 안으로 들어가서 시청광장에다 분향소 설치 헐려고 그랬다. 이제 감을 잡았냐? 그래 내가 미친놈이냐? 저 짭새들이 미친놈들이냐, 엉…?"

정기는 억세게 틀어쥐고 있던 만수의 멱살을 풀더니 비틀비틀 서울시청 건물 방향으로 뛰기 시작했다. 아까 만수가 빼앗아서 내버렸던 그 벽돌을 집으러 가는 것 같았다. 만수는 가슴이 덜컹 내려앉았다.

"아이고 씨발! 저 화상 왜 또 저러냐! 형…! 형…!"

만수는 정기를 뒤쫓기 시작했다. 비록 정기는 술기운에 몸을 비틀거렸지만 절뚝절뚝 다리를 저는 만수 보다는 달음질 속도가 빨랐다.

앞서서 뛰어간 정기가 벌써 그 벽돌을 집어 들었다. 옆에 길게 늘어선 경찰버스들 사이로 비집고 들어가서 시청광장 안으로 진입하려고 몸을 우측으로 돌리는 것 같았다.

경찰이 백주 대낮에 대로상에서 벌어진 만수와 정기의 광란을 지켜보지 않았을 리 만무했다. 아마도 일거수일투족을 유심히 지켜보고 있었을 경찰이 벽돌을 들고 시청광장 안으로 진입하려는 정기를 제지하고 나섰다. 벌써 십여 명의 의경이 정기의 진입을 가로 막기 위해 에워쌌다.

그 무리의 경찰을 통솔하고 있는 것 같은 경찰간부와 정기 사이에 시비가 붙었다. 정기는 오른손에 든 벽돌로 경찰간부의 면전에 대고 연거푸 삿대질을 해댔다. 광장 안으로 들어가겠다고 으름장을 놓는 것 같았다. 사정이 여의치 않다고 판단한 듯 정기는 경찰간부의 멱살을 왼손으로 잡더니 벽돌을 머리 위로 쳐들고 내리 칠 자세를 취했다.

정기를 에워싸고 있던 의경 여러 명이 합세해서 자신들의 상관인 경찰간부를 엄호했다. 정기의 오른손에 들려 있던 벽돌은 이미 낚아챘고, 정기의 양쪽 팔은 키도 크고 덩치도 큰 건장한 체격의 의경 두 명이 꽉 붙들고 있었다.

"놔아! 이 개새끼들아, 얼른 못 놔…!"

정기는 발버둥을 치며 악을 써보지만 젊고 힘이 좋은 의경들의 완력을 당할 재간이 없었다.

경찰간부가 앞에 서서 걸어가고, 의경 두 명이 정기의 양쪽 팔을 붙들고 그 뒤를 따랐다. 몇 미터 뒤에서 그들을 절뚝절뚝 뒤따라가며 만수는 이 상황에서 어떻게 대응하는 것이 옳은 일인지 머리를 쥐어짜고 있었다.

의경들은 경찰간부의 지시에 따라 서울시청 옆 지하도 입구 근처에서 정기의 양쪽 팔을 붙들고 있던 손을 풀었다. 그러자 정기는 왔던 길을 되돌아 시청광장 쪽으로 걸어가고 있는 경찰간부와 의경들을 향해 쌍욕을 퍼부어댔다.

"야 이 개새끼들아! 니들은 피도 눈물도 없단 말이냐? 씨발, 니 놈들은 양심도 없냐, 엉? 에이 더러운 새끼들…! 카악, 퉤…!"

만수는 벌써 저만치 멀어진 경찰을 향해 가래침을 따악 뱉었다.

"형! 그만 갑시다!"

"어딜 가자구?"

"집에 가서 한 숨 자라구요"

"집에 가서 한숨 자?"

"맨 정신으로 덤벼도 계란으로 바위 치길 텐데, 술이 취해서 어떻게 명민국 정권과 싸울 건데? 집에 가서 한 숨 자든, 목욕탕에 가서 한 숨 자든 술은 좀 깨고 나서 세상을 뒤엎든, 분신을 하든, 형 끌리는 대로 해야 될 것 아뇨?"

정기는 아무 대꾸를 하지 못했다. 초여름을 향해 비지땀을 뻘뻘 흘리며 걸어가고 있는 듯한 5월 하순의 하늘을 올려다보며 정기는 거친 숨을 몰아쉬었다. 그런 정기를 노려보던 만수가 다시 쏘아 붙였다.

"형도 잘 알다시피 저야 무민국 대통령을 죽도록 싫어하는 사람 아니오. 그렇지만 자살이든 타살이든 그 이유가 어떻든 간에 오늘 서거하셨으니 예의를 지켜 명복도 빌고, 고인의 유지도 받들어야 된다고 생각하오. 근데 형의 입장은 나하고 좀 다르잖아. 비록 무민국 대통령 집권 말기에 청와대 앞에서 분신자살을 시도하며 얼쑤패 피습사건을 해결해 달라고 몽니를 부렸지만 그래도 형은 한때 무민국 대통령의 열렬한 팬이었잖아! 나야 그 양반 살아생전에 일면식도 없는 사람이오만 형은 다르잖소! 그 양반이 대통령이 된 다음에 형을 단 한번이라도 만나 줬는지 안 만나 줬는지 나는 잘 모르겠소만 대통령 당선되기 전에는 그래도 여러 차례 형을 만나 줬다며? 얼쑤패 피습사건의 변호를 자청한 것도 그래서 이루어진 것 아니오? 그런 인연을 갖고 있는 무민국 대통령이 오늘 운명하셨는데, 지금 이게 뭐요? 이 사람 저 사람한테 자살이냐 타살이냐를 묻지 말고 형이 직접 그 진실을 파헤칠 수도 있는 것 아니우. 그럴라면 맨 정신으로 덤벼도 쉽지 않을 텐데, 이게 뭐요? 대체 이게 무슨 꼴불견이냐구…?"

만수의 강한 질책에 정기는 조용히 눈을 감고 듣고만 있었다. 마치 숯불이 시뻘겋게 달군 불판 위에 올라 선 짐승처럼 날뛰던 정기는 만수의 질책이 조목조목 맞는 말이라고 인정을 하는 모양이었다.

"형! 정신을 똑똑히 차리고 보시오. 전직 국가 원수가 서거했는데, 이게 뭐요? 시청 앞 광장에다 분향소를 설치 못하게 허니 사람들이 저 저 대한문으로 향하고 있잖아. 저기 좀 보시오. 전철을 타고 시청역에서 내려 분향을 할려고 지상으로 나오는 사람들을 경찰이 지하도 입구에서 다 틀어막고 있잖! 상황이 이렇게 삼엄한데 형이 감정적으로, 그것도 술이 떡이 돼서 명민국 정권에 덤비겠다구? 이길 수 있겠소? 허이구, 어림 반 푼어치도 없는 소리지…!"

"그만, 그만! 니 잔소리 더 이상 듣기 싫으니까 어여 결론만 말해 봐, 임마!"

"내 부탁 하나 들어줄 꺼요?"

"무슨 부탁? 말도 안 되는 부탁 헐 꺼면 집어 치우고, 얼른 결론만 말해 보란 말야!"

"얼른 집에 들어가서 샤위 좀 하고, 한숨 푹 주무시오. 그렇게 해서 술이 깬 다음 옷 갈아입고 나오시오. 그 뒤 저기 시청 광장에다 분향소를 차리든, 청와대 앞에 가서 다시 또 분신을 시도하든, 그건 형 맘대로 허시오만, 도대체 이 꼬라지가 뭐요? 며칠 세수를 안 했는지 모르겠소만 머린 새집이고, 얼굴엔 구정물이 질질 흐르고, 옷은 언제 빨아 입었소? 도대체 이빨을 언제 닦은 건지 원…! 이 꼴로 싸돌아다니고 싶소? 이 꼴로 무민국 대통령 영정 앞에 엎드려 명복을 빌고 싶냐고? 그건 고인에 대한 예의가 아니지! 최소한의 예의를 지킬라면 이런 꼬라지는 절대 안 되지! 지금 형이나 나나 땀 냄새가 장난이 아닌데, 그래도 목욕재계는 하고 분향을 하는 것이 고인에 대한 최소한의 예의가 아니겠소?"

정기는 아무 말도 하지 못했다. 이마에 맺혀 있던 땀방울이 볼을 타고 흘러내렸다. 그 땀방울 속엔 뜨거운 눈물도 섞이기 시작했다. 서럽고 억울해서 뜨거운 눈물을 시울 너머로 쏟아내고 있겠지만 추레한 자신의 몰골을 아프게 꼬집고 있는 만수 때문에 더 감정이 복받쳤는지 모른다.

만수는 마른 침을 꿀꺽 삼켰다. 입안에 가득 찬 악담을 좀 더 입 밖으로 토해 내고 싶었지만 꾹꾹 참고 목구멍으로 삼켜서 넘겨 버렸다. 잔뜩 풀어헤쳐진 의식의 끈을 정기가 스스로 다시 붙들어 매는 듯해서.

만수는 호주머니에서 지갑을 꺼냈다. 만 원짜리 지폐 서너 장을 정기의 그 고약한 악취를 뿜어내고 있는 개량한복 오른쪽 주머니에 넣어 주었다.

만수가 지갑에서 돈을 꺼내 자신의 호주머니에 넣어 주는 걸 눈물 가득한 눈으로 멀뚱하게 바라보고 있던 정기는 고개를 푹 숙이고 발걸음을 옮겼다. 터벅터벅 광화문 쪽으로 걸어가고 있는 정기의 뒷모습을 바라보고 있는 만수도 서글프긴 마찬가지였다.

정기의 축 처진 어깨, 푹 숙인 고개, 그리고 접착제가 떨어질 정도로 닳고 닳아서 걸을 때 마다 딱딱 소리가 나는 구두 뒷굽….그런 정기의 뒷모습을 한참 동안 바라보고 있던 만수는 어금니를 앙다물며 프레스센터 앞 도로변에서 손님을 기다리고 있던 모범택시에 올라탔다.

"기사님! 저기 저 광화문 앞으로 해서 수운회관 좀 갑시다!"

택시 기사에게 행선지를 알리고, 차창 너머로 인도를 터벅터벅 걸어가고 있을 정기의 모습을 찾아보았다. 국화꽃을 들고 서울시청 앞 광장 쪽으로 몰려가는 시민들 사이로 고개를 푹 숙이고 걸어가고 있는 정기의 뒷모습이 눈에 띄었다. 애잔하고 처량하기 그지없었다.

택시는 광화문 네거리를 향하고 있었다. 이순신 장군 동상 너머로 저 멀리 청와대 지붕이 만수의 눈에 들어왔다.

박정기에 비하면 세발의 피겠지만 김만수에게도 저 북악산 아래의 청와대는 한이 서린 곳이다. 그래서 아직도 초봄의 연한 풀빛을 조금은 붙들고 있는 북악산을 배경으로 아지랑이가 피어오르고 있는 청와대 지붕을 바라보며 잠시 이런저런 생각을 해보는 참이었다.

그런데 문득, 오늘 아침 서거한 무민국 대통령의 사인을 정확하게 아는 사람은 저 청와대 안에 있을지도 모른다는 생각이 머리를 스치고 지나갔다. 분명 저 푸른 기와지붕 아래엔 오늘 오전 서거한 무민국 대통령이 자살을 한 것인지, 아니면 타살된 것인지, 그 진실을 아는 사람이 앉아 있을 법했다.

6.
하늘로 가는 바다,
임수도(臨水島) 앞바다

소백산맥(小白山脈)의 추풍령(秋風嶺) 언저리에서 갈라져 남서쪽으로 뻗어 내린 노령산맥(蘆嶺山脈)이 곡창지대인 전북 김제시와 정읍시의 너른 들판을 가로질러 서해와 만나는 곳이 변산반도(邊山半島)다.

노령산맥이 변산반도에 다다르는데 얼마나 많은 세월이 흘렀는지 모를 일이지만 그 등줄기엔 김제의 모악산(母岳山), 정읍의 내장산(內藏山), 부안의 변산(邊山)도 솟아 있다. 그 광활한 젖가슴에서 '징게 맹경 외애밋들'의 황금 들녘을 촉촉이 적셔 온 만경강과 동진강도 흘러나온다.

낭주골 부안 땅의 대부분을 차지하는 변산반도는 '바깥 변산'과 '안 변산'으로 나뉜다. '변산반도'라는 지명을 잉태한 변산은 그 옛날 풍수지리 전문가들이 훌륭한 피난처로 정해 놓은 우리나라 '십

승지지' 가운데 한 곳이다.

조선 영조 때 실학자 이중환(李重煥)이 저술한 '택리지(擇里志)'엔 '변산의 바깥은 소금을 굽고 고기잡이에 알맞고, 산중에는 기름진 밭이 많아 농사짓기에 알맞다'고 적혀 있다. '주민들이 산에 오르면 나무를 하고, 산에서 내려오면 고기잡이와 소금 굽는 일을 하며 땔나무와 조개 따위는 값을 주고 사지 않아도 될 만큼 넉넉하다'고 덧붙였다.

산과 들, 그리고 바다가 있어 넉넉한 땅 변산반도.

삼면이 바다로 둘러싸인 변산반도의 끝머리엔 채석강(彩石江)과 적벽강(赤壁江)으로 유명한 격포항(格浦港)이 자리잡고 있다.

채석강은 격포항 오른쪽의 닭이봉 아래 마치 수만 권의 책을 쌓아놓은 듯한 절벽으로 특히 유명하다. 억겁의 세월 동안 바닷물이 빚어 켜켜이 쌓아 놓은 퇴적암층을 일컬어 '채석강'이라고 부르게 된 것은 당나라의 시인 이태백이 배를 타고 술을 마시다가 강물에 뜬 달을 잡으려다 빠져 죽었다는 채석강과 흡사하기 때문이었다는 얘기도 전해 온다.

닭이봉 아래로 걸어서 내려가면 파도와 세월이 깎아내고, 까마득한 날의 전설로 다듬어 놓은 채석강의 절경이 펼쳐진다. 그 기암괴석을 끼고 오른쪽으로 돌아가면 작지만 아담한 격포해수욕장이 눈앞에 펼쳐진다.

이곳에서는 1999년 12월 31일, 정부 행사인 새천년 맞이 해넘이 축제가 열렸다. 이날 20세기 마지막 해넘이 축제장에서 채화된 '영원의 불씨'는 갈대의 일종인 띠풀로 만들어진 띠배에 점화 되었다. 이 날 띄운 띠배는 중요무형문화재 '제82-3호'인 위도띠뱃놀이 때 사용하던 띠배를 본떠 만든 것이었다.

천년의 액을 가득 실은 띠배는 영원의 불씨로 지핀 불꽃이 닿자 마자 활활 타올랐다. 잠시 뒤, 차가운 겨울바다로 흩어져 내리는 묵중한 어둠을 한입 두입 베어 물기 시작하는 칠산바다 위로 서서히 사라졌다.

약 2년 뒤인 2002년 10월 9일 해질녘, 칠산바다 한 복판에 떠 있는 고슴도치 섬 위도(蝟島)로 가는 바닷길의 해걷이바람은 다소 거칠었다. 격포항에서 빠져 나온 개양카훼리호가 위도와 격포의 중간쯤에 위치한 임수도(臨水島) 근처에 다다르자 거친 해걷이바람에 놀란 물결이 하얀색 포말을 숨 가쁘게 뿜어냈다. 그 포말의 일부는 개양카훼리호 갑판 위로 간간이 뛰어 들었다.

임수도 부근의 해역은 심청전(沈淸傳)의 주인공인 효녀 심청이 아버지 심봉사의 눈을 뜨게 하려고 공양미 삼백 석에 몸을 팔고 뛰어 든 인당수(印塘水)라는 주장이 이미 오래 전에 학자들 사이에서 제기된 바 있다.

그 주장에 따르면, 심청은 전남 곡성군 오곡면 송정리에서 태어난 실존 인물이다. 중국 상인에게 팔려 고향인 곡성을 떠난 심청은 섬진강을 따라 완도군 금일도로 나와서 대형 상선으로 갈아탄 뒤 위도의 임수도 해역에서 몸을 던졌다. 이런 사연을 갖고 있다는 임수도는 원래 '인수도'로 불렸다는데, 오늘날엔 '임수도'로 불린다고 한다.

이 주장이 사실인지 아닌지 지금으로서는 알 길이 없지만, 임수도 인근은 암초도 많고, 물살이 거칠고 험하다. 그런데다 해무(海霧)가 자주 끼어 해난 사고가 잦은 곳이다. 바로 이 임수도 근해에서 1993년 10월 10일 오전 10시, 292명의 생명을 앗아간 서해훼리호 침몰 사고가 발생했던 것이다.

임수도를 지나 위도의 관문 파장금(波長金)항을 향해 더딘 걸음을 재촉하는 개양카훼리호 2층 갑판 위엔 30대 후반의 남자가 한 명 서 있다. 키는 175cm 정도로 보이고, 체구는 야윈 편이다. 검은색 뿔테 안경 너머의 작은 눈동자는 맑고 촉촉해 보인다. 취기가 잔뜩 오른 눈망울엔 슬픔과 고뇌가 가득 고여 있다.

개양카훼리호가 서해훼리호 침몰사고 지점에 이르자 그는 반병쯤 남은 소주를 병째 들이마셨다. 그러더니 깊은 한숨을 몰아쉬었다. 2층 갑판 가장자리를 두른 철재 난간을 붙들고 선 그의 뒤태가 심상치 않다. 아무래도 292명의 무고한 생명을 앗아간 그 죽음의 바다로 뛰어내릴 성싶었다.

그의 시선은 식도(食島) 너머 저 멀리 수평선 근처에 떠 있는 왕등도(旺嶝島)를 향하고 있다. 그의 눈동자에서는 왕등도 뒤편으로 뉘엿뉘엿 지고 있는 석양빛에 그을린 섬뜩한 광채가 번뜩거렸다.

"어머니! 아버지! 흐윽!….동해야!…."

개양할미의 전설이 깃든 칠산바다 한복판을 미끄러져가는 여객선 갑판 위에 홀로 서서 남몰래 울고 있는 그의 눈에서는 눈물이 펑펑 쏟아졌다.

"동녘아!⋯.옥자야!⋯흐으윽!⋯"

비장한 그의 눈빛과는 달리 나지막한 소리로 부모를 부르고 처자식의 이름을 나열하는 그의 입에서는 술기운에 범벅된 슬픔이 쏟아져 나왔다.

입술을 깨물며 그는 결심을 굳히는 듯했다. 중국 상선을 타고 가다 이곳 인당수에 뛰어들었다던 심청처럼 그도 갑판 위의 철재 난간만 훌쩍 뛰어 넘으면 임수도의 천길 물길 속으로 순식간에 빨려 들 수 있는 상황이었다.

예로부터 한반도에서 가장 아름다운 것으로 알려져 있는 왕등도 낙조를 한동안 바라보던 그는 물 위에 떠 있는 모든 것을 언제든지 집어 삼킬 기세로 하얀 게거품을 물고 끊임없이 밀려오는 임수도의 사나운 삼각파도를 주시하다가 눈을 질근 감았다.

그가 철재 난간 하단에 한 쪽 다리를 올리고 서서 다시 고민에 빠져드는 참인데, 등 뒤에서 귀에 익은 목소리가 들려왔다.

"희오 집이 오냐?"

조희오는 뒤를 돌아보았다. 광대뼈가 유난히 튀어나온 50대 후반의 아낙은 다름 아닌 신궁자였다.

"아니 이모! 육지 갔다 오시요?"

"어, 너그 이모부 제사가 얼매 남지 않아서 지찬 좀 장만허러 부안엘 댕겨오는디, 넌 어쩐 일이냐? 오랜만에 집이 오는 것 같은디?"

"별일은 없고요. 지난 추석 때도 못 오고, 어머니 제삿날도 오지 못해서 어머니 산소에 술이나 한 잔 올릴라고 왔네요."

개양카훼리호의 선체가 심하게 흔들리는 탓도 있겠지만 술이 많이 취한 희오는 제대로 몸을 가누지 못하고 비틀거렸다. 잰걸음으로 달려든 궁자가 넘어질 듯 비틀거리는 희오의 팔뚝을 붙들었다.

신궁자.

친이모는 아니지만 돌아가신 어머니가 살아생전에 친동생처럼 여겨 희오는 그녀를 이모라고 불러왔다. 궁자도 늘 희오를 친조카처럼 여겼다.

철재 난간에 등을 기대고 선 희오는 담배를 꺼내 물었다. 라이터를 연신 켜보지만 세찬 바닷바람에 담뱃불을 붙이는 것이 그리 쉬운 일은 아니었다. 어렵사리 담뱃불을 붙인연기를 한 모금 깊게 빨아서 가쁘게 내뿜었다.

희오의 얼굴은 아직 앳되지만 세상의 모든 근심을 죄다 짊어진 양 축 처진 양쪽 어깨는 무거워 보였다. 담배 연기에 뒤섞인 깊은 한숨엔 숨길 수 없는 살기(殺氣)가 진하게 묻어 있는 듯했다. 이 때문인지 궁자는 무슨 말을 해야 될지 몰라 당황하는 눈치였다.

하지만 조희오가 지금 생사의 갈림길에서 방황을 거듭하고 있다는 걸 눈치 채지 못한 신궁자는 잠시 굳게 닫혀 있던 입을 열었다.

"넉 오메 지세가 음력 팔월 스무 난 날 아녀?

"예, 양력으론 10월 9일인 오늘이 아홉 번째 기일입니다만 어머니 제사는 음력으로 모시고 있어 음력 팔월 스무 나흘날인 지난 주 월요일이 기일이었네요."

"그려? 참 나! 이모라는 작자가 지 먹고 살기가 바쁘다고 너그 집이 어떡기 돌아가는지 신경을 못 써 입이 열 개라도 헐 말이 없다만 넉 오매 지세는 너그 성 희진이가 계속 지내지야?"

"예, 희진이 형님이 큰 아들이라 어머니 제사도 아버지 제사도 모시고 있습니다만….."

말끝에 한숨을 잔뜩 찍어 바른 희오의 대답을 듣고 나서 궁자는 더 이상 질문을 이어가지 못했다. 그러면서 희오의 시선이 머물고 있는 식도 뒤편의 거북바위 쪽을 바라보았다.

"동핸가 고놈이 살았으면 시방 열두세 살은 안 됐겠냐?"

불쑥 내뱉은 궁자의 질문에 희오는 대답을 못하고 고개만 끄덕였다. 희오의 눈엔 순식간에 핏발이 돋아 났다.

영혼의 허기짐을 채우기 위해선지 희오는 담배를 쭉쭉 빨아댔다. 어느새 담뱃불은 필터까지 태울 지경이었다. 필터 앞에 남은 담뱃불을 검지로 힘 있게 툭툭 털어낸 희오는 담배꽁초를 엄지와 중지 사이에 끼워 바다에 튕겨 날렸다. 그런 다음 볼을 흠뻑 적시고 있는 눈물을 손바닥으로 연신 훔치며 거북바위를 매섭게 노려보았다.

희오는 소주병에 남아 있던 술을, 병나발을 불어서 마저 다 마신 뒤, 빈 소주병도 바다에 내던졌다. 눈에 칼을 세우고 오만상을 다 찌푸리더니 갑자기 훌쩍거리기 시작했다.

한동안 잊고 있었던 그날의 기억들이 파노라마처럼 스쳐 지나갔다. 적어도 수백 번은 꿈속에 나타났을, 9년 전 서해훼리호 참사 때의 참혹했던 잔상들이 또다시 머릿속에서 펼쳐지자 희오는 가쁜 숨을 몰아쉬며 헐떡거렸다.

노령산맥의 꼬리가 바다 속에서 헤엄쳐 나와 섬이 되었다는 위도.

그 정확한 시기는 알 수 없지만 언제부터인지 사람들은 '위도'의 한자 표기로 '고슴도치 위(蝟)'와 '섬 도(島)'를 써왔다. 중국 송나라 때의 사신 서긍(徐兢)이 쓴 '고려도경(高麗圖經)'에 근거해 '고슴도치 모양을 닮은 섬'이라는 뜻에서 '위도'라는 지명이 탄생했다고 알려져 있다.

항공사진을 찍을 수도 없던 그 옛날 옛적에 어떻게 결코 작지 않은 섬의 모양이 고슴도치를 닮았다고 생각했을까?

아무튼 위도의 지명 유래에 대한 연구와 논의는 좀 더 필요하겠지만 고슴도치 섬인 위도엔 '식도(食島)'라는 부속섬도 있다. 식도는 고슴도치의 입 앞에 위치한다. 그래서 위도 사람들은 이 섬을 '고슴도치의 밥이 되는 섬'이라는 뜻에서 '식도'로 불러왔다.

두 개의 섬이 이어져 있는 듯한 식도엔 까마귀산이 있다. 오산(烏山)이라고도 하는 이 까마귀산의 정상은 그 옛날 봉홧불을 피워 올렸다고 해서 '봉우재'라 불린다. 봉우재에서 올린 봉홧불은 임수도 건너 고군산(古群山) 일대에서 확인했다고 전해 온다.

까마귀산 정상인 봉우재에 오르면 고군산 방향으로 헤엄쳐 가고 있는 것 같은 두 개의 바위섬이 눈에 띈다. 하나는 지네 모양의 '지여'이고, 또 하나는 거북이 모양의 '거북바위'다. 손바닥만 한 작은 무인도인 이 두 개의 바위섬은 언뜻 보면 지네 형상인 지여가 거북이 형상의 거북바위를 뒤쫓고 있는 것 같다.

'수리바우'라고도 불리는 거북바위의 머리에 해당되는 앞부분은 육지, 정확하게 말해서 고군산 군도(群島)를 향하고 있다. 꽁무니에 해당되는 뒷부분은 식도 쪽을 향해 꼬리를 내리고 있다.

그렇게 자리를 잡고 있는 거북바위는 수천, 수만 년 동안 임수도의 거친 물살을 헤치고 뭍으로 달아나려고 단 1초도 쉬지 않고 헤엄을 쳤을 것 같다. 고슴도치가 '밥섬' 식도를 다 먹어치우고 나면 자기를 잡아먹으려고 달려들 것이라고 걱정을 했을지도 모를 일이고, 까마귀산의 까마귀와 지여의 지네가 끊임없이 괴롭히는 통에 차라리 멀리 달아나고 싶었는지도 모를 일이다.

하지만 허우적허우적 용을 쓰며 육지로 달아나려고 시도했을 거북바위의 꿈은 오랜 세월 동안 미몽(迷夢)에 그치고 말았으리라.

부안군 변산면 격포리 죽막동엔 적벽강이 있다. 채석강 못지않은 절경을 자랑하는 적벽강의 용두암, 다시 말해 사자바위 위엔 여해신(女海神) 개양할미를 모시고 있는 당집인 수성당이 있다.

전설에 따르면, 수성당 할머니인 개양할미는 아득한 옛날에 수성당 옆 '여울골'에서 나와 서해 바다를 열었다고 한다. 어찌나 키가 크던지 굽이 있는 나막신을 신고 바다를 걸어 다녀도 버선이 물에 젖지 않았다고 한다.

이런 개양할미의 도움을 받아 칠산바다가 오늘의 형상을 갖춘 이후부터 지금까지 거북바위는 그 자리에 그대로 붙박고 떠 있다. 그토록 오랜 세월이 흘렀건만 헤엄을 쳐서 단 한 뼘도 앞으로 나가지 못했다는 사실에 비춰보면 거북바위는 헛된 꿈만 부질없이 꾸며 긴 긴 세월을 보낸 셈이다.

어느 때 부턴가 거북바위는 고슴도치 섬 위도의 바람 소리와 파도 소리가 맘에 들어 지금 그 자리에 그대로 떠 있기로 작심을 했는지 모를 일이다. 위도에 사람이 살기 시작하면서 부터는 멀리 달아나고 싶은 생각을 아예 지워 버렸는지도 모른다. 사람이 있어 더 이상 외롭지 않고, 무섭지 않아서 말이다.

어쨌거나 그 거북바위 덕분에 9년 전 이맘때 희오는 천추의 한을 조금은 달랠 수 있었다.

"동해야! … 흑흑! … 동해야! … 흑흑흑!"

설움이 북받쳐 자꾸 숨을 거칠게 내쉬며 울고 있는 희오의 머릿속엔 서해훼리호 참사 때 바다에서 인양해 거북바위에 올려놓았던 세 살배기 동해의 주검이 지금 눈앞에 있는 것처럼 생생히 떠올랐다.

동해는 희오의 큰 아들이었다. 1991년 11월생인 사내 아이 동해는 친할머니인 희오 어머니 이춘심과 함께 서해훼리호를 타고 격포로 나오다가 변을 당했다.

당시 희오는 아내와 함께 격포항 방파제에서 좌판을 깔고 낙지와 해삼 등 해산물을 파는 장사를 했다. 이 때문에 희오 어머니 춘심은 손자인 동해를 위도에서 맡아 키웠다. 동해가 감기에 걸려 몇 날 며칠을 심하게 앓자, 춘심은 아이를 병원에 입원 시킬 요량으로 격포로 데리고 나오다가 그만 서해훼리호 참사의 희생자가 된 것이다. 손주 동해와 함께.

임수도와 위도 사이의 차갑고 어두운 바다 밑에 서해훼리호와 함께 수장되었던 동해의 시신은 사고 발생 11일 만에 거북바위 근처에서 발견되었다. 뻘 속에 박힌 선체에서 어떻게 빠져 나왔는지 모르겠지만 할머니 춘심의 시신보다 먼저 발견됐다.

배가 표류하는 과정에서 바위에 부딪쳐서 그랬는지, 아니면 바다 속 어패류의 공격을 받아서 그랬는지, 한 쪽 눈은 심하게 훼손돼 있었고, 코도 뭉개져 있었다. 그리고 오른쪽 귀는 완전히 잘려 나갔고 왼쪽 귀는 반쯤 남아 있었다.

거북바위 몸통 쪽의 넓적한 바위 위에 뉘어 있던 동해의 시신을 확인하는 과정에서 희오의 아내 김옥자는 기절하고 말았다. 희오 역시 정신을 잃을 지경이었지만 아들의 주검을 수습한 다음 한 시라도 빨리 어머니의 시신을 찾아야 된다는 일념 덕분에 간신히 버틸 수 있었다.

희오는 개양카훼리호 2층 갑판의 철재 난간 중간에 오른 발을 올렸다. 드디어 이 험한 세상을 더 이상 살 가치가 없고, 더 이상 살아갈 자신도 없다는 결론을 내린 모양이다. 그런 결론에 이르게 된 데는 격포에서부터 마시기 시작한 소주의 영향도 컸겠지만 서울에서 내려 올 때부터 작정한 한 바가 있었기 때문이다.

조희오는 위도면 대리에서 태어났다. 대리국민학교와 위도중학교를 졸업했다. 고등학교는 군산에서 나왔고, 대학은 서울에서 다녔다. 그의 처 김옥자는 전라남도 진도군 출신으로 두 사람은 캠퍼스 커플이었다.

1970년대 중반 추자도 근처 해상에서 고깃배 침몰사고로 돌아가신 아버지의 별명이 '꺼꾸리'여서 동네 사람들이 '꺼꾸리 막내아들'

로 불러 온 조희오.

　그의 머릿속에서는 3남1녀의 막둥이로 태어나 서른여덟의 나이까지 살아오면서 숱하게 겪었던 잊지 못할 순간들이 주마등처럼 스치고 지나갔다. 못 다한 이승의 인연 때문에 앞으로 보다 더 험난한 인생을 살아갈 수밖에 없는 작은 아들 동녘이와 아내 김옥자의 얼굴이 사선(死線)에 선 희오의 눈앞을 가로 막고 있다. 하지만 눈앞에 아른거리고 있는 처자식의 얼굴이 술기운에 더욱 대범해진 그의 굳은 결심을 무너뜨리지는 못했다.

　"아니 이 썩을 놈이 어쩔라고 이런댜! 야 이놈아, 희오야! 희오야!…"

　이미 눈이 뒤집혀 철재 난간 상단으로 올라서는 희오의 허리춤에 두 손을 깊숙이 찔러 넣은 궁자는 필사적으로 그를 난간 안쪽으로 잡아당기고 있었다.

　"놔아! … 이것 놔아! … 아 씨팔, 이것 노란 말여!"

　가난한 어부의 딸로 태어나 반세기가 넘는 모진 세월을 억척스럽게 헤쳐 온 궁자의 손등엔 벌써 좁쌀 만 한 검버섯들이 듬성듬성 박혀 있었다. 하지만 이 순간 죽음을 향해 마지막 문턱을 넘어서려는 희오의 허리춤을 붙잡고 있는 그녀의 가냘프고 쭈글쭈글한 손가락은 어쩌면 대형 크레인의 쇠줄보다 더 강한 생명줄이었다.

　연약하지만 강인한 궁자의 손아귀에서 빠져 나가려고 몸부림을 치며 악다구니를 부리고 있는 희오는 흡사 섬마을의 이 고샅 저 고샅 싸돌아다니다가 쥐약을 핥아먹고 발광한 똥개 같았다. 미쳐서 날뛰는 희오가 죽음의 문턱을 넘지 못하도록 붙들고 안간힘을 쓰다 보니 궁자는 기운이 다 빠져 몸을 가누지 못할 지경이 되고 말았다.

그렇지만 희오는 이에 아랑곳하지 않고 두 손을 등 뒤로 돌려 자신의 허리춤을 붙들고 있는 궁자의 양쪽 팔뚝을 움켜쥐었다.

"놔아! … 이것 못 놔! … 에이 씨팔년아! 이것 노란 말야…!"

이미 제 정신이 아닌 희오의 입에서 패륜의 쌍욕이 쏟아져 나왔다.

하지만 궁자는 이를 따질 겨를이 없었다. 희오의 초인적인 완력 때문에 두 손으로 악착같이 붙들고 있던 허리춤을 놓친 상태였기에 그녀의 정신은 온통 다른 데 쏠려 있었다. 여차하면 난간을 뛰어 넘을지도 모를 희오의 바짓가랑이라도 붙잡는 것이 급선무였다.

"희오야! 희오야…! 야 이 썩을 놈아, 으디를 갈라고 이러냐…! 희오야…!"

궁자가 판단하기에 희오가 다시 용을 써서 올라서려고 하는 개양훼리호 2층 갑판 위의 철제 난간은 이승과 저승의 경계선이었다. 이 때문에 궁자는 생사의 갈림길에 선 조카 희오를 죽을힘을 다해 붙들어야 했다. 난간 상단에 다시 또 오른발을 올리고 있는 희오를 등 뒤에서 꽉 끌어안았다.

바다에 뛰어들려고 난동을 부리는 조희오와 조카의 투신을 저지하려는 이모 신궁자. 두 사람이 격렬한 몸싸움을 벌이며 질러대는 괴성과 비명은 개양훼리호 기관실에서 빠져 나오는 엔진소리를 압도하고도 남을 만 했다.

몸싸움이 벌어진 지 4분도 채 지나지 않았다. 궁자가 희오를 끌어

안고 엉덩방아를 찧으며 뒤로 넘어졌다. 객실 외벽에 머리를 세게 부딪쳤다. 궁자는 의식을 잃고 쓰러졌다. 희오는 이를 알아차리지 못한 듯 벌떡 일어서더니 난간 앞으로 다가섰다.

철제 난간을 두 손으로 꽉 움켜쥐고 잠시 멈칫하며 거북바위를 응시하고 있는 희오의 몸 이곳저곳에서는 피가 흘러내렸다. 궁자와 몸싸움을 벌이는 과정에서 얼굴과 목, 그리고 손등에 크고 작은 상처가 났지만 희오는 그런 상처에 신경을 쓸 정신이 아니었다.

육신의 아픔과 고통에 무뎌진 영혼이었지만 의식은 또렷해지는 듯했다. 그 투명한 의식 속에 돌아가신 어머니의 얼굴이 떠올랐다. 뱃속에서 탯줄을 끊고 나오면서부터 머릿속에 새기기 시작한 어머니의 이미지 컷은 수십만 장, 아니 수백만 장이 될 수도 있을 것이다. 그런데 이 순간 저승 어귀를 서성거리고 있는 희오의 머릿속에 떠오른 어머니의 이미지 컷은 단 몇 장뿐이었다.

서해훼리호 참사 때 큰 형제섬 바닷가에서 발견되었던 어머니. 시신 확인과정에서 아들 희오가 하얀 천을 걷어 올리고 피눈물을 흘리며 들여다 본 어머니의 얼굴은 한마디로 눈을 뜨고 볼 수 없을 정도로 처참했다. 여객선 침몰사고가 발생한 지 19일 만에 발견 된 어머니의 시신은 그 형체가 얼마나 훼손되었던지 본인인지 아닌지를 확인하는데도 시간이 꽤 걸렸다.

"어머니…! 흐흑…! 흑흑…!"

희오는 난간 상단에 다리를 올렸다. 그러더니 눈 깜짝할 사이에 난간을 훌쩍 뛰어넘어 인당수의 전설이 서린 임수도 앞바다에 몸을 던졌다. 어머니의 아홉 번째 양력 제삿날, 그렇게 저승길에 뛰어들었다.

개양훼리호 2층 갑판 위에 쓰러져 의식도 없이 드러누워 있는 신궁자의 머리맡엔 선홍색 피가 흥건하게 고여 있었다.

7.
1993년
10월 9일

"아니 언니, 야가 희오 아들 동해여?"

1993년 10월 9일 토요일 초저녁, 위도면 벌금리(筏金里) 이윤복의 집 마당으로 들어서는 조희오의 어머니 이춘심을 반기며 신궁자가 묻는 말이었다.

"어, 야가 동핸디, 그간 잘 있었냐?"

"어이! 근디 언니, 야가 많이 아프담서?"

"그끄저끄부텀 끙끙 앓고 있다만, 보건소 가서 주사도 맞치고 약도 타다 먹였는디 차도가 없으니 참말로 큰일이다 큰일!"

"근디 묻허러 왔능가? 그냥 대장 집이가 있지! ⋯ 산 손지새끼가 죽기 생겼는디, 죽은 친정 오매 지세가 문젠가?"

"그러게 말이다."

궁자가 언급한 '대장'은 국가가 지정한 중요무형문화재인 위도

띠뱃놀이의 전승지 대리(大里)마을의 옛 지명이다. 대리에서 이곳 벌금리까지 걸어서 올라치면 약 1시간 정도가 소요된다. 춘심은 일평생을 대리의 시댁과 벌금리의 친정을 걸어서 왕래했다.

하지만 몇 년 전부터는 오고가는 시간이 대폭 단축됐다. 위도에 각각 단 한 대씩뿐이지만 공영버스와 개인택시가 다니는 덕분이다.

자고이래로 위도의 주된 운송수단은 당연히 선박이었다. 사람이 이고지고 다닐만한 무게나 부피를 넘어서는 화물은 거의 대부분 선박을 이용해서 운송했다. 요즘이야 도로 폭이 많이 넓어졌지만 예전엔 산길이 좁고 높은 고개가 많아 우마차를 이용한 원거리 육상운송이 위도에서는 불가능했다.

1970년대 후반까지만 해도 위도엔 손수레가 그리 많지 않았다. 자전거도 별로 없었다. 1980년대 중반을 넘어서면서 바야흐로 위도에 오토바이 운송시대가 열렸다. 비포장도로이긴 하나 폭이 넓은 신작로가 뚫린 덕분이기도 했다.

1980년대 후반까지 위도에서 운임을 받고 원거리 수송을 담당했던 오토바이는 겨우 몇 대에 불과했다. 급히 원거리 이동을 해야 되는 주민이나 부피가 작고 무게가 가벼운 화물을 긴급하게 운송해야 되는 주민이 애용했다.

이런 오토바이 운송시대가 한동안 지속되었다. 그러다가 1980년대 후반에 드디어 위도에 본격적인 버스운송 시대가 개막됐다. 공영버스가 오지 낙도인 위도의 비포장도로를 달리기 시작하면서부터 섬 주민들의 생활은 몰라보게 달라졌다.

몇 년 전엔 개인택시도 등장했다. 용달차를 굴리는 가구도 한 집, 두 집 늘어나면서 위도 주민들의 원거리 이동과 화물수송은 매우 용이해졌다.

오늘 저녁 춘심이 독감에 걸린 손자 동해를 포대기에 싸서 등에 업고 대리에서 벌금리로 넘어오면서 이용한 운송수단은 개인택시였다.

춘심의 친정 동네인 벌금리.

위도면의 면소재지인 진리(鎭里)와 인접해 있는 벌금리는 그 옛날, 마을에 소금을 굽는 '벌막'이 있어 '벌금(筏金)'이라는 지명을 갖게 되었다고 전해 온다. 하지만 바닷물을 길어다 가마솥에 부어 넣고 불질을 해서 소금을 굽던 움막터가 벌금리 어디쯤이었는지는 알 수 없다.

벌금리 마을 뒷산 너머엔 '도장금'이라고 불리는 위도해수욕장이 있다. 곱고 가는 백사장과 백옥의 가루를 수북하게 쌓아 놓은 듯한 사구, 맑고 푸른 해수, 경사가 완만해서 멀리 나가도 깊지 않은 수심, 울창한 아카시아 숲속에 넓게 펼쳐진 해당화 군락지…

이러저런 자랑거리가 적지 않은 도장금해수욕장은 그 옛날 대통령 별장을 지으려고 정부가 부지를 고려했다는 얘기가 전해 올 정도로 명성이 자자한 해수욕장이다.

그런 유명 해수욕장을 찾아가기 위해서는 반드시 거쳐야 하는 마을이 바로 벌금리다. 벌금리 포구에 서면 바다 건너 약 1km 해상에 떠있는 식도의 전면(前面)이 눈에 들어온다.

포구 왼쪽엔 여객선 선착장으로 쓰고 있는 약 100m 길이의 방파제가 있다. 그 방파제 너머 약 600m 지점엔 두 개의 작은 기암괴석으로 이루어진 '오잠'이 있다. 오잠엔 기암괴석뿐만이 아니라 그리 넓지 않은 자갈밭도 딸려 있다.

포구 오른쪽 해안선을 따라가면 벌금리 앞바다와 진리 앞바다의 경계선 역할을 하는 약 500m 길이의 돌다리가 나온다. 일명 '정금다리'로 불리는 이 돌다리의 높이는 대략 4m, 너비는 약 2m 정도다. 이 돌다리 하단엔 지금의 돌다리를 쌓기 이전에 태풍으로 유실되었다는 옛 다리의 흔적도 남아 있다.

갯벌과 자갈밭이 민낯을 드러내는 간조 시엔 상관이 없지만 밀물이 들어오기 시작하는 물참 때 이후에 육로를 통해서 정금리(井金里)로 들어가기 위해서는 반드시 건너야 하는 정금다리는 벌금리 조금치가 본섬의 기점이다. 조금치에서 시작된 이 돌다리는 바다 건너 맞은편에 솟아 있는 인동장씨 문중산 아래의 자갈밭인 목살까지 이어져 있다.

장불.

썰물 때 드러나는 너른 모래밭을 일컬어 전라도 지방에서는 '장불'이라고 칭한다. 그런데 위도사람들은 '너른 자갈밭'을 '장불'이라고 부른다. 조금치는 벌금리 장불의 일부인 셈이다.

위도에서는 윗말을 '웃거티'라고 칭한다. 아랫말은 '아랫거티'라고 하는데, 벌금리 윗말에 속하는 '웃거티'에서 조금치로 가기 위해서는 장불, 다시 말해서 너른 자갈밭에 뿌리를 내리고 있는 야트막한 동산을 넘어야 한다.

높이 10m 정도의 이 동산에 오르는 들머리에는 그 옛날 서 너 채의 초가집이 있었다. 그 가운데 한 채는 번듯한 2층 양옥집으로 바뀌었고, 다른 한 채는 현재 기와집이다.

그 2층 양옥집은 춘심의 친정으로 손아래 동생인 이윤복이 아내 박양란과 함께 살고 있다. 기와집은 신궁자의 친정이었지만 8년 전 큰 오빠가 경기도 안산으로 이사를 가면서 동생 궁자에게 물려 준 집이다.

이윤복의 큰 누나 이춘심은 대리 조씨 집안의 장남한테 시집을 갔다. 남편 조창술은 태어날 때 거꾸로 태어났다. 뱃속에서 머리가 먼저 나와야 되는데, 다리부터 나왔던 것이다. 그래서 '꺼꾸리'라는 별명을 얻게 되었다.

춘심은 마흔여덟 살 때인 1970년대 중반, 남편과 사별한 뒤 홀로 조희진, 조희오 등 3남 1녀를 남부럽지 않게 키워냈다.

춘심의 친정아버지는 1970년대 후반, 눈이 펑펑 쏟아져 내리던 엄동설한의 첫새벽, 마을 앞 갯벌의 김양식장으로 김을 채취하러 나가다가 뇌출혈로 쓰러져 작고했다.

친정어머니는 1960년대 후반에 시력을 완전히 잃었다. 그 이후, 눈 뜬 봉사로 살다가 9년 전인 1984년 음력 팔월 스무닷새 날 이승을 떠났다.

이춘심의 친정 아랫집에서 태어난 신궁자는 어려서부터 지금까지 춘심을 친언니처럼 따르고 있다. 나이 차이가 많지만 궁자와 춘심의 우애는 피를 나눈 자매 못지않다.

손자 동해를 등에 업은 이춘심이 힘겹게 친정집 마루를 올라가고 있는데, 궁자가 마루 건너의 유리 미닫이문이 울리도록 목청을 높였다.

"춘녀 언니! 대장 언니 왔네…!"

안방으로 들어가는 유리 미닫이문이 열리더니 춘녀가 마루로 나오며 언니 춘심을 맞이했다.

"아니, 언니! 애가 아프담서 문허러 왔능가? 지세는 우리끼리 지낸당께!"

"나도 그러고 싶었다만 큰딸이 친정오매 지세도 안 물러 다닌다고 소문이 나봐라! 나 참말로 얼굴 들고 못 댕긴다."

방 안에서 몇 사람이 몰려나오며 춘심을 맞이했다. 그 가운데는 이윤복의 처 박양란, 이춘녀의 남편이자 서해훼리호 승무원인 임사공도 끼어 있다.

안방으로 들어간 춘심은 잠들어 있는 동해를 춘녀의 도움을 받아 아랫목에 조심스럽게 눕혔다. 포대기를 동해의 턱 아래까지 씌워서 이불처럼 덮어준 뒤 이마를 만지며 체온을 확인했다.

춘녀와 양란, 그리고 사공은 모두 걱정스러운 눈빛으로 손자뻘 되는 동해의 병세를 유심히 살폈다.

"영범이 아빠! 낼 객선 뜨겠소?"

춘심이 옆에 앉아있는 제부 임사공에게 내일 서해훼리호 출항 여부를 물었다.

"아직은 파도도 잔잔허고, 내일 기상예보도 나쁘지 않은께 걱정은 허지 마시오만, 처형이 벨, 야를 데리고 격포로 나갈라고 그러요?"

"희오는 어지간허면 나오지 말라고 허는디, 희오 각시가 벨 꼬옥 좀 데리고 나오라 안 허요. 감기가 길어지믄 큰 탈이 나는 것 아니냐며 부안 병원엘 가보자 혀서 벨 아침 객선을 타고 나간다고 아까 대리 집이서 전화로 약속을 했소."

"영범이 아빠! 오늘 격포서 희오 만났담서?"

아내 춘녀가 남편 사공의 기억을 상기시켜 주었다.

"아, 그렇제. 저기 처형! 희오가 말여라우. 오후 3시 50분쯤, 격포서 마악 객선 출항을 하려고 준비를 허고 있는디, 선착장으로 달려와가꼬 봉투를 하날 전허던만요. 요게 뭣이냐고 물어본께 외할매지센디 지세 물러도 못가고 지송허담서 봉투에 5만 원을 넣었응께 외삼촌헌테 전해 달라고 부탁을 헙디다. 그리서 아까 윤복이 성님헌티 전해 드렸고만이라우."

사공의 이야기를 귀담아 듣고 난 춘심은 짧게 한숨을 토해냈다. 잠시 뒤, 유리 미닫이문을 통해 안방과 연결돼 있는 주방에서 수건을 든 양란이 들어왔다. 양란은 찬물을 흠뻑 적신 듯한 수건을 동해의 이마에 얹었다.

"성님! 몸이 며칠째 이렇기 펄펄 끓는 거요?"

"오늘이 벌써 나흘짼디, 벨은 꼬옥 뎃꼬 육지로 나가야 쓸랑게벼!"

"암만 암만 … 성님이 난 자식도 아니고 메누리가 난 자식잉께 갸들이 허자는대로 혀야제 벨수 있것능가!"

양란의 말대로 해보겠다는 듯 춘심은 고개를 끄덕거렸다.

"형부, 이 밥상 좀 펴 주실라요?"

궁자가 낑낑거리며 주방에서 안방으로 들고 온 큰 밥상을 사공이 넘겨받았다.

"털보 동생은 어디 갔수? 아 집이가 있으믄 오라고 혀서 저녁을 같이 들면 좋것고만!"

"그러믄 나도 얼매나 좋겠소. 근디 고놈으 인간이 술이 떡이 돼가꼬 집이 들어와서는 씻지도 않고라우, 아 글씨 안방에 큰대자로 드러눕더니만 금세 코를 곯며 뻗어 잔당게요."

"아니 고것이 말이여. 막걸리여? 하늘같은 서방님이 뻗어 자다니?"

"아이고 나도 몰러요! 얼매나 서방이 미우면 이러겄소!"

궁자는 투덜거리며 주방으로 건너갔다.

"아니 제부! 윤복이는 으디로 볼일을 보러 나갔다우?"

춘심이 사공에게 동생 윤복의 행방을 물었다.

"오늘 낚싯꾼들 태우고 왕등으로 낚시질을 댕겨왔나 봅디다. 고 낚싯꾼들허고 삼복횟집서 저녁을 먹는다고 허던디, 아마 거기 있을 것이오 시방!"

"오매 지세는 누구더러 지내라고?"

"어따 오매 제삿날잉께 제삿상 차리기 전에는 들어오것지라우!"

"오늘 대리 낭장망 배들도 죄다 낵끼질배 차댈 나갔는디, 올 가실엔 문일로다 낵끼질꾼들이 우르르 위도로 몰려온다우?"

"누가 위도에 괴기가 많다고 소문을 내고 강문을 냈는지는 나도 잘 모르것소만, 유난히 올 가을 위도로 들어오는 낚시꾼들이 많은디, 아마 시방 이 동네 저 동네 머물고 있는 낚시꾼들이 한 삼사백 명은 될 것이구만요."

"삼사백 명? 글면 객선도 수입이 짭짤허것는디?"

"으디 객선 뿐이것소! 낚싯배 선주들, 민박집들, 그라고 횟집에 식당들까지…. 아 윤복이 성님도 올 가을에 많이 벌었을 것이오. 주말엔 뭐 당연허고, 평일에도 낚싯배 차대를 나가는 날이 많은가 봅디다."

"종찬이 오매도 어찌나 바쁜지, 요새 전화 통화허기도 어렵던만."

"아마 처남댁도 눈코 뜰 새 없이 바쁠 것이요. 성님 낚싯배 차대 나가는디 식자재 챙겨줘야지, 이 집 2층 삼성민박에 묵는 손님들 뒤치다꺼리 혀야지, 아마 영범이 오매는 처남댁처럼 살라고 허면 폴쏘 보따리 싸가꼬 집을 나갔을 것이오. 힘들어서 못 살것다고!"

제부 임사공의 농담이 재미가 있는 듯 친정에 도착한 이후, 여태 무겁기만 하던 춘심의 입가에 잠시 미소가 번졌다.

이때, 전화벨이 울렸다. 잠들어 있는 아이가 깰까봐서 그런지 전화벨이 울리자마자 춘심이 수화기를 들었다.

"여보시오…! 어, 아가 나다 잉…! 내가 지세를 지내는 것도 아닌디 문 고생을 허것냐! 그려! … 어, 대리 집이서 울고 보채길래 약을 좀 먹였더니만 안 깨고 아직까장 잘 잔다…어, 너그 이모부 옆에 계시는디 낼 객선이 틀림없이 뜬다고 걱정 말라고 헌다!…아, 그러것지! 수십년을 객선을 탄 양반이 낼 배가 뜰지 안 뜰지 그걸 모르것냐! … 어, 알었다. 알었웅께 낼 보자! … 그려 그려! 어, 너무 걱정 말고 잉! 어 그려, 어 어 너도 편히 자거라 잉!"

춘심의 전화 통화내용을 옆에서 듣고 있던 사공이 입을 열었다.

"처형! 저기 내일 낚시꾼들이 많이 들어와서 객선머리가 쫌 복잡헐 턴께요. 파장금서 배를 타지 말고 여그 벌금서 꼬옥 배를 타시오, 잉!"

"낼이 스무닷새면 한 만디, 한 마믄 물때로 봐서는 쩌그 저 오잠까지 안 가도 여그 방파지 선착장서 객선이 안 뜨것소?"

"그럴 것이오. 벌금서 오전 아홉 시 출항인께 늦지 말고 서둘러 객선머리로 나오요 잉."

매월 음력 8일과 23일을 전후 한 시기를 '조금'이라고 한다. 이때부터 유속이 느려져서 낚시에 적합한 물때가 된다.

'한 마! 두 마! 세 마!'라고 불리는 이런 물때는 한 달에 두 차례씩 이루어진다. 음력 10~12일, 25~27일이 이 물때에 해당된다. 봄철과 가을철의 이 엿새 동안이 그 달 바다낚시의 최적기로 꼽힌다.

내일이 음력 팔월 스무닷새.

소위 '한 마'에 해당되는 물때다. 이 때문에 이번 주말, 올해 들어서 가장 많은 낚시꾼이 바다낚시의 천국으로 알려진 위도에 몰린 것이다. 특히 '한 마'라는 내일, 올해 최대 규모의 출조가 예상된다.

춘심은 전화 수화기를 들었다. 버튼을 눌러 전화를 걸었다.

"어! 나다! … 저기 동식이 오매야! 아랫거티 삐삐네 고모할매가 말이다. 낼 꼬치 빼수러 육지 간다고 했응께, 그리 동해 옷 좀 싸서 보내라!..내 속옷? 어 판쓰허고 난닝구 몇 장만 보내믄 되고… 뭐? 언제 들어올 꺼냐고? … 아, 그렇지. 낼 갔다가 모레라도 들어 와야지! … 암만암만! … 곧 사리 때가 되는디 맬치 터지믄 집안일은 누가 허라고? … 어, 그려! … 방금 격포서 동해 오매 전화가 왔는디 말이다. 낼 꼭 애를 데리고 나오라 안 허냐! … 어, 알었다. … 암 그라제! 그려 너도 뭐 애를 키워봐서 알것지만 야한테 무신 큰 일이 있을라고! … 어, 그려! … 그려, 그만 들어가라 잉!"

전화를 끊고 난 춘심의 얼굴은 꽤 어둡다. 잠들어 있는 손자 동해의 목덜미를 만져보며 체온을 확인했다.

양란이 저녁 밥상에 올릴 반찬과 식기를 들고 안방으로 들어왔다.

"처남댁, 성님은 몇 시 들어온다고 헙디여?"

"늦어도 야달 시 반까지 들어온다고 했응께 곧 들어 오것지라우."

"지방은 써났소?"

"예, 아까 종찬이 아빠가 써놓고 나갔응께 걱정 마시고, 어여 저녁이나 듭시다!"

그 시간, 이윤복은 벌금리 방파제 근방의 부둣가에 있는 삼복횟집 안마당 평상에 마련된 낚시꾼들의 술자리에 동석하고 있었다. 취기가 오를수록 그의 말수는 점점 늘어났다.

"어따 참말로 대그빡 쪼개지것고마잉!"

서로 직업 이야기를 나누던 중, 술이 거나하게 취한 윤복이 이런 거친 말을 뱉어내자 평상에 앉아있는 낚시꾼들은 어안이 벙벙한 얼굴이었다.

　"헤헤 지가 말이요잉! 솔직히 젊어서는 집안이 똥줄 찢어지게 가난혀서 남의 집 배를 탔구만요. 그러다 목돈을 좀 마련해서 작은 배를 사가꼬 멸치도 잡고, 삼치도 잡았지라우. 그럼서 배 크기도 키우고 사업도 키웠는디, 근디 이게 나이가 들어차다 봉께 참 심도 딸리고, 선원들 때문에 머리도 아프고 혀서 저 혼자 깐닥깐닥 돈벌이를 헐 수 있는 일이 뭐가 있을까 하고 안 되는 머리지만 짱구를 굴리고 굴리다가 낚싯배를 운영허게 되었구만요. 우리배 삼성호로 객지분들을 태우고 배낚시를 댕긴 것이 올해로 따악 6년째요. 그라고 지가 7년 전부터 민박집도 운영허다 본께 그간 우리 집서 자고가고, 또 우리 밸 타고 바다낚시를 허신 분들이 만 명 쯤 된다고 허면 그건 순전히 그짓말이고라우, 헤헤 아무리 못 돼도 한 천 명은 안 되겠소? 헤헤 지가요. 비싼 빤스를 사 입을 돈이 읎어서 아직 점쟁이 빤쏠 사서 입지는 못 했쏘만 직업이 직업인 만큼 외지에서 오신 사장님들이 뭔 일을 허시는 분들인지는 대충 짐작을 허는디요. 김 사장님도 그렇고요. 여그 여 박 실장님도 그렇고 사업을 허시는 분들은 절대 아닌 것 같고, 책상 앞에 앉아서 펜대나 굴리는 분들 같은디, 어떻소, 김 사장님! 내 판단이 틀린 건 아니지라우?"

　"헤헤 이 선주님! 점심 나절에 왕등도 앞바다 배를 띄우고 식사를 하면서도 제가 말씀을 드렸고, 아까 이 우럭 매운탕이 나오기 전에도 말씀을 드렸잖아요. 저는 박스 만드는 회사의 사장이고, 이 사람들은 모두 저희 회사 직원들이라고!"

낚시꾼 중 직책이 제일 높은 듯한 김 사장이라는 남자가 이윤복을 향해 이렇게 말했다. 그러나 윤복은 그 말을 믿지 않는 눈치였다.

남자 넷, 여자 넷.

이윤복의 눈으로는 머리가 많이 벗겨지고 눈썹이 짙은 김 사장이라는 남자는 50대 후반쯤 돼 보였다. 은테 안경을 쓰고 하루 종일 김 사장의 수발을 들고 있는 박 실장이라는 남성은 50대 초반 같았다. 그리고 나머지 남성 두 명은 40대 같은데, 이번 바다낚시의 모든 비용을 대고 있는 물주로, 사업을 하는 기업인이 분명해 보였다.

반면, 나머지 여성 네 명은 모두 30대 후반의 여염집의 가정주부일 성싶었다. 네 명 모두 큰 키에 늘씬하고 귀부인 같은 우아한 자태를 뽐내고 있었다.

'어따 참 요상스럽다! 분명 저 김 사장은 고위 공무원 같고, 수발을 들고 있는 저 박 실장은 그 부하 직원으로 역시 직책이 높은 공무원 같고, 저 40대 남자 두 명은 사업차 로비를 하러 온 것 같은디, 김 사장 저 양반이 죄다 같은 회사 직원이라고 둘러대니 이것 참 알다가도 모를 일이고만 잉! 근디 저 여편네들은 누구댜? 김 사장도 그러고, 박 실장은 물론이고 40대 남자 두 명도 그러고 이 본부장, 한 본부장, 김 본부장, 강 본부장, 뭐 이렇기들 불러 쌌는디, 요것 참말로 요지경 속일세 그랴! 허이고 내가 알바 아니지. 넘으것들을 이 섬 구석까지 뎃꼬 와가꼬 구워 먹든 삶아 먹든 볶아 먹든 내가 신경

쓸 껏 아니제. 얼렁 가자 얼렁가! 오매 제삿날, 내가 시방 이러고 있을 처지가 아니제….'

이윤복은 자리에서 일어났다.

"박 실장님! 방 열쇤 갖고 계시지라우?"

"예, 근데 선주님! 벌써 들어가실려구요?"

"헤헤 말씀드렸잖요. 오늘이 어머니 기일이라고! 그러고 큰 맘 먹고 위도까지 야유휠 오셨는디 아 직원들끼리 허실 말씀들도 참 많을 것 아니오. 그러니 지는 이만 물러 갈 텐게 섬마을의 추억도 좀 멋들어지게들 … 만들어 보시고, 잇따 저희 삼성민박에 오셔서 지가 안 보이더라도 편히들 주무시쇼 잉!"

"선주님! 내일 아침식사 좀 잘 부탁드립니다."

"아 에, 꺽정마시구요. 말씀을 드렸다시피 지는 아침 일찍 배를 타고 저저 파장금항으로 가서 손님들 태우고 또 왕등도로 배낚시를 나가야 헌게, 다시 얼굴을 못 뵙더라도 용서들 해주시구말요. 아무튼 간에 집사람헌티 내일 아침 선생님들 밥상을 상다리가 뿌러지게 챙겨 드리라고 당불 혀놀 텐게, 편한 시간들 되시오 잉!"

"아 네, 감사합니다!"

낚시꾼들은 평상에 앉아서 저 마다 방식으로 감사의 표시를 했다. 그런데 박 실장은 윤복이 극구 사양하는데도 삼복횟집 대문 앞까지 따라 나와서 배웅을 해주었다. 술이 많이 취한 윤복이 집에 도착하니 이미 제사상이 차려져 있고, 미리 써놓고 나갔던 지방이 어느새 제사상 위쪽 벽에 붙어 있었다.

그렇게 어머니의 여덟 번째 제사는 지냈지만 춘심의 신경은 온통 독감에 걸려 있는 손자 동해에게 쏠려 있었다. 동해는 약 기운이 떨어졌는지 윤복이 집에 들어오기 전에 잠에서 깨어나 한참 동안 울고 보챘다. 춘심이 근 30여 분을 업고 달래서 어렵사리 잠을 재웠다.

일찍 제사상이 말끔히 치워진 안방에 현재 남아 있는 사람은 춘심과 동해뿐이다. 동해는 간간히 콜록거리지만 깊은 잠에 빠져 있다. 춘심은 동해의 몸 이곳저곳을 만지며 체온을 확인한 뒤 잠을 청하려고 눈을 감았다. 그런데 도통 잠이 오지 않았다.

이 집은 마루와 안방, 그리고 주방까지 유리 미닫이문이 설치돼 있다. 이 안방은 친정어머니가 돌아가시기 전까지 혼자 썼고, 마루 왼쪽에 안방 크기의 방이 하나 있는데, 그 방은 동생 내외가 쓰고 있다.

춘심이 누워 있는 안방엔 희미한 불빛이 드리워져있다. 마루와 안방의 출입문이 모두 유리 미닫이문으로 돼 있는 탓에 바깥에서 불빛이 들어와 있는 것이다. 그 불빛은 아마도 낚시꾼들이 묵고 있는 민박집인 2층에서 마당으로 쏟아져 내려온 형광등 불빛의 일부인 듯했다.

춘심은 어둠 속에서도 속절없이 초침이 돌아가고 있는 벽시계를 바라보았다. 자정이 다 되어가고 있었다.

벽시계 옆으로 나란히 걸려 있는 여러 개의 사진액자 중엔 친정아버지와 어머니의 영정사진을 담은 액자도 있다. 그 중 친정어머니의 영정사진에 춘심의 눈길이 모아졌다.

어머니의 제사상에 술을 따라 올리고 절을 올릴 무렵부터 조금씩 들려오던 바람소리가 많이 거칠어졌다. 그 바람소리가 얼마나 거친지 직접 확인하지 않고서는 도저히 잠을 이룰 수가 없을 것 같았다.

춘심은 안방과 마루의 유리 미닫이문을 차례로 열고 마당으로 나가서 바람소리를 확인했다. 마당 오른쪽 사람 키 높이의 담장을 훌쩍 넘어서 들어오고 있는 갯바람소리가 매우 사나웠다.

"낼 배가 안 뜨면 큰일인디, 으째 바람소리가 이런다냐, 잉?"

춘심의 걱정은 눈덩이처럼 커져 있다. 만에 하나 오늘 아침 서해 훼리호가 출항을 하지 못해 독감에 걸려 있는 동해한테 무슨 변고라도 생기게 된다면 그 뒷감당을 어찌해야 할 지 막막하고 걱정이 앞을 가렸다.

"허이고 내가 미친년이지! 어저끄라도 뎃꼬 나갈걸, 미쳤지 미쳤어 내가!"

춘심은 올해 나이가 67세다. 자식 넷을 낳아 손수 키웠다. 이 나이까지 살아오면서 겪은 인생 경험에 비춰보면 동해의 병세가 더 악화될 가능성은 없어 보인다. 그렇기는 하지만 감기는 '만병의 근원'이다. 만일 동해가 폐렴이나 천식 같은 합병증을 얻게 된다면 아들과 며느리를 어떻게 볼지 난감한 일이 아닐 수 없었다. 특히 막내며느리인 김옥자한테 말이다.

돌풍이 불고 있다. 저 바람소리가 더 강해지면 오늘 여객선이 뜨지 못할 수도 있다. 춘심은 걱정이 태산이건만 2층에 묵고 있는 낚시꾼들은 태연자약했다. 바람이 거세지면 파도가 거칠어진다. 파도가 거칠어지면 배를 띄울 수가 없어 섬사람들은 발이 묶이고 만다.

그런 사실을 그들이 알 턱이 없었다.

낚시꾼들은 화투를 치고 있는 것인지, 카드놀이를 하고 있는 건지 알 수 없다. 불이 환하게 켜져 있는 2층 거실에서 잔돈을 주고받는 소리가 흘러나오는 걸 보면 노름판이 벌어진 모양이다.

거실 창문을 비집고 나와 마당으로 내려오는 목소리 가운데는 잔뜩 술에 취해 교태를 부리는 여자들의 콧소리도 섞여 있었다. 마치 술독에 빠져 허우적거리고 있는데, 듬직한 남자의 손이 나타나자 그 손을 꽉 붙잡으려고 갖은 아양을 떠는 여인네의 교태 같다고나 할까.

다른 사람도 마찬가지겠지만 춘심의 귀에 들려오는 세상의 소리는 늘 잡다했다. 그 잡다한 소리 중에서 지금 이 순간 그미의 귀에 가장 크게 들리는 소리는 돌담을 넘어 마당으로 들어오고 있는 갯바람 소리였다. 그리고 돌담 너머의 정금다리 아래로 흐르고 있는 파도소리였다.

그미는 돌풍이 꼿꼿하게 일으켜 세워 놓았을 파도의 하얀 갈기를 직접 눈으로 확인해 보고 싶었다. 친정집 너른 마당에 태산 같이 솟아오른 근심과 걱정이 그미의 발걸음을 어느새 대문 밖 어둠 속 골목길에 옮겨다 놓았다.

음력 팔월 스무 닷새여서 핼쑥해진 그믐달이 얼굴을 내밀 시간은 아직 아니었다. 어두운 하늘엔 금방이라도 머리 위에 쏟아져 내릴 것 같은 별들만 초롱초롱하다.

그미는 눈을 꼭 감고도 친정 마당에서 대문을 거쳐 골목길을 지나 이곳 바닷가 장불까지 걸어 나올 수 있다. 자신의 태 자리가 있는 터이기 때문이다.

그미가 당도한 장불은 갈기를 곤추 세운 시커먼 바닷물이 가득 덮고 있었다. 음력 보름과 그믐 무렵은 밀물의 높이가 가장 높은 사리다. 오늘은 사리 때가 아니고 조수(潮水)가 가장 낮은 시기인 조금 때다. 지금 이 시간은 조금의 만조 때여서 벌금리 장불은 거의 대부분 성난 바닷물에 잠겨 있었다.

심상치 않았다. 어둠 속에서 어림해 본 파도의 높이가 예사롭지 않았다. 근심걱정으로 더욱 예민해진 그미의 귀청을 울려대는 파도소리 역시 범상치 않았다. 그미가 서 있는 조금치 쪽 장불과 맞은편 정금리 인동장씨 문중의 산 아래 목살의 장불 사이로 흐르고 있는 파도소리도 요란스러웠다.

어젯밤 친정어머니는 자신의 기일을 맞아 1년 만에 다시 생전에 살던 집을 찾아왔을 것이다. 자식들이 차려 올린 젯밥도 먹었을 것이다. 아마 이 시각, 머나먼 저승으로 돌아가고 있을 텐데, 그 친정어머니의 영혼을 불러 세울 만큼 검은 파도의 숨소리가 요란하기 짝이 없다는 생각이 춘심의 머릿속에서 꿈틀거렸다.

1967년, 춘심의 막내아들 희오가 두 살 때였다. 그 해 벌금리에서는 태풍에 유실된 정금다리를 다시 놓는 취로사업이 시작됐다. 그 취로사업에 참가하기 위해서 춘심은 거의 매일 희오를 등에 업고 대리에서 벌금리까지 걸어왔다. 일이 끝나면 그 길을 다시 걸어서 대리 시댁으로 돌아갔다.

당시 춘심은 친정어머니한테 어린 희오를 맡기고 일터로 나서곤 했다. 멀게는 파장금리까지 가서 큰 돌을 머리에 이고 시름리, 진리를 거쳐 벌금리 조금치까지 걸어왔다. 하루 종일 막일을 해봤자 일당은 겨우 밀가루 한 포대였다. 그렇지만 보릿고개가 기승을 부리던 시절, 밀가루 한 포대라는 하루 일당이 하찮은 것이 아니었다.

더욱이 그 시절, 위도 주민이라고 해서 아무나 정금다리를 놓는 취로사업에 참가할 수 있는 것이 아니었다. 벌금리 인근의 마을 사람이 아니면 참가할 수 있는 자격이 주어지지 않았다. 그런데도 춘심이 그 취로사업에 참가할 수 있었던 것은 친정이 벌금리인데다 친정에 일을 나갈 식구가 없었던 덕분이었다.

그렇게 어렵게 얻은 일자리였기에 춘심은 이를 악물고 취로사업에 참가했다. 그런데 어느 날 큰 일이 터지고 말았다.

그 해 초여름, 하지 다음날이었다. 동이 트자마자 그미는 희오를 등에 업고 대리에서 벌금리까지 걸어왔다. 희오를 친정어머니한테 맡기고 정금다리 공사 현장으로 일을 하러 나갔다.

딸 대신 손자 희오를 집에서 돌보고 있던 친정어머니가 마당 오른쪽 돼지우리 옆 측간에 들어가서 볼일을 보고 있었다. 그 사이, 초가집 토방에서 놀고 있던 두 살 박이 희오가 혼자서 장불까지 걸어나와 그만 바닷물에 빠지고 말았다.

"희오야…! 희오야…!"

화장실에서 나온 친정어머니는 어린 손자가 보이지 않자 이름을 부르며 황급히 장불로 뛰어나왔다.

당시 친정어머니는 시력을 점점 잃어가던 때였다. 앞이 잘 보이지 않았지만 저만치 바다 위로 떠내려가고 있는 물체가 손자라고 확신했다. 친정어머니는 생각할 겨를도 없이 무조건 바다 속으로 뛰어 들었다.

섬 출신인데도 친정어머니는 수영이 서툴렀다. 한 길쯤 되는 깊은 물속까지 허겁지겁 뛰어든 친정어머니는 정금다리 쪽으로 떠내려가고 있는 희오의 왼쪽 손목을 가까스로 낚아챘다. 오른손으로 희오의 왼쪽 손목을 꽉 쥐고 물 밖으로 나오려다 그만 넘어지고 말았다.

친정어머니는 희오와 함께 정금다리 쪽으로 떠내려갔다. 오른손으로는 희오의 왼쪽 손목을 꽉 쥐고, 왼손으로는 허우적거리면서 "사람 살려!"라고 외쳤다.

천운인지 그때 마침 아랫집에 사는 궁자 큰오빠 신태식이 장불에 나타났다. 정금다리 공사 현장에 인부로 참가하고 있던 태식은 바지게에 돌을 얹어지고 벌금리 웃거티 고샅을 빠져나와 조금치로 가던 참이었다. 그는 지게를 벗어던지고 바다로 뛰어들어 익사 직전의 희오와 춘심의 친정어머니를 구해냈다.

조희오가 올해 스물아홉이니 두 살 때면 27년 전의 일이다. 그때 그 끔찍했던 일이 떠올라 춘심은 몸서리쳤다.

"오매! 그때 참 고마웠네! 오매, 덕분에 물귀신이 될 뻔혔던 희오를 살렸는디, 오늘 말이네, 오늘 아침엔 말이네, 객선 좀 꼭 뜨게 혀주소 잉!"

검은 바다 저 건너의 인동 장씨 문중산 꼭대기 위 하늘에도 무수한 별들이 총총 빛나고 있었다. 긴 장대를 둘러메고 산꼭대기에 올라가서 높이 쳐들고 휘휘 저으면 수많은 별들이 뚝뚝 떨어질 것만 같았다. 그런 상상을 해볼 정도로 가깝게 떠 있는 듯한 밤하늘의 별들을 올려다보며 춘심은 친정어머니에게 간절한 기도를 올렸다.

아마 어젯밤, 친정어머니는 모처럼 배부르게 제삿밥 한 그릇을 뚝딱 비웠을 테고, 자식들이 차례로 따라 올린 제주(祭酒)를 한 모금도 남기지 않고 다 마셨을 것이다. 그런 다음 첫닭이 울기 전에 저승에 도착하려고 아마 잰걸음으로 저 밤하늘에 빛나고 있는 은하수 사이를 걷고 계실지도 모른다. 그 친정어머니가 자신의 간청을 꼭 들어줄 것이라고 춘심은 믿고 싶었다.

그미는 다시 또 파도소리, 바람소리에 귀를 기울여 보았다. 친정어머니에게 올린 기도가 벌써 감응을 불러온 것일까. 파도소리와 바람소리가 다소 누그러진 듯했다.

그런데 어둠 속의 파도소리와 바람소리에 실려 온 이상한 인기척이 느껴졌다. 그미는 혹시 귀신이 나타난 것이 아닌가 해서 등골이 오싹해졌다. 무서움증이 바늘처럼 머릿속으로 파고드는 것 같았다. 떨리는 가슴을 다독거리며 그미는 인기척이 있는 조금치 쪽 바위를 바라보며 귀를 쫑긋 세웠다.

"국장님! 국장님! 왜 왜 이러세요? … 안돼요! … 안돼! … 아아! … 아! … 아아! … 음 음! … 아 아…!"

바위 너머에서 들려오는 그 소리는 귀신의 목소리가 아니었다.

자신의 몸을 탐하려고 덤벼드는 남자를 거부하는가 싶더니 금세 그 남자를 온몸으로 받아들이며 토해 내는 여자의 신음소리였다. 춘심은 청상과부로 긴긴 세월을 외롭게 보냈다. 그렇지만 지금 들려오는 이 여자의 신음소리는 쌍방의 합의하에 이루어진 교합에서 터져 나오는 교성이라는 걸 알 수 있었다. 술에 잔뜩 취한 여자의 입에서 거침없이 쏟아져 나오는 길고 거친 울음소리로 미루어 본다면 두 남녀가 격렬하게 어우러져 있다는 짐작도 할 수 있었다.

그렇다면 이 깜깜한 한밤중에 저 바위 뒤편에서 남몰래 사랑을 나누고 있는 남녀는 누구일까.

춘심은 친정 2층에 투숙하고 있는 낚시꾼 중 일부라는 생각이 들었다. 이 야심한 밤에 집도 아니고 바깥에서 저런 허튼짓을 할 사람은 위도 주민 중엔 없을 것이다. 이 근방에서 민박집은 동생 이윤복이 운영하는 삼성민박 하나밖에 없기에 저들은 분명 친정 2층에 투숙 중인 낚시꾼이 틀림없다는 확신이 섰다.

춘심이 자리를 뜨기 위해서 살금살금 발걸음을 옮기는 참인데, 반세기가 훨씬 지난 그 옛날 유년의 기억이 정수리를 치면서 되살아나기 시작했다.

아마 춘심이 10대 초반의 나이였을 것이다. 일제 강점기였던 당시 친정에서는 암컷 똥개를 키우고 있었는데, 개의 이름은 '쫑'이었다.

웃거티에 살고 있던 쫑의 암내가 멀리까지 퍼졌는지 아랫거티, 그것도 산기슭에 위치한 산중집의 수컷 똥개가 춘심의 집마당에 들락거리기 시작했다. 그렇게 며칠이 지난 뒤, 10대 소녀 춘심은 참으로 황당한 경험을 하게 되었다.

 어머니를 따라 조금치 갯벌에 나가서 조개를 캐다가 대변을 보려고 집으로 돌아왔더니 마당에서는 철이 든 이후 처음 보는 희한한 일이 벌어지고 있었다. 마당 왼쪽 대문 근처에 개집을 짓고, 줄을 묶어 키우고 있던 쫑의 엉덩이에 산중집 개가 코를 들이대고 냄새를 맡고 있는 것 같았다. 그러면서 쫑의 엉덩이 위로 올라타기도 했다.

 측간에서 일을 보고 나오니, 쫑과 산중집 개는 엉덩이를 맞대고 있었다. 뭔가 이상하다는 생각이 들어 춘심은 맞대고 있는 수캐와 암캐의 엉덩이를 자세히 살펴보았다. 수캐인 산중집 개의 몸에서 나온 신체의 일부가 암캐인 쫑의 똥구멍을 틀어박고 있는 것 같았다. 얼마나 아픈지 쫑의 눈엔 눈물이 가득 고여 있는 듯했다.

 춘심은 부엌으로 달려갔다. 바가지에 물을 담아서 맞대고 있는 암캐와 수캐의 엉덩이 사이에 들이부었다. 토방에 있던 요강을 들고 와서 오줌도 그 곳에 부었다. 다시 부엌으로 달려가서 부지깽이를 들고 나와서 쫑의 똥구멍을 막고 있는 산중집 개의 그 곳을 마구 때렸다.

 그런데도 소용이 없었다. 그래서 춘심은 이번엔 지게 작대기를 찾아서 들고 산중집 개의 머리를 후려치고, 몸뚱이를 두들겨 팼다. 그런데도 산중집 개는 쫑에게서 떨어지지 않았다.

 춘심은 쫑의 눈을 살펴보았다. 크고 맑은 쫑의 눈엔 눈물이 그렁 그렁했다. 쫑의 그런 슬픈 눈을 바라보고 있자니 춘심의 눈에서도 뜨거운 눈물이 쏟아져 나왔다. 쫑이 아프고 힘들어 하는 것 같은데 그 어떤 도움을 줄 수 없는 자신이 정말 미웠다. 그래서 춘심은 쫑의 목을 끌어안고 엉엉 울었다. 한참을 그렇게.

그날 저녁, 아버지는 어린 딸 춘심에게 세상 살아가는 데 도움이 될 만한 몇 가지 지혜를 들려주었다. '짝짓기를 하는 가축은 절대 건들거나 방해를 해서는 안 된다'는 것도 그날 친정아버지가 가르쳐 준 지혜 가운데 하나였다.

이후로 춘심은 짝짓기를 하고 있는 가축은 물론이고 인간도 건들거나 방해를 하는 것은 사람이 할 짓이 아니라는 생각을 굳히게 되었다. 그 지론이 옳은 것인지 그른 것인지는 잘 모르겠지만 그런 생각으로 한평생을 살아 왔다. 그러다 보니 저기 저 바닷가 바위 뒤편에서 하루 종일 꾹꾹 눌러 참고 있던 욕정을 마음 놓고 풀고 있는 두 남녀의 사랑 놀음을 방해하고 싶은 생각은 손톱만큼도 없었다. 그래서 그미는 행여 발걸음 소리가 들릴까 걱정이 돼 살금살금 걸음을 뗐다.

8.
서해훼리호의
출항

"언니 언녕 일어나소, 밥 먹게!"

춘녀가 깨우는 소리에 춘심은 눈을 떴다. 오전 7시 30분이었다. 밤새 잠이 오지 않아서 엎치락뒤치락하다가 새벽 4시쯤 잠이 든 것 같은데, 벌써 아침이었다.

"영범이 애비는?"

춘심은 여객선이 뜨는지 안 뜨는지 그것이 무엇보다 궁금했다. 그래서 동생 춘녀에게 제부 임사공이 여객선 출항을 준비하러 파장금항으로 갔는지 안 갔는지 그걸 물어 본 것이다.

"영범이 아빠 새복밥 먹고 파장금으로 갔네."

"그려? 글먼 오늘 객선 뜨것네!"

"그건 아직 모를 일인디, 엊저녁에 바람이 얼매나 오지게 불었능가!"

"아 고건 나도 잘 알고 있는디, 글씨 폭풍주의보가 떨어졌냐고 안 떨어졌냐고?"

"아직 폭풍주의본 안 내렸는디, 암만혀도 오늘 객선 뜨기는 글렀네!"

"야가 시방 뭔 소리를 헌다냐! 폭풍주의보가 안 떨어졌으믄 객선이 가야지 어쩌 안가?"

"허이고 언니! 하나 밖에 읎는 여동생 과부 맹글고 싶어서 이려?"

"널 과부 맹근다고! 고게 뭔 소리다냐?"

"밖엘 좀 나가 보소! 바다가 흐겨! 간밤에 바람이 얼매나 솔찬히 불었는지 파도가 허옇다고! 이런 날 객선 타고 나갔다가 문 일이 벌어지믄 난 어떡기 산당가! 서방 잃고 나 혼자 어떡기 사냐고?"

춘심은 40대 후반에 남편을 잃고 청상과부로 살아오면서 겪은 한과 설움을 잘 알고 있는 터라 동생 춘녀의 말에 토를 달고 싶지 않았다. 그러나 폭풍주의보도 내리지 않았는데, 오늘 여객선이 뜨지 않는다는 것은 결코 납득할 수 없는 일이었다.

"영범이 애비, 통화 안 되냐?"

"객선이 뜨던 안 뜨던 서해훼리호 운항 책임자인 최선장의 결정이 떨어지는 대로 전활 혀준다고 혔응께 걱정 말고 쫌만 지둘러 보소!"

여객선 승무원의 아내인 춘녀가 그렇게 하자는데, 달리 방법이 없다. 춘심은 그미의 말을 따르기로 했다.

동해는 아직도 잠들어 있다. 새벽 두 시쯤 깨서 심하게 잠투정을 했다. 춘심이 젖병에 두유를 넣어 먹인 다음 등에 업고 달랬더니 다행히 금세 잠이 들었다.

춘심은 코로 숨을 쉬기 곤란한 탓에 입을 벌리고 가쁜 숨을 몰아쉬고 있는 동해의 체온을 다시 확인했다. 열이 떨어지지 않은 듯 안색이 좋지 않았다.

"따르릉!" 전화벨이 울렸다. 벨이 너댓 번 울린 뒤 춘녀가 수화기를 들었다.

"여보세요! … 어어 나 이모다! … 그려 그려! … 어… 객선? … 몰리것다 나도! … 아, 너그 이모부는 일단 파장금으로 갔지! … 폭풍주의본 안 내렸응께 객선이 떠야 되겠지만, 야 야 바다에 농올이 흐거다 흐겨! …"

격포에서 걸려온 동해 엄마 김옥자의 전화였다. 춘녀는 위도 근해의 파도가 매우 높아서 폭풍주의보는 내리지 않았지만 여객선이 뜰 수 없는 상황이라는 걸 설명하고 있다. 춘녀가 언급한 '농올'이란, 위도에서 '파도' 그러니까 '너울'을 일컫는 말이다. 희오 처 김옥자가 그 말을 알아듣는 걸 보니 그미도 위도 사람이 다 된 모양이다.

어쨌거나 춘심은 더 이상 춘녀와 동해 엄마의 전화통화 내용에 귀를 기울일 수가 없었다. 전화벨이 울리고 춘녀가 목청을 돋우어 통화를 하는 통에 잠들어 있던 동해가 눈을 떴기 때문이었다.

동해는 칭얼거리기 시작했다. 춘녀는 그 소리를 유선을 통해 격포에 있는 애 엄마 김옥자한테 전달되는 것이 부담스러운지 춘심을 향해 눈을 찔끔거리며 손짓을 했다. 안방에 있지 말고 마루로 나가라는 몸짓이었다.

춘심은 보채기 시작하는 동해를 안고 안방에서 마루로 나왔다. 강한 바람 때문인지 마루의 유리 미닫이문은 닫혀 있었다. 윤복과 양란 내외가 쓰고 있는 마루 왼쪽 작은방의 방문이 활짝 열려 있었다. 춘심은 동해를 안고 그 작은방으로 들어갔다.

작은방 왼쪽 벽 중앙 상단에 작은 유리 창문이 나 있다. 춘심은 그 창문 앞으로 다가가서 유리창을 통해 벌금리 앞바다, 식도 앞바다, 그리고 정금다리 너머의 진리 앞바다를 차례로 살펴보았다. 춘녀의 말마따나 폭풍주의보는 내리지 않았지만 파도가 높아서 오늘 여객선이 뜨기는 틀렸다는 생각이 들었다.

기상청이 '폭풍주의보'라는 기상특보를 발령하지 않았는데도 파도가 매우 높아 정부가 지원하는 낙도보조항로를 운항중인 여객선이 출항을 하지 않는다면 승객과 승무원 가족의 입장은 서로 판이하게 갈릴 것이다.

여객선을 타고 섬이나 육지로 건너가야 되는 승객은 도저히 용납할 수 없다는 입장일 것이다. 반면, 여객선 승무원의 가족은 "아무리 뱃사공은 사자밥을 지고 칠성판에 오른 목숨이라고들 하지만 방파제 뒤편에 저승길이 훤히 보이는데 객선을 출항시킬 수는 없는 일 아니겠느냐"며 쌍수를 들어 환영할 것이다.

오늘 아침, 친자매인 춘심과 춘녀의 입장이 꼭 그렇게 판이하게 갈렸다. 그렇지만 직접 두 눈으로 위도 근해의 날씨를 확인한 언니 춘심도 동생 춘녀처럼 오늘 아침 여객선이 출항을 해서는 안 되겠다는 판단을 하게 되었다. 위도에서 태어나 근 70년을 살아 온 경험에 의하면 이런 날 여객선이 출항하는 것은 위험천만한 일이라는 생각이 들었다.

그나저나 눈물과 콧물을 질질 흘리며 보채고 있는 동해 때문에 춘심은 애간장이 타들어갔다.

"아가, 동해야! … 쪼끔만 참어라 잉! … 이따 객선 타고 나가믄 너그 오매 볼 수 있을 텐게 지발 울지 말고 쪼끔만 참어라 이눔아!"

"아앙! … 어엉! … 어엄마! … 어엄마! … 아앙! … 아앙 엉! … 어엄마! … 어엄마!"

"그려 그려 동해야! 조금만 참어라! … 엄마가 격포서 지둘리고 있응께, 조금만 참어라 잉…!"

"어엄마! … 어앙! … 어엄마! … 어엄마!"

울며 보채는 손자를 달래고 있는 춘심도 눈물을 글썽거렸다. 제대로 말도 못하는 어린것이 독감에 걸려 보이지도 않는 '엄마'를 부르며 울고 있으니 그미는 가슴이 아려서 견딜 수가 없었다. 가슴 밑바닥이 바닷가의 굴을 따는 조새로 콕콕 쪼아대는 것처럼 아팠다.

'이 어린것이 무슨 죄가 있당가! 단 한가지 죄가 있다믄 섬놈인 애빌 잘못 둔 죄밖에 더 있을라고! 지 애비가 섬놈이 아니고 육지놈이라믄 차만 타믄 언지든지 찾어가서 지 애비도 보고 지 애미도 만날 수 있을 턴디! 저 징헌 놈의 바다가 만약으 육지라믄 어젯밤이라도 넷꼬 나가서 부안이나 전주으 큰 뱅원에 입원을 시킬 수도 있을 턴디! 하늘도 참 무심허지! 야가 전생에 무신 죄를 졌길래 이 어린

것헌티 이런 고통을 준당가 잉!'

속으로 이런 탄식을 하며 춘심은 연신 훌쩍거렸다. 줄줄 흐르는 콧물을 손등으로 훔쳐 고무줄만 넣은 통바지인 왜바지(일명 몸뻬)에 쓱쓱 닦았다.

이번엔 볼을 타고 흘러내리는 눈물을 훔쳤다. 손자 동해의 눈물과 콧물을 닦으랴, 자기의 눈물과 콧물을 닦으랴, 춘심의 손은 바쁘게 움직이고 있었다.

"언니! 객선 뜨긴 틀렸응께 육지 가는 것 포기허고 언능 가서 밥이나 먹세!"

동해를 안고 훌쩍거리면서 창문 너머의 거친 바다를 야속하게 바라보고 있는 춘심의 등 뒤에 궁자가 다가와 서 있었다.

다른 지역에서도 그런 경우가 있겠지만 요즘도 위도에서는 제사 다음 날의 아침이나 점심 때, 동네 사람이나 일가친척을 집으로 불러서 같이 밥을 먹는 풍습이 있다. 그런 풍습 때문인지 옆집에 살고 있는 궁자가 아침 일찍 춘심의 친정으로 건너와서 춘녀와 양란을 도와 아침 밥상을 차린 모양이었다.

"언니! 어째 눈이 퉁퉁 붓었능가?"

동해를 안고 앉아 오른손에 숟갈을 들고 있는 춘심의 눈을 바라보며 춘녀가 물었다. 춘심은 아무 대답이 없다.

춘심은 혀를 깨문 것 같은 자신의 심정을 그 누구도 알아주지 않는 것 같아 서러웠다. 그래서 다시 또 훌쩍거렸다.

"청승맞게 밥상머리 앞에서 어째 그려, 언니?"

춘녀가 재차 이렇게 묻고 있지만 춘심은 아무 대꾸를 하지 않았다.

"참말로 벨일이네 잉! 에러서부텀 독살스럽기로 소문난 우리 언니가 아픈 손지 땜시 우는 걸 본께, 참나 언니도 많이 늙었는갑네 잉!"

"춘녀 언니는 안 늙었간디그려?"

어젯밤 제사상에 올렸던 돼지고기를 입안에 우겨넣던 궁자가 끼어들었다.

"야 이년아! 니년은 안 늙었냐?"

"혜혜, 글긴 그러네. 내 나이도 벌써 쉰을 앞두고 있고 할매 소리들을 날도 머지 않았는디, 참 세월이 빠르긴 빠른게비여 잉."

"근게 말이다. 내가 벌써 환갑잔칠 준비헐 나이가 됐다니 허이고 참말로 부질없는 것이 인생인갑다. 아니, 근디 궁자야! 양란이 언닌 어쩌 안 온데?"

"2층 낚시꾼들 아침밥 멕이고, 커필 타 드린다고 올라갔응께 곰방 내려 오겠지."

춘심은 2층 낚시꾼들이 어떤 사람들인지 궁금했다. 그래서 춘녀와 궁자에게 낚시꾼이 총 몇 명이고, 그 중 남자와 여자가 몇 명이며, 또한 어디서 왔고 무슨 일을 하는 사람들이냐고 묻고 싶어서 입을 움질거렸다.

그러나 두어 번 움질거리던 그미의 입은 딱딱하게 굳어졌다. 괜히 그런 말을 꺼냈다가는 자칫 어젯밤 두 남녀의 애정행각까지 토설해야 될 상황이 벌어질지도 모른다는 생각이 들어서 입을 닫은 것이다.

다행히 동해는 젖병을 물리니 막 잠이 들었다. 춘심은 동해의 눈가에 남아 있는 눈물을 손으로 닦아 주었다.

안방에서 전화벨이 울렸다.

"언니가 가서 받어 보소! 혹시 파장금서 형부가 전활 헌 것 아녀?"

궁자의 말에 일리가 있다고 판단한 듯 춘녀는 숟가락을 내려놓고 일어나서 안방으로 건너갔다.

"여보세요! … 어, 영범이 아빠 나여! … 어, 객선이 뜬다고? … 아농올이 저렇기 높은디 객선이 뜬다고라우? … 무시라고, 최 선장이? 참나 아무튼 알었고, 대리 언니랑 아홉 시 이십 분까지 벌금 방파지로 나갈턴 게 그런 줄 아시오 잉!"

안방에서 들려오는 춘녀의 전화통화 내용에 귀를 세우고 있던 춘심의 얼굴엔 대번에 생기가 돌았다. 평일보다 30분 늦게 여객선이 출항을 하는 것 같았다. 하지만 그렇게라도 격포로 나갈 수 있게 돼 그미는 더할 나위 없이 기뻤다.

"언니! 벌금 방파지서 아홉 시 반에 객선이 뜬다고 헌게 그리 알고 어여 채빌허소!"

전화를 받고 주방으로 건너온 춘녀가 춘심에게 격포로 나갈 준비를 하라고 채근했다. 춘심은 고개를 끄덕였다.

"아니 근디 춘녀 언니! 아홉 시 반에 벌금서 객선이 뜨는 거믄 팽상시보담 삼십 분 늦게 뜨는 것 아닌가? 안개가 낀 것도 아니고 사

릿발에 물때가 안 맞어서 그런 것도 아니고, 객선이 삼십 분이나 늦
춰가꼬 뜨는 무신 특별헌 이유가 있는겨?"

"모르것다. 영범이 아빠 야그론 오늘 객선이 뜰 수 없는 날씬디
폭풍주의보가 안 내렸응께 어쩔 수 없이 출항을 혀야 된다고 안 허
냐!"

"혹시 우리 대장 언니 땜시 형부가 훼리호 최 선장헌티 신신당불
혀서 객선이 늦게라도 뜨는 것 아녀?"

"미친년!"

"음맘마! 내가 어째 미친년이여?"

"야 이년아! 그렇기 대갈팍이 안 돌아가냐? 최 선장이 우리 언니
땜시 이런 날씨에 객선을 띄우게? 허이고 참말로! 그렇기 머리가
나쁘께 이년아, 동네 사람들이 널더러 닭대가리 닭대가리 허는 것
이여!"

"내가 닭대가리믄 언니는 무신 대가린디? 그려 나보다 머리가 쪼
끔 좋다고 인정을 혀줌세. 글믄 언닌 새대가린가?"

"호호 닭대가리나 새대가리나 도찐개찐 일 텐게 니년이나 나나
천상 돌대가리란 얘긴디, 두 도팍끼리 더 씨부렁거려봤자 구신 씨
나락 까먹는 소리밖에 더 허겄냐? 그런게 주둥아리 고만 닥치고 언
넝 밥이나 먹자!"

"헤헤, 그러세!"

궁자와 춘녀의 다정스러운 모습을 지켜보면서 춘심은 입가에 미
소를 지었다. 티격태격하면서도 수십 년을 저렇게 친자매처럼 살아

가고 있는 모습이 대견스러워 보였다.

"궁자 니가 좀 올라갔다 오니라!"

"으딜?"

"아 2층 낚시꾼들헌티도 오늘 객선이 뜬다고 알려주라고!"

"암만, 암만! … 헤헤, 근디 어쩌 난 고 생각을 못혔지! 역시 새대 가리가 닭대가리보단 한 수 우군갑네 잉, 헤헤헤!"

궁자가 숟가락을 놓고 일어났다. 집 뒤뜰로 난 주방 출입문을 열고 나갔다. 2층으로 연결된 계단을 얼마나 급하게 뛰어 오르고 있는지 그미의 발걸음 소리가 주방 안까지 쿵쿵 울렸다.

"새복녘으 말이네. 영범이 아빠가 파장금항으로 넘어감서 허는 말이 기상상태로 봐선 오늘 객선이 뜰 수가 없다고 혔는디, 어째 객선을 출항허기로 결정힜는지, 이거 참 알다가도 모르겄네."

"그러긴 그려. 내가 봐도 오늘 객선이 뜨긴 영 글렀던디 혹시 피치 못헐 사정이 있는 거 아닐꺼나?"

"모리겄네만 이런 궂은 날씨에 객선이 뜬다고 헌 게 어째 난 찜찜허네."

"무시 찜찜혀?"

"모르것어! 뭣 땜시 이러는진 알 수 읎는디 깡 맴이 개운칠 않어!"

춘녀의 안색은 그리 밝지 않았다. 여객선 승무원인 제부 임사공이 아내 춘녀에게 오늘 여객선 출항 문제와 관련해서 필시 무슨 의미심장한 말을 했을 수도 있다. 춘심은 그 말이 무엇이냐고 춘녀에게 묻고 싶었지만 꾹 참았다.

'뚜우! … 뚜우!'

멀리서 뱃고동 소리가 울렸다. 서해훼리호가 승객을 태우기 위해서 벌금리 앞바다로 들어오는 모양이었다.

위도의 관문은 파장금항이다. 현재 서해훼리호의 주 정박지는 파장금항이고, 운항 노선은 파장금항과 격포항 구간이다.

남단과 북단의 거리가 꽤 멀고, 딸린 유인도가 많다보니 위도엔 세 곳의 기항지가 있다. 그 가운데 한 곳이 벌금리 선착장이고, 나머지 두 곳은 식도 선착장과 왕등도 선착장이다. 예전에는 여객선이 위도 본섬의 남단인 석금리 방파제에 기항하기도 했다.

현재 벌금리 선착장과 식도 선착장은 서해훼리호가 운항을 할 때마다 들르는 기항지다. 왕등도 선착장은 일주일에 한 번 기항한다.

주정박지인 파장금항에서 하룻밤을 자고 난 서해훼리호는 원래 오늘 아침 9시, 벌금리 선착장에서 승객과 화물을 모두 싣고 식도 선착장을 향해 출항해야 된다. 하지만 파고가 높은 탓인지 30분이나 늦어졌다.

오늘 서해훼리호는 벌금리 선착장에서 오전 9시 30분에 출항, 식도의 선착장에 잠시 들렀다가, 파장금항에 도착해서 승객과 화물을 모두 싣고 10시쯤 격포항을 향해 출항할 예정이다.

"성님! 이거 보태쓰요!"

동해를 등에 업고 친정 마당을 나서는 춘심의 손에 양란이 흰 봉투를 쥐어 주었다. 얼핏 보기에도 그 봉투는 돈 봉투가 틀림없다. 아마도 어제 격포에서 춘심의 막내 아들인 조희오가 외삼촌 이윤복에게 전해주라고 이모부 임사공한테 맡겼다는 그 돈 봉투 같았다.

춘심은 양란이 손에 쥐어 준 그 돈 봉투를 손가방 안에 대충 집어 넣고 친정을 나섰다. 춘녀가 그 손가방을 받아 들고 춘심의 뒤를 따랐다.

"언니! 암시랑 안컸능가?"

"무시 암시랑 안 혀야?"

"농올이 무선디 야가 배멀민 안 허것냐고?"

"그리도 기연시 가야지! 죽든지 살든지 격포로 나가야지, 어쩌겄냐!"

파도가 높아서 손자 동해가 뱃멀미에 시달릴 것은 불을 보듯 뻔한 일이다. 그렇지만 춘심은 기어이 여객선을 타고 뭍으로 나가야 된다. 아픈 손자도 손자지만 격포에서 동해를 기다리며 애를 태우고 있을 며느리 때문에라도 반드시.

어젯밤 돌아가신 친정어머니에게 올린 기도가 감응을 불러왔는지도 모른다는 생각이 들었다. 하늘이 무너져도 솟아날 구멍은 있다는 생각도 들었다. 그래서 여객선을 타러 선착장으로 나가는 춘심의 발걸음은 가볍고, 얼굴은 밝은 편이다.

"희오가 작년 여름부텀 격포 방파지서 장살 혔능가?"

"어, 작년 7월부터 혔지."

"글먼 돈 좀 벌었것는디?"

"내년 여름까지 장살 혀서 현금 일억을 맹근다고 희오가 장담은 허드라만 시상 일이 뜻대로만 되든야 얼매나 좋겄냐."

"근께 말이네! 시상일이 맘먹은 대로 다 됐다믄야 언니나 나나 이런 섬 구석서 일팽생을 가진 궁상을 떰서러 이렇기 쪼글쪼글허기 살것능가? 폴쏘 육지로 나가서 떵떵거리고 살었겄지."

"내 말이 고말이다!"

"까딱혔으믄 언닌 군산으로 시집을 갈 뻔 혔담서?"

"그려 해방 되던 해 군산으로 시집을 갈 뻔 혔는디, 잘난 감탕할매가 뜯어말린 것 아녀! 위도로 조고허고 굴빗 사러 댕기던 상고선 선주가 한 명 있었는디, 그 선주 아들헌티 시집을 갔드라믄 또 어찌기 아냐? 젊어서 과부도 안 됐꼬, 시방 군산서 떵떵거림서 살지?"

"난 그 당시 에러서 잘 모르는디, 그때 우리 감탕할매가 어찌 군산 선주 아들을 손지사윗감으로 마다 혔을까 잉?"

"성씨가 안 좋다고 그렸는디, 거 무시냐, 어 맞다! 천방지축마골피…!"

"헤헤 언니는 참 아는 것도 많네! 천방지축마골피가 무신 말인디?"

"낫 놓고 기역자도 모르는 내가 고 에로운 한문을 어찌기 알 것냐만 유식헌 감탕할매가 상고선 선주네 집안의 성씨가 천허디 천허다고 퇴짜를 났단다. 암튼 고 혼사가 틀어지지만 안 혔어도 난 위도서 안 살었을 것이여!"

"글먼 대리 꺼꾸리 형불 만난 건 고 혼사가 깨진 뒨가?"

"암만 암만 … 희진이 애빌 만난 건 고다음 헌께."

노년의 언니 춘심과 중년의 동생 춘녀의 신세 한탄은 벌금리 아랫거티의 맨 끝집인 삼복횟집 근처까지 쭉 이어졌다.

"언니…! 춘심이 언니…!"

등 뒤에서 궁자의 다급한 목소리가 세찬 갯바람에 실려 날아왔
다. 춘심과 춘녀는 걸음을 멈췄다. 30m쯤 헐레벌떡 달려온 궁자가
손에 쥐고 있던 만 원짜리 지폐 몇 장을 내밀었다.

"있잖은가, 춘심 언니! 요걸 좀 형부헌티 전해 주소?"

춘심의 손에 쥐어진 그 돈을 보고 춘녀가 궁자에게 묻는다.

"문 돈인디 영범이 아빨 갖다 주라는겨?"

"격포서 돼야지 삼겹살 좀 사오라 헐라고."

"진리서도 삼겹살을 팔잔여!"

"어따 언니, 남자라고 다 남자고, 괴기라고 다 같은 괴긴가? 진리
망월상회 삼결살은 언지 육지서 물 건너 왔는지 모르는디, 고걸 사
다 먹으라고?"

"그렇긴 허다만 뜬금없이 삼겹살은 어째? … 너 또 맹글었냐?"

"또 맹글댕?"

"작년 이맘 때 애길 하나 긁어냈잖여!"

"헤헤 언니도 참…!"

"실실 웃어넘길 생각 말고 솔직허게 말을 히봐!"

"작년 가실에 전주 가서 화성이 아빠 거시길 확 홍차부러서, 헤헤
언니 인자 내 생전에 아새끼 맹글 일은 없을 것이고만!"

"미친년…!"

"아니 언니, 어째 또 내가 미친년여?"

"야 이년아! 니 서방만 고잘 맹글어노믄 된데? 시상 천지에 남자가 쫘악 깔렸는디, 고놈들도 다 고자냐? 허이구야, 개 풀 뜯어 먹는 소리 작작혀라! 언지 어디서 어떤 놈헌티 걸려서 니년이 가지랭이 쫙 벌리고 넘으집 사내놈 씨를 받을지 고걸 누가 아냐고…?"

"듣자듣자 헌께 참말로 흠상시럽네 잉!"

"무시 흠상시러?"

"화성이 아빠가 정관수술을 혔응께 난 앞으로 임신헐 일이 없는디, 어째 날 똥XX 취급 허냐고?"

"그런 취급 안 받을라믄 이년아, 몸댕이 간수 잘혀!"

춘녀의 일갈에 궁자는 뭔가 켕기는 것이 있는 듯했다. 말대답을 하려고 입을 주뼛주뼛하면서도 더 이상 토를 달지 못했다.

"그려, 애도 안 밴 년이 삼겹살은 어째 먹고 싶은디?"

"사실은 말이네. 우리 집 막내아들 두성이란 놈이 낼 생일인디, 낼 저녁으 저그 반 친구들을 우리 집으로 뎃꼬 와서 생일파틸 헌다고 안 허능가."

당차고 힘이 넘치던 궁자의 대답은 갑자기 다소곳해졌다. 주눅이 든 모양이었다.

"그려? 두성이가 중학교 삼학년이믄 막 크는 앤께 잘 멕여야지, 빚이라도 내서 사멕여야지! … 그나저나 언니 언녕 가세! 객선이 저 딴강에 떴네!"

춘심은 궁자가 준 돈을 춘녀가 들고 있는 손가방에 구겨 넣었다. 바다를 보니 춘녀의 말대로 서해훼리호는 방파제 끝에서 약 200m

140

쯤 떨어진 바다 한가운데에 떠 있었다.

"춘심 언니, 그 돈 삼만 원잉께 형부 갖다 주고 잉, 존 괴기로 골라 가꼬 오늘 꼭 좀 사오라고 허소 잉!"

"어 그려…!"

"글먼 언니 육지 잘 댕겨 오소 잉…!"

춘심과 춘녀는 그렇게 인사를 나누고 궁자와 헤어진 뒤 방파제 초입으로 들어서고 있었다. 그런데 다시 또 당차고 힘이 넘치는 궁자의 목소리가 조금 먼발치에서 들려왔다.

"어따! 삼복횟집엔 어째 들어갔다들 나오신다요…?"

춘심과 춘녀가 걸음을 멈추고 뒤를 돌아보았다. 삼복횟집 앞 도로에 선 궁자 앞에 4명의 남자와 4명의 여자가 서 있었다. 차림새가 낚시꾼 같았다. 그 가운데 은테 안경을 쓴 남자가 나섰다. 그 남자와 궁자가 나누는 대화 내용이 방파제 초입까지 어렴풋하게나마 들렸다.

"아 에, 어제 저녁에 먹은 술값을 다 갚지 못해서요. 그걸 계산하고 나오는 참인데, 헤헤 아주머님도 격포에 나가시나요?"

"아녀라우, 아녀! 육지 나가는 찌그 저 언니헌테 볼일이 있어가꼬 객선머릴 나왔는디요. 아침 식살 험서러 저 허고 손꼬락을 걸고 약속 허셨지라우! 헤헤 약속허신 대로 맹년 봄에 꼭 한 번 더 위도로 놀러 오시오 잉!"

"아 네 꼭 그러겠습니다. 아무튼 덕분에 오늘 아침 잘 먹었구요. 여객선 출항 소식까지 전해 주셔서 정말 고맙습니다. 자, 그럼 안녕히 계시구요. 건강하세요!…"

그 광경을 지켜보며 춘녀는 눈살을 찌푸렸다. 외지인들에게 웃음을 팔고 있는 궁자의 행실이 못마땅했다. 식전에 함께 2층에 올라가서 낚시꾼들 밥상을 차려주면서 생면부지의 외관 남자들에게 실실 웃음을 흘린 궁자를 앞으로 어떻게 잡도리해야 될지 참 막막한 일이 아닐 수 없다.

"언니! 어째 내 맴이 이렇기 깨림직허당가!"

"대관절 문일인디 그려?"

"새복에 라디오 뉴슬 듣다본게, 기상청서 말이네. 오늘은 폭풍주의볼 발효 안 혔어도 파도가 높고 돌풍이 분께로 선박 운행에 주일허라고 허던만, 그런디도 객선이 뜬당게 요것 참 맴이 편치 않네 그려!"

"폭풍주의보가 내린 것 아닝께 객선이 출항을 혀야 되는 건 아녀?"

"그렇긴 허네만 영범이 아빠가 새복에 파장금 넘어 가기 전에 그러던디 말여. 어제 배타고 위돌 들어 온 낚시꾼들 중엔 높은 양반도 많다고 허던디, 암만혀도 그 양반들 땜시 오늘 객선이 무리허게 뜨는 것 같어서 속이 뒤집어지는고만. 언니는 잘 몰리것지만 듣자 헌께 가참게는 말이네. 부안이나 전주서 온 높은 양반들도 있고 잉! 멀리는 서울서 온 높은 양반들도 많다는디,

낼이 월요일 아닌가? 그러다본께로 낼 출근들을 헐라믄 오늘 꼭 격포로 나가야 안 허것어? 그리서 폭풍주의본 안 떨어졌지만 저 흐근 농올이 참말로 사람을 잡어먹게 생겼는디 이런 판국에 객선이

출항을 헌당께 시방 내 맴이 편허것능가? … 언니, 어쩌 오늘은 저 놈으 흐근 농올이 이렇기 무섭당가? 대체 어쩌 이러냐고?"

춘심은 친정에서 제부 임사공의 전화를 받고 동생 춘녀의 얼굴이 어두웠던 이유를 이제야 조금은 알 것 같았다. 왜 자꾸 춘녀가 "찜 찜하다!", "께림직허다!"라고 이야기를 하고 있는 건지 그 이유를 조금은 헤아릴 수 있을 것 같았다.

그렇지만 춘심의 입장은 춘녀와 분명 다르다. 위험을 감수하고서라도 기어코 오늘 여객선을 타고 격포로 나가야 된다.

그렇기는 하지만 눈앞에 보이는 파도가 녹록치 않았다. 당장 방파제 너머 저 거친 바다 한복판에 떠 있는 서해훼리호에 승선하는 일이 그리 만만한 일이 아닌 듯했다.

"언니! 첫 번째 종선을 떴응께 두 번째 종선을 타야 되겠네."

종선(從船).

큰 배에 딸린 작은 배를 일컫는다. 서해훼리호 종선의 경우, 주로 물때가 맞지 않아 선착장 인근의 수심이 낮을 때 승객과 화물의 승선과 하선을 돕고 있다.

서해훼리호 종선의 선장은 인동장씨의 집성촌이라 할 수 있는 위도면 정금리 출신이다. 그는 춘심 보다 나이가 몇 살 아래였다.

춘녀의 말대로 종선은 벌써 방파제에 모여 있던 일부 승객들을 태우고 서해훼리호로 다가가고 있었다.

"언니! 낚시꾼들이 하도 많아서 이러단 두 번째 종선도 못 타게 생겼응께 언능 서둘러 가세!"

춘심과 춘녀는 총총걸음으로 방파제에 도착했다. 두 번째 종선에 올라타기 위해서 방파제 위에 섰다. 방파제와 서해훼리호 사이를 한 차례 왕복한 종선의 뱃머리가 바닷물이 상당히 빠져 있는 벌금리 방파제 하단에 닿았다.

그런데 동해를 등에 업고 있는 노년의 춘심이 경사가 가파른 방파제를 혼자서는 도저히 내려갈 수 없는 상황이었다. 난감한 상황에 봉착한 춘심은 발을 동동 굴렀다.

그러자 춘녀가 소리쳤다.

"영범이 아빠! 일로 좀 올라오요! 후딱 좀 올라오란 말이오!"

다행스럽게도 종선엔 춘녀의 남편 임사공이 타고 있었다. 임사공은 상황을 알아챈 듯 배에서 뛰어 내려 방파제 위로 올라 왔다. 임사공이 춘심의 등에 얼굴을 파묻고 잠들어 있는 동해를 들어 품에 안았다. 그런데 잠에서 깬 동해가 큰소리로 울기 시작했다."동해야! 한아씨다 한아씨! 이모 한아씨여 이눔아! … 그려 답답허고 심들더라도 쫌만 참자 잉! 앞으로 한 시간 반만 참으믄 격포에 있는 너그 오맬 만날 수 있을턴게 잉!"

임사공이 동해를 안고 달랬다. 그렇지만 동해의 울음은 그치지 않았다. 되레 울음소리가 더욱 커졌다.

"영범이 아빠! 얼릉 뎃꼬 내려가란 말이오!"

"처형은 어떡허고?"

"아, 언니야, 이깟 방파질 못 내러가것소?"

춘녀의 성화에 임사공은 동해를 안고 조심스럽게 경사진 방파제 아래로 내려갔다.

"자, 언니!"

춘녀가 손가방을 춘심에게 건네주었다.

"조심 조심 내려가소! 방파지 미끄릉께 잉!"

손가방을 건네받은 춘심의 얼굴은 갯바위에 붙어있는 굴껍질 처럼 딱딱하게 굳어 있다. 울고 있는 동해 때문에 속이 아리고 쓰린 모양이었다.

춘심은 조심스럽게 방파제를 내려가기 시작했다. 나이는 들었지만 섬 출신답게 위험해 보이는 방파제를 능숙하게 내려갔다. 파도 때문에 심하게 흔들리고 있는 종선의 뱃머리로 오르는 폼도 능숙해 보였다.

춘심이 종선에 오르자 임사공이 안고 있던 동해를 넘겨주었다. 그런 다음 임사공은 종선 뱃머리로 가서승선을 하고 있는 승객들의 손을 일일이 잡아서 배위로 끌어 올렸다.

춘심은 동해를 안고 종선 중간쯤에 쪼그리고 앉았다. 종선을 함께 타고 있는 승객은 모두 15명쯤 돼 보였다. 방파제엔 아직도 10명 남짓한 승객들이 서 있었다. 그들 사이엔 춘녀도 끼어 있었다. 남편과 언니가 타고 있는 종선을 바라보는 춘녀의 몸이 한껏 움츠려 있다. 영문을 알 수 없는 어떤 불안감에 사로 잡혀 있는 듯했다.

승객을 가득 태운 종선이 후진을 시작했다. 서해훼리호로 승객을 운송하기 위해서 거친 바다 한 가운데로 나가고 있는 종선의 뱃머리엔 임사공이 앉아 있었다.

춘심의 바로 옆엔 삼성민박에 투숙했던 그 낚시꾼들이 서 있었다. 그 가운데 나이가 제일 지긋한 남자가 검은 선글라스를 쓴 여자의 허리를 오른손으로 감고 있었다. 두 사람은 분명 핫아비와 핫어미가 틀림없어 보이지만 종선 위에서 하는 꼴은 부부나 다름없어 보였다.

선글라스를 쓴 여자는 연신 하품을 해댔다. 아직도 잠과 술이 덜 깬 모양이었다. 춘심은 그 남녀가 어젯밤 조금치 갯바위에서 남몰래 정분을 나눈 장본인들이 아닌가 싶었다.

종선에 오른 뒤에도 동해는 칭얼대고 징징거렸다. 때문에 춘심은 피가 마르는 듯했다.

그런데 여느 날과 다른 서해훼리호의 승선 풍경이 춘심의 눈에 들어왔다. 식도 앞바다와 벌금 오잠 쪽 거친 바다 사이로 대여섯 척의 낚싯배들이 서해훼리호를 향해 다가오고 있었다. 그 가운데는 친정 동생인 이윤복의 낚싯배인 삼성호도 끼어 있는 것 같았다.

왜 낚싯배들이 몰려오고 있는지, 춘심은 그 이유가 궁금했다. 마침 삼성민박 투숙객 중 아까 궁자와 작별 인사를 나누었던 은테 안경의 남자가 큰 소리로 물었다.

"저기요. 선장님! 왜 저 배들이 저렇게 몰려옵니까요?"

"아 에, 오늘 새복에도요. 격포서 낚싯꾼들이 솔찬히 들어 왔는디 파도가 엄청 높아가꼬 낚실 할 수도 없고 말요, 다시 저 작은 낚싯밸 타고 격포로 나가자니 겁이 난께로 요 객선을 타고 나갈라고 저렇기 몰려오는 것 같은디요!"

"아, 그래요!"

세찬 바람소리와 종선의 발동기 소리, 그리고 동해의 울음소리 때문에 춘심의 귀에 또렷하게는 들리지는 않았다. 하지만 춘심이 귀여겨들으니, 종선 선장과 은테 안경을 쓴 남자 승객의 대화는 대충 이런 내용인 듯했다.

종선 보다 늦게 도착한 대여섯 척의 낚싯배엔 평균 7명 정도의 낚시꾼들이 타고 있었다.

일반적으로 카훼리호 등 대형 여객선에는 소위 '사이드램프', 일명 '카램프'가 설치돼 있다. 승객과 화물의 통행용 구조물이다.

서해훼리호의 좌·우현 중앙엔 카램프격인 통행용 구조물이 설치돼 있다. 춘심을 비롯한 종선의 승객들은 이 구조물을 통해 서해훼리호에 승선했다. 그런데 낚싯배를 타고 온 낚시꾼 중 일부는 선미 쪽 난간을 통해 여객선에 뛰어 오르기도 했다.

서해훼리호에 오르기 전부터 보채기 시작한 동해의 울음소리는 점점 커졌다. 춘심이 종선에서 내려 서해훼리호에 올라 탄 다음, 육상의 지층에 해당 되는 2등 객실 안으로 들어 온 뒤로도 동해는 울음을 그치지 않았다.

"아가! 쫌만 참어라 쫌만 참어! … 쪼꼼만 있으믄 넉 오맬 만날턴께 아가 쫌만 참어라 잉!"

춘심은 동해를 안고 달랬다. 동해가 눈물과 콧물을 하염없이 쏟아내자 춘심의 눈에도 눈물이 그렁그렁 고이기 시작했다.

서해훼리호가 출항을 하려는지 엔진 소리가 커졌다. 세 번째 종선을 타고 온 승객들을 다 태운 모양이었다.

울고 있는 동해를 안고 서서 창밖을 보니 서해훼리호가 벌금리 앞바다를 벗어나고 있었다. 서해훼리호가 벌금리 오잠 앞바다를 벗어나 식도 앞바다로 들어설 때쯤 임사공이 2등 객실로 들어왔다.

"처형! 바람도 쎄고, 파도도 높웅께 어여 저기 저 안쪽으로 쑤욱 들어가서 자릴 잡으오! 식도서도 그러것지만 파장금서도 사람이 많이 탈턴디 그럼 아마 앉을 자리도 없을 것이오!"

"차라리 아래층으로 갈꺼라우?"

"아랫층 3등 객실엔 폴쏘 낚시꾼들이 우르르 내려가서 다릴 쭉 펴고 드러누워부렀소. 이따 식도나 파장금서 승객들이 승선을 허믄 아마 발 디딜 틈도 없을 것이오. 그럼 야가 울거나 보채도 밖으로 빠져 나올 수가 없을텐게, 차라리 여그 그냥 계시오!"

춘심은 임사공의 말이 맞겠다는 생각이 들어서 2등객실 안 선수 쪽 벽면에 설치된 구명조끼함 앞으로 걸어갔다. 구명조끼함 앞 왼쪽의 창가에 포대기와 손가방을 내려놓았다.

그미는 손가방에서 궁자가 준 돈을 꺼냈다. 동해를 안은 채 객실 가운데 왼쪽 출입구 쪽에 서 있는 임사공에게 다가가서 돈을 전했다.

"궁자 아들이 낼 생일이라 헙디다. 그려서 오늘 격포서 삼겹살을 좀 꼬옥 사다 주라고 허던디, 잊지 마시오 잉!"

"알었웅께, 처형은 애나 잘 돌보시오 잉!"

돈을 받은 임사공은 2등 객실을 빠져 나갔다.

"뚜우! 뚜우!"

잠시 뒤 서해훼리호는 식도 선착장에 도착했다. 식도 선착장에서는 멸치 액젓을 싣느라고 시간이 많이 지체됐다. 식도에서 승선해 2등 객실로 들어 온 수십 명의 승객 중에는 반가운 얼굴도 있었다.

"누님! 으딜가시오?"

군산에 사는 최만갑이었다. 키는 작아도 짱짱해 보이는 최만갑의 아내 송맹자는 벌금리 출신으로 춘심의 동생 춘녀 또래였다.

"어이 나 격포 좀 가네!"

"격포엔 어쩐 일로라우?"

"어, 우리집 막동이 희오란놈이 격포 방파지서 장살 안 허능가. 야가 희오 아들인디 독감이 걸러가꼬 뎃꼬 나가네."

"야가 여 아퍼서 이렇기 보채는갑네 잉!"

최만갑은 춘녀의 손가방 옆에 들고 있던 종이 쇼핑백을 내려놓고 자리를 잡고 앉았다.

"어저끄가 자네 오매 지세였지?"

"아니 누님이 고걸 어찌기 아요?"

"울 오매허고 자네 오매 지세가 한 날이라 기억허는디, 군산서 어저끄 들어왔능가?"

"야! 어저끄 동생들허고 들와가꼬 지셀 지내고 나가는 참인디 집 사람은 낼 나오기로 혔고만요."

"아니 서방 각시가 같이 붙어 댕겨야지, 어쩌 혼자여?"

"집 사람이 말여라우! 새복에 갑자기 배탈이 나가꼬 도저히 움직일 수가 읎어서 낼 나오라혔소!"

"잘혔네! 기왕 위도 들왔응께 벌금 친정도 댕겨가믄 좋것고만 그 려!"

"야! 안그려도 그렇기 허기로 혔는디, 그나저나 야가 여 멀밀 안 헐꺼라우? 농울이 흐근디."

"그려서 나도 참 걱정이네!"

최만갑과 춘심이 이런 저런 얘기를 나누는 사이, 서해훼리호가 기적을 울렸다. 잠시 뒤 여객선은 파장금항 선착장에 도착했다. 식 도 앞바다를 벗어나 파장금항으로 들어오는 뱃길도 순탄치 않았다. 파도 때문에 선체가 많이 흔들렸다. 파장금항 방파제 안으로 들어 서면서 부터는 선체의 흔들림이 크게 줄어들었다.

파장금항에서 승선한 승객들이 2등 객실로 몰려 들어왔다. 대부 분 낚시꾼이었다. 그 가운데는 며칠 만에 보는 얼굴들도 있었다. 치 도리와 딴치도리 사람들이었다.

그 중 딴치도에 사는 고창댁이 춘심 옆으로 다가왔다. 숭굴숭굴 하게 생긴 고창댁이 작은 보따리 하나를 내밀었다.

"언니! 요거 대리 삐삐네 고모매가 주데!"

"요게 무신디?"

"희진이 각시가 언니 갖다 주라고 혔다던디."

어젯밤 춘심은 대리 큰 며느리한테 전화를 했다. 자신의 속옷을 보내라고 했는데, 그 속옷이 들어 있는 보따리인 모양이었다.

"삐삐네 고모할맨 시방 어딧는디?"

"저 파장금 방파지에 있지 으딧것능가!"

"어쩌 안 올라오고?"

"객선 떨어졌어!"

"고게 문 소리여?"

"육지 사람들이 하도 많아가꼬 언니, 표가 매진 됐당께! 정원이 초과혔다고 표를 더는 안 파는디 어찌기 객선을 타!"

"흠상시럽네 잉! 얼매나 넉끼질꾼들이 많칸디 이런디야!"

2등 객실 안에 승객들이 꽉 들어찼다. 임사공의 말대로 식도에 이어 파장금항 선착장에서 승선한 승객이 적지 않았다. 2등 객실 밖 갑판 위의 통로에도 승객들이 발 디딜 틈이 없이 늘비한 것 같았다.

객실 안의 승객들은 대부분 쪼그리고 앉아 있다. 하지만 그 가운데는 드러누운 사람도 꽤 많았다. 삼삼오오 옹기종기 둘러앉은 승객들이 수런거리는 소리를 듣다보니, 파장금항에서 승선하지 못한 사람이 수두룩한 모양이었다. 정원 초과로 더 이상 승객을 실을 수가 없어 파장금항 선착장에 발이 묶인 외지 낚시꾼들도 적지 않다고 했다.

9.
서해훼리호의
변침(變針)

"뚜우! … 뚜우! … 뚜뚜뚜우…."

서해훼리호가 위도의 관문인 파장금항을 떠나기 위해서 기적을 울렸다. 2등 객실 밖 뒤편의 기관실에서 들리는 시끄러운 엔진 소리, 객실 안에 꽉 들어찬 승객들의 이야기 소리, 그리고 동해의 울음소리가 뒤범벅된 속에서 힘찬 기적소리가 길게 울려 퍼졌다.

"어엄마! … 어엄마! … 어엉! … 응아! … 어엄마…!"

동해의 울음소리에 2등 객실 안의 몇몇 승객들이 인상을 찌푸리는 것 같았다. 특히 드러누워 잠을 청하던 승객들의 눈빛이 매우 곱지 않았다. 춘심은 승객들의 그런 눈치를 견딜 수가 없었다. 어떻게 하면 동해의 울음소리를 그치게 할 수 있을까 궁리를 해보지만 묘안이 떠오르지 않았다.

춘심은 손가방에서 젖병을 꺼내 동해의 입에 물려 보았다. 그런데 동해는 곧바로 젖병을 밀어내며 울부짖었다. 춘심은 동해를 등에 업고 객실 밖으로 나가는 것이 좋겠다는 생각이 들었다. 포대기를 챙겨 들었다. 고창댁이 동해를 안아서 춘심의 등에 업혀 준 다음 포대기를 둘러 주었다.

고창댁의 도움을 받아 동해를 포대기로 싸서 업은 춘심이 자리에서 일어섰다. 구명조끼함을 붙들고 몸의 균형을 잡았다. 하지만 출입구까지 걸어 나가는 것이 쉬운 일이 아닐 듯했다. 누워 있는 승객, 앉아 있는 승객들 사이에 발을 내디딜 빈틈이 보이지 않아 춘심은 주춤주춤 망설였다.

그런데다 여객선이 파장금항 방파제를 벗어난 뒤부터 선체의 요동이 더욱 심해졌다. 선체가 좌우로 흔들리는 옆질은 물론이고 전후로 흔들리는 뒷질이 끊임없이 되풀이됐다. 그러다 보니 객실 안에서 제대로 서 있는 것조차 힘든 상황이었다.

파장금항 방파제 바깥의 파도는 매우 거칠고 사나웠다. 하얀색 물거품을 가득 문 짙푸른 파도가 높이 솟아오르면서 만들어 낸 물마루 위에서 서해훼리호의 뱃머리가 물의 고비 뒤편의 수면으로 곤두박질을 칠 때면 가슴이 철렁할 정도의 굉음이 '쿵! 쿵!' 하고 울렸다.

그래서인지 기관실에서 들려오는 엔진 소리는 작아졌고, 운항 속도도 더뎠다. 아마도 조타실에서 높은 파도를 헤치고 고속으로 항해하는 것은 위험하다고 판단한 모양이었다.

서해훼리호가 파장금항을 빠져나온 뒤, 뱃머리가 큰 파도에 부딪칠 때마다 '쿵! 쿵!' 하는 굉음이 객실까지 들려왔다. 간간히 뱃머리와 파도가 부딪치는 과정에서 수면 위로 높이 튀어오른 파도가 2등 객실 유리창을 때리기도 했다.

이 때문에 2등 객실 밖 통로에 서 있던 일부 승객들이 객실로 들어왔다. 일부는 1등 객실이 있는 3층 갑판으로 올라간 듯했다.

다시 또 '쿵!' 소리와 함께 선체가 전후로 심하게 흔들렸다. 동해를 업고 구명조끼함 앞에 서서 출입구로 나가려고 망설이고 있던 춘심이 앞으로 넘어졌다. 다행스럽게 옆에 앉아 있던 최만갑이 넘어지는 춘심을 붙들었다. 동해의 울음소리는 더 커졌다.

"으앙! … 어엉! … 어엄마! … 어엄마…."

춘심을 일으켜 세운 최만갑이 목청을 돋우었다.

"누님! 야가 여 코피가 나는디, 언넝 내려 보시오!"

춘심은 급히 포대기 끈을 풀었다. 고창댁의 도움을 받아 등에 업혀 있던 동해를 가슴으로 안았다. 넘어지면서 춘심의 등에 코를 박았는지 동해의 코에 선혈이 낭자했다. 최만갑이 동해의 콧등을 눌러 지압을 했다. 고창댁은 어느새 화장지를 챙겨 동해의 코와 입 주변에 묻은 코피를 닦아내고 있었다.

"아이고 언니 어쩐당가? 코피가 언니 등짝에도 많이 묻었네! 언닌 괜찮여?"

눈물을 펑펑 쏟아내고 있는 춘심에게 고창댁이 물었다. 춘심은 대답 없이 고개만 끄덕였다. 등이 꿉꿉하긴 했지만 그것을 신경 쓸 겨를이 아니었다.

다행히 코피는 멎었다. 고창댁은 화장지로 동해의 얼굴 이곳저곳에 묻은 코피를 깨끗하게 닦아냈다. 동해의 울음소리는 여전했다. 그렇게 동해의 코피소동은 일단 마무리됐다.

잠시 뒤, 일어서서 객실 창밖을 내다보던 최만갑이 중얼거렸다.

"아니 근디 객선이 어찌 고군산 짝으로 간다냐?"

이에 옆에 앉아 있던 고창댁이 걱정스럽게 물었다.

"무신 소리요? 객선이 시방 고군산 짝으로 간다고라우?"

"야! 임수돈 쩌그 쩌짝인디, 어째 항로를 이렇기 잡았을까 잉!"

고창댁도 일어나서 창밖을 내다보았다.

"아자씨! 바람이 시방 하노바람이요, 샛바람이요?"

"왕등 짝서 불어온 게 된바람 같은디라우. 요렇기 된바람이 불땐 아랫녘으로 가믄 좋을 턴디, 어째 객선이 웃녘으로 가는지 모르것소."

"그러게 잉! 요런 날은 저저 아랫녘 성지섬 짝으로 가야 허는 것 아니우?"

"그러게라! 항해사가 다 생각이 있어서 그러겄지만 참 벨일이네 그려!"

"아까 파장금서 객선에 올라온께 이물에 쩟꾹통이 수두룩허던디요. 식도서 쩟꾹을 얼매나 실읍디여?"

'이물'이란 배의 선수 부분을 일컫는다. 고창댁은 이물에 실린 젓갈통만 봤겠지만 선미 부분인 고물에도 젓갈통이 적지 않게 쌓여 있다.

"아마 한 오백 개는 실은 것 같던디!"

"쩟꾹통을 오백 개나 실었다고라우?"

"야! 김장철을 앞두고 있응께 젓꾹을 싸그싸그 내다 팔어야 안 쓰 것소?"

다시 객실 벽에 등을 기대고 앉는 최만갑과 고창댁은 몇 마디 얘기를 더 주고받았지만 두 사람의 안색은 왠지 굳어 있다. 아무래도 서로 말로는 표현을 못하고 있지만 오늘 격포로 가는 뱃길이 내심 불안한 모양이었다.

동해가 징징거리며 우는 소리가 다시 또 객실 안에 울려 퍼졌다.

"어엄마! … 아앙! … 아아! … 앙! 으으! 우웩 … 우웩!"

보채던 동해가 이번엔 구역질까지 했다. 심한 뱃멀미 때문인지 입 밖으로 오물을 토해냈다. 그 오물의 일부가 하필 춘심의 발 앞바닥에 머리를 대고 누워 있던 중년 여인의 얼굴에 떨어지고 말았다.

벌떡 일어나서 앉은 그 여인은 눈에 쌍심지를 켜고 언성을 높였다.

"아니 할머니! 이게 뭐에요?"

그 여인의 매서운 눈빛을 피해 춘심은 손가방에서 손수건을 꺼내 들었다.

"어찌야 쓸까잉…! 이 일을 어찌야 쓸까잉…!"

춘심은 떨리는 손으로 그 여인의 얼굴에 묻은 오물을 닦으려 고 했다. 그 여인은 춘심의 손을 뿌리치며 화를 버럭 냈다.

"정말 재수가 없을라닝까 참 별일을 다 보겠네! 이것 봐요, 할머니! 앨 데리고 밖으로 나가든지 하세요! … 에잇, 재수 없어!"

그 여인의 말은 귀에 거칠었다. 곁에서 지켜보고 있던 고창댁과 최만갑이 나서서 뭐라고 한 마디 하려다가 꾹 참는 눈치였다. 그 여인의 옆에 나란히 누워 있다가 일어나서 앉아 있는 중년 남성 탓도 있는 것 같았다. 그 남성은 고깝다는 듯 할깃할깃 춘심을 흘겨보고 있다.

뒤넘스러운 여인 앞에서 서머한 자세로 안절부절 어찌할 바를 모르고 있던 춘심이 포대기에 싸여 있는 동해를 안고 자리에서 일어났다. '아이를 데리고 밖으로 나가라!'는 그 여인의 말도 일리가 있는 듯해서다.

바람이 세긴 하지만 기왕 동해가 감기에 걸렸으니 밖에 나가는 것도 괜찮을 성싶었다. 찬바람을 쐬면 멀미 기운도 많이 해소될 것 같았다. 무엇보다 그치지 않는 동해의 울음소리 때문에 쏟아지고 있는 객실 안 승객들의 따가운 시선을 피할 수 있을 듯했다.

"동상! 야를 저끄 저 출입문 밖으로 좀 데려다 주소!"

"어따 누님, 농올이 무선디 으딜 나갈라고 이러요?"

"그리도 어쩌것능가? 이렇기 울어쌌는디!"

"위험헌께 지발 여그 그냥 앉아 계시란 말요!"

"위험혀도 어쩌것어! 야가 이 … 이렇기 울어 쌌는디, 흐으윽!"

동해를 안고 서서 몸의 균형을 잡으려고 안간힘을 쓰며 춘심이 참고 있던 울음을 터뜨렸다. 객실 안엔 늙은 할머니와 어린 손자의 울음소리가 한동안 울려 퍼졌다.

최만갑과 고창댁의 눈에도 눈물이 고이기 시작했다. 아픈 손자를 위해서 모질음을 다 쓰고 있는 춘심을 외면할 수 없어 최만갑이 자리에서 일어나려고 무릎을 세웠다.

최만갑이 포대기에 싼 동해를 안고 앞장섰다. 낯선 사람의 품에 안긴 탓인지 동해의 울음소리는 더욱 커졌다. 춘심이 눈물을 훔치며 손가방을 챙기자 고창댁이 제지하고 나섰다.

"언니! 가방은 묻허러 갖고 나갈라고 허능가?"

춘심이 멈칫했다.

"엿다 놓고 가소! 언니가 못 챙기더라도 내가 말이네, 격포서 내릴 때 꼭 챙길 턴께, 엿다 두고 가란 말이네!"

"어 그려! 꼭 좀 니가 챙겨라 잉!"

손가방을 고창댁에게 맡긴 춘심은 출입구를 향해 걸음을 옮기기 시작했다. 객실 벽면을 정면으로 바로 보고 섰다. 벽과 창틀을 두 손의 손바닥으로 짚어가며 몸의 균형을 잡았다. 그런 다음 한 걸음 한 걸음 조심스럽게 옆으로 걸어 나갔다.

앉아서 그미의 움직임을 지켜보고 있던 승객들이 길을 터주었다. 그런 승객들 가운데는 위도 주민들도 몇 명 있었다. 덕분에 그미는 출입구까지 넘어지지 않고 빠져나갈 수 있었다.

그미가 출입구 앞에 도착하자 최만갑이 먼저 출입문을 열고 밖으로 나갔다. 그미도 신발을 챙겨 신고 그 뒤를 따랐다.

2등 객실 밖 갑판 위의 통로엔 강한 돌풍이 몰아치고 있었다. 돌풍이 몰고 오는 파도의 높이는 매우 높았다. 허연색 게거품을 질질 흘리며 입을 쫙 벌리고 다가오는 삼각파도는 하시라도 여객선을 집어 삼키고도 남을 기세였다. 여객선이 한껏 치솟아 오른 물마루를 넘을 때마다 들려오던 '쿵!' 하는 굉음을 객실 밖에서 듣게 되니 겁이 덜컥 났고, 또 섬뜩했다.

동해를 안고서 넘어지지 않으려고 애를 쓰고 있는 최만갑의 머리 위에 바닷물이 쏟아졌다. 갑판 위로 튀어 오른 바닷물이 돌풍을 타고 날아온 것이다.

바닷물을 뒤집어 쓴 최만갑이 소리쳤다.

"누님! 여그 있다간 문 일을 당헐지 모릉께 언능 3층 갑판으로 올라갑시다!"

"그려야 쓸랑가비네 잉!"

"내가 먼저 올라갈 텐게 누님은 조심해서 올라오시오 잉!"

"어이! 알었응께, 언능 자네 몬자 올라가소!"

2층 갑판에서 3층 갑판으로 올라가려면 기관실 외벽에 설치된 철제 계단을 이용해야 된다. 최만갑은 벌써 계단을 타고 3층 갑판으로 오르고 있었다.

춘심은 술에 잔뜩 취한 사람처럼 갈지자 걸음으로 계단 가까이 다가갔다. 갑판 위로 튀어 오른 바닷물이 이번엔 그미의 얼굴을 때렸다. 바닷물이 매우 차갑게 느껴졌다.

그미는 계단을 오르기 시작했다. 계단 중간쯤 올랐을 때 '쿵!' 하는 굉음이 다시 들렸다. 그 순간 그미의 몸이 기관실 외벽 쪽으로 쏠렸다. 벽에 이마를 부딪쳤는지 머리가 떵했다.

2등 객실보다는 조금 덜했지만 3층 갑판 위에도 발 디딜 틈이 없을 정도로 승객들이 넘쳐났다. 조타실 뒤편 1등 객실 출입구부터 선미의 철제 난간까지 승객들로 가득했다. 그미가 자리를 잡고 앉을 만한 빈 공간이 보이지 않았다.

３층 갑판 위의 승객들 중엔 낚시용 아이스박스를 깔고 둘러 앉아 술판을 벌이고 있는 무리도 있었다. 흔들리고 있는 갑판 위에서 화투판을 벌인 승객들도 있었다.

삼성민박에 투숙을 했던 낚시꾼들도 눈에 들어왔다. 그들은 술을 마시고 있었다. 어젯밤 조금치에서 허튼짓을 했다고 여겨지는 그 남녀는 벌금리 선착장에서 종선을 타고 여객선에 오를 때처럼 다정한 모습이었다. 남자의 허벅지에 머리를 대고 선글라스를 낀 여자가 드러누워 있었다.

그렇게 승객들이 자리를 차지하고 있어서 춘심이 엉덩이를 깔고 앉을 수 있는 빈 공간은 보이지 않았다.

그런데 최만갑이 용케 공간을 찾아냈다. ３층 갑판 우현 뒤편의 구명정 보관대 앞이었다.

그 자리엔 원래 중학생으로 보이는 남자 아이가 앉아 있었다. 그미가 앉을 자리를 찾기 위해 두리번거리고 있는데, 그 학생이 왼손으로 입을 틀어막고 막 자리에서 일어났다. 비틀거리며 ２층 갑판으로 내려가려는 듯 계단 쪽에 서 있는 그미의 앞으로 걸어왔다. 입을 틀어막고 계단을 서둘러 내려가고 있는 모습이 구역질을 하러 화장실에 가는 게 틀림없었다.

가까이에서 보니 그 학생의 얼굴은 낯이 익었다. 파장금 임수식당 큰 아들이 틀림없었다. 임수식당 큰아들은 부안에서 중학교를 다닌다고 들었다. 어제가 토요일이라 파장금 집에 왔다가 내일 등교를 하기 위해서 나가는 모양이었다.

그런데 그미는 난감했다. 그 학생이 앉아 있던 자리에 서서 최만 갑이 "이리 오라!"고 손짓을 하는 것 같은데, 그곳까지 이동한다는 것이 난감하기 이를 데 없었다.

그 학생은 난간 쪽으로 바짝 붙어서 날렵하게 빠져 나왔다. 그렇지만 춘심이 나이가 든 여성의 몸으로 그 경로를 역으로 밟아 이동하는 것이 결코 쉬운 일이 아닌 듯했다.

그미가 2등 객실 안에서 출입구까지 넘어지지 않고 빠져 나올 수 있었던 것은 승객들 중에 위도 주민이 몇 명 있었던 덕분이었다. 하지만 이곳 3층 갑판 위의 승객들 중엔 그미가 알고 있는 사람이 거의 없다. 대부분 외지의 낚시꾼이었다.

그렇다고 해서 예서 걸음을 멈추고 주저앉을 수도 없는 일이었다. 저기 먼발치에 서 있는 최만갑의 품 안에서 손자 동해가 울고 있지 않은가.

"누님! 거 난간을 잡고 여리 오시란 말요!"

거리도 멀고, 엔진 소리와 온갖 소음 때문에 최만갑의 목소리가 또렷하게 들리지는 않았다. 하지만 최만갑이 손짓을 하며 내지르는 소리가 꼭 이런 내용인 것 같았다. 춘심은 철제 난간을 오른손으로 꽉 붙잡고 한발 한발 앞으로 걸어 나갔다.

그미가 3층 갑판 위에서 느끼고 있는 선체의 흔들림은 2층 통로나 객실에서 느꼈던 흔들림하고는 감이 달랐다. 두 눈으로 발아래의 거친 바다를 내려다보면서 느끼고 있는 선체의 흔들림은 무서울 정도였다. 특히 선체의 옆질이 심할 때는 엄청난 무서움증이 몰려와 그미는 다리를 후들후들 떨었다.

예상과는 달리 3층 갑판의 승객들도 나이든 그미의 이동을 적극 도와주었다. 그 덕분에 그미는 최만갑이 서 있는 우현 선미의 구명정 보관대 앞까지 무사히 이동했다.

최만갑이 안고 있던 동해를 그미의 품에 넘겨주었다. 동해의 울음소리는 여전히 컸다. 구명정 보관대의 철제 구조물에 등을 기대고 앉아서 그미가 동해의 몸을 감고 있는 포대기를 손질하는 참인데, 최만갑이 놀란 눈을 삼빡거리며 물었다.

"아니 누님! 이마가 어찌그러요?"

그미는 영문을 몰라 어리삥삥한 표정으로 충혈된 눈만 끔벅거렸다.

"이마가 찢어졌능가 피가 난당께요, 피가!"

"피?"

그미는 오른손으로 이마를 만져 보았다. 그런 다음 손가락을 보니 피가 묻어 있었다. 바닷물에 섞인 묽은 피였다.

"혹시 아까 계단 올라오다 어디다 부딪친 것 아니오?"

"그릿나 본디, 피가 많이 나능가?"

"솔찬히 나는디요. 괜찮으요?"

"괜찬기야 허겠능가만, 이 까짓걸로 죽기야 허것어?"

그미는 이마의 피를 대수롭지 않게 여겼다. 그러나 최만갑은 그렇게 생각하지 않는 표정이었다. 어찌해야 되는지 잠시 고민을 하더니만 바지 뒷주머니에서 손수건을 꺼내 그미의 이마에 고인 피를 닦아 주었다.

"누님! 바람이 쎄고 농울이 심헌께 꼼짝 말고 여그 앉어 계시오 잉!"

"어이 동상! 참말로 고맙네…!"

"누님도 참, 별말씀을 다 허시네…!"

최만갑이 자리를 떴다. 그런데 그는 2층으로 내려가지 않고 조타실 뒤편 1등 객실 출입구 쪽으로 갔다. 무슨 볼일이 있는 듯했다.

그미의 품에 안긴 뒤 동해의 울음소리가 잦아졌다. 찬바람을 쐬어서 갑갑함도 많이 사라지고, 할머니의 품에 다시 안기니 마음도 편해진 모양이었다.

그미는 훌쩍거리고 있는 동해의 얼굴을 바라보았다. 코는 좀 부어있지만 코피가 난 흔적은 찾아보기 힘들었다. 구역질을 했던 입 주변은 깨끗했다. 오물을 잘 닦아낸 고창댁 덕분이라는 생각이 들었다.

그런데 동해의 눈언저리에 묽은 피 한 방울이 뚝 떨어졌다. 그미의 이마에서 떨어진 듯한데, 마치 동해가 피 눈물을 흘리는 것 같은 느낌이 들었다.

그미는 동해의 눈언저리에 묻은 그 핏방울을 닦아냈다. 그런 다음 자신의 이마에 난 상처 부위에 손수건을 갖다 대고 피를 닦았다. 동해는 금세 잠이 들었다. 그 때문에 동해의 등을 토닥거리고 있던 그미의 오른손이 멈췄다.

돌풍이 인당수 깊은 바닷속의 밑바닥까지 뒤집어 놓은 터라 임수도 근해를 항해 중인 서해훼리호의 선체가 심하게 요동을 치고 있다. 그 여객선 3층 갑판 위에 아픈 손자를 안고 앉아 있는 그미의 얼굴엔 수심이 가득했다.

그미의 눈에 멀리 위도의 원경이 들어왔다. 파장금항 방파제 뒤편 바다에는 낚싯배 몇 척이 나와 있었다. 이렇게 험상궂은 해상에서 낚시를 하려고 그러는 건지, 아니면 격포로 나올 승객들을 태우고 나와 있는지는 모르겠지만 먼 바다에 떠 있는 낚싯배 몇 척이 눈에 띄었다.

임수도 근해에도 낚싯배 한 척이 떠 있다. 거의 움직임이 없는 걸 보면 낚시를 하고 있는 듯했다.

서해훼리호의 엔진소리는 크지 않았다. 운항 속도는 여전히 더뎠다. 현재의 운항속도는 그미가 2등 객실 안에 있을 때보다 더 느린 듯했다.

2등 객실에서 최만갑과 고창댁이 주고받던 이야기가 불현듯이 떠올랐다. 그들의 말마따나 오늘은 여객선이 평상시와는 전혀 다른 항로로 가고 있었다.

통상 서해훼리호는 파장금항 방파제 뒤편에서부터 거의 일직선으로 임수도 근해까지 항해를 한다. 위도와 격포 사이의 중간쯤에 위치한 임수도 근해에 도착한 여객선은 다시 또 거의 일직선으로 격포항까지 운항한다.

그런데 오늘 여객선의 항로는 영 딴판이다. 현재 뱃머리의 방향만 놓고 따져본다면, 여객선은 마치 고군산을 향해 운항하고 있는 것 같았다. 강한 북서풍이 잔뜩 각을 세워 올린 날카로운 삼각파도를 정면으로 헤치며 항해를 하느라고 서해훼리호가 평소에 다니던 뱃길에서 훨씬 벗어난 것 같기도 했다.

위도 출신인 최 선장이 오랜 세월 동안 여객선을 운항해 온 사람이니 오죽 알아서 할까만 그래도 그미의 마음엔 불안한 구석이 없지 않았다. 무엇보다 오늘 여객선 출항 전에 동생 춘녀가 했던 말이 마음에 걸렸다.

"폭풍주의본 안 떨어졌지만 저 흐근 농올이 참말로 사람을 잡아먹게 생겼는디, 이런 판국에 객선이 출항을 헌당께 시방 내 맴이 편허것능가? 언니, 어쩌 오늘은 저놈으 흐근 농올이 이렇기 무섭당가? 대체 어쩌 이러냐고?"

격포에 있는 막내아들 조희오가 했던 말도 갑자기 떠올랐다.

"어머니! 저는 말요. 특히 파도가 높은 날 객선을 타고 다니는 것이 겁이 나던데, 배를 만들 때 설계를 잘못했는지 선체가 많이 기웁디다. 오늘도 객선을 타고 들어오는데요. 3층 갑판 위에 올라갔더니만 배가 많이 기울던데, 어머닌 어지간허면 파도가 높은 날 엔 객선을 타지 마시오 잉!"

지난겨울, 설 명절을 쇠러 대리 집에 찾아온 희오가 한 말이었다. 그날 그미는 희오의 이야기를 귀담아 듣지 않았다. 그런데 오늘 직접 3층 갑판 위에 올라와서 경험을 해보니 여객선의 선체가 많이 기울어 있는 듯했다.

그렇기는 하지만 오늘 이 여객선에 무슨 일이 일어날 리가 없다는 생각이 들었다. 어려서부터 지금까지 줄포항과 법성포항, 그리고 곰소항과 격포항 등지로 여객선과 고깃배를 타고 다녔지만 이 정도의 파도 때문에 여객선 사고가 날 것 같지는 않았다.

위도와 격포 사이의 14km 뱃길 중 가장 위험한 해역은 바로 이 근방이다. 심청이 아버지 심봉사의 눈을 뜨게 하려고 몸을 던졌다는 인당수가 이 근방의 해역이라고 알려져 있다. 춘심이 오늘 격포로 가는 뱃길에 그 어떤 탈도 없을 것이라고 확신하는 것은 위도와 격포 사이의 항로 중 가장 물살이 세고 파도가 높은 이곳 인당수 해역을 거의 벗어나고 있다는 점 때문이었다.

그런 확신을 하고 보니 그미의 마음은 한결 편해졌다. 곧 만나게 될 격포에 있는 아들과 며느리의 얼굴이 떠올라 자못 흥분되기도 했다.

그미는 최만갑이 주고 간 손수건을 아픈 이마의 상처 부위에 대고 피를 닦아냈다. 피가 멎은 듯했다. 동해의 체온도 확인했다. 체온이 많이 떨어진 같았다.

'아가, 쫌만 참어라 쫌만 참어, 거진 다 왔다! … 여그만 지나믄 임수도 부텀은 농울이 높지 않을 턴게 니 멀미끼도 많이 사라질 것이고만. 그런께 우리 손지 동해야, 우리 이쁜 새끼 동해야, 쫌만 참어라 잉!'

그미는 품안에서 잠이 들어 있는 동해의 등을 토닥거리면서 속으로 이렇게 속삭였다.

졸음이 밀려왔다. 어제 오후부터 지금까지 아픈 손자와 여객선 출항 문제로 인해서 심신이 고단한 탓도 있는 듯했다. 그리고 곧 여객선이 임수도를 지나게 될 것이라는 기대감 때문에 긴장감이 많이 해소된 탓도 있는 것 같다.

그미는 조용히 눈을 감았다. 막내아들 조희오의 얼굴이 떠올랐다. 희오는 슬하의 3남 1녀 중 학벌이 제일 좋은 편이다. 대학시절 학생 운동에 가담해서 수감생활을 길게 했다. 그 때문에 군대는 다녀오지 않았다. 대신 취업이 힘들었다.

2년 전, 서울에서 결혼식을 올렸다. 혼전에 임신이 돼 부랴부랴 결혼식을 올렸고, 그해 말 첫 아이를 출산했다. 그 아이가 이 녀석 동해였다.

희오는 학생 운동 전력 때문에 취업이 어렵게 되자 창업을 준비했다. 하지만 거액의 사업자금을 마련할 수가 없었다.

그러던 중 격포항 방파제에 좌판을 깔고 해산물을 파는 장사를 할 수 있는 기회를 얻게 되었다. 밑천이 거의 없어도 되는 이런 장사를 지난해 여름에 시작할 수 있었던 것은 격포에 사는 막내 작은 아버지 조칠봉 덕분이었다.

부안군 진서면 곰소리에 처갓집을 둔 조칠봉은 1980년대 초부터 격포에서 터를 잡고 살았다. 고깃배와 횟집을 운영하는 조칠봉의 집에 얹혀 살며 희오 내외는 방파제 장사를 했다. 그런데 작은아버지 조칠봉은 조카인 희오를 머슴처럼 다뤘다. 작은어머니 서향자는 질부인 희오 처 김옥자를 식모처럼 부려 먹었다.

희오와 옥자는 갖은 수모를 겪으면서도 참고 견뎌냈다. 그러다 결국 조칠봉의 집에서 쫓겨나게 되는데, 표면적인 이유는 서향자가 애지중지하는 애완견을 이틀 동안 굶겼다는 것이었다.

조칠봉의 집에서 쫓겨난 희오 내외는 격포에 사글세방을 얻었다. 조칠봉 내외는 지역 사회에서 위신과 체면이 깎인다며 조카 내외가 격포 생활을 모두 접고 멀리 떠나기를 노골적으로 요구했다. 하지만 희오와 옥자는 이 요구를 거부하고, 격포에 작은 보금자리를 마련한 다음 열심히 장사를 해서 지금은 기반을 잡은 상태다.

춘심은 막내아들 내외에게 미안한 마음을 갖고 있다. 가정 형편이 넉넉하지 않아 사업자금을 대주지 못한 점이 늘 마음에 걸렸다. 그래서 그미는 큰아들 내외의 눈치를 살피며 어린 동해를 맡아서 키웠던 것이다.

"쌌구나 쌌어! … 핫하하! … 오케이! 못 먹어도 고…!"

화투를 치고 있던 승객들이 떠드는 소리에 그미는 눈을 떴다. 막내아들 조희오 내외의 처지를 고민해 보다가 깜박 잠이 든 모양이었다. 그미는 잠들어 있는 동해의 얼굴을 잠시 들여다 본 다음, 주변을 둘러보았다.

서해훼리호가 뱃머리를 오른쪽으로 조금 트는 것 같았다. 드디어 격포항으로 가기 위해서 항로를 제대로 잡았다는 생각이 들었다. 비로소 그미의 입가엔 엷은 미소가 흘렀다.

그런데 잠시 뒤 여객선의 선체가 오른쪽으로 조금씩 기울기 시작했다. 벌금리 선착장에서부터 수없이 반복되던 단순한 옆질인 줄 알았더니, 금세 선체가 오른쪽으로 완전히 넘어갈 정도로 심하게 기울어졌다.

"아이고 오매, 이게 무신 날벼락이당가!"

이런 탄식이 채 끝나기도 전에 그미는 구명정 보관대의 철제 구조물에 머리를 세게 부딪쳤다. 갑판 위에 앉아 있던 승객들이 마치 도미노처럼 넘어지면서 그미의 몸을, 순간적으로 강하게 뒤로 밀치는 통에 뒤통수를 철제 구조물에 부딪친 것이다.

그미는 동해를 꼭 끌어안았다. 자칫 잘못하면 동해가 깔려 죽을지도 모르겠다는 생각이 들어서였다.

'쿵!'

유난히 큰 파도가 여객선 선체를 세게 친 듯했다. 파장금항을 출발한 뒤 끊임없이 들리던 굉음 가운데 가장 컸다.

"사람 살려…! 사람 살려…!"

2층 갑판과 3층 갑판에서 이런 비명이 터져 나왔다. 2층 갑판에서 터져 나오는 비명 가운데는 "바닷물이 객실 안으로 들어온다!"는 아우성도 포함돼 있었다.

서해훼리호 운항의 총책임자인 최 선장의 목소리가 선내에 설치된 스피커를 통해 울려 퍼졌다. 다급했다.

"승객 여러분! 배가 한쪽으로 기울면 전복될 수 있습니다. 배가 한쪽으로 기울지 않도록 골고루 퍼져서 앉아 주십시오! 승객 여러분! 다시 한번 부탁드립니다…!"

그러나 이미 우현으로 크게 기울어버린 서해훼리호의 선체는 복원되지 않았다. 이 때문에 3층 갑판은 물론이고, 바닷물이 들어 찬 2층 갑판도 아비규환이었다. 이런 상황에서 서해훼리호의 운항은 몇 분 정도 계속되었다.

'쿵!'

다시 또 높은 파도가 선체를 강하게 때린 모양이었다. 굉음과 함께 여객선이 거의 옆으로 드러누웠다.

승객과 화물이 미끄럼틀에서 미끌어지듯 오른쪽으로 우르르 쏠렸다.

춘심은 구명정 보관대의 철제 구조물에 머리를 다시 또 세게 부딪쳤다. 설상가상으로 머리 위에서 날아 온 낚시용 아이스박스가 이마에 떨어졌다. 정신이 얼떨떨해졌다.

사정이 이런데 수십 명의 승객이 그미의 품에 안긴 동해의 등위에 차곡차곡 포개져 쌓이는 것 같았다. 그미는 자신은 죽어도 손자는 죽일 수 없다는 생각에 안고 있던 동해를 꽉 끌어안았다.

그미가 정신을 차렸을 때 몸은 차가운 바다 속에 잠겨 있었다. 입을 꽉 다물고 허우적거리다 보니 얼굴이 수면 위로 떠올랐다.

잠시 정신을 잃은 채 바닷속에 빠진 모양이었다. 차가운 바닷물 덕분에 춘심이 정신을 차린 것 같았다. 그런데 눈앞에 펼쳐진 현실은 너무도 끔찍했다. 무엇보다 품에 안고 있던 손자 동해가 보이지 않았다.

"동해야…! 동해야…!"

그미는 서툰 수영 실력으로 허우적거리면서 사라진 손자의 이름을 외쳤다. 사방을 둘러보지만 손자 동해의 모습은 찾을 수가 없었다.

하얀 갈기를 하늘 높이 세운 삼각파도가 그미의 눈앞에 다가오고 있었다. 무섭고 겁이 났다. 그 파도 속으로 빨려 들어가면 끝장이라는 생각이 들었다. 그미는 두 눈을 딱 감았다. 코앞에 다가 온 산더미 같은 삼각파도에 운명을 맡길 수밖에 없었다.

바닷속에 빠진 뒤, 정면으로 마주한 첫 삼각파도는 다행히 큰 탈 없이 지나갔다. 다만 바닷물을 많이 마신 탓에 구역질이 나고 정신이 몽롱해졌다.

"동해야…! 동해야…!"

그미는 다시 동해를 찾아보았다. 그러나 동해의 모습은 보이지 않았다.

수면 아래로 가라앉고 있는 서해훼리호의 선체가 일부 보였다. 수백 명이 인당수의 거친 바닷속에 빠져서 물에 뜬 지푸라기라도 잡을 요량으로 몸부림을 치고 있었다.

그미도 무엇이라도 붙잡아야 될 성싶었다. 눈앞에 액젓통 하나가 떠밀려오고 있다. 그 액젓통을 붙잡으려고 손을 내밀었다. 그런데 그 액젓통을 먼저 붙드는 사람이 있었다. 그 사람은 춘심이 어젯밤 벌금리 조금치에서 허튼짓을 했다고 여겼던 그 남자였다.

이번엔 낚시용 아이스박스가 둥둥 떠서 밀려오고 있다. 그미는 필사적으로 그 아이스박스를 붙잡으려고 손을 내밀었다. 그런데 그 아이스박스를 잽싸게 낚아채는 손이 있었다. 2등 객실에서 동해를 안고 3층 갑판으로 데려다 준 최만갑의 손이었다.

멀리서 구명정 하나가 떠내려오고 있다. 그러나 그미에겐 그 구명정까지 헤엄을 쳐서 다가갈 수 있는 기력이 남아 있지 않았다.

"동해야…! 동해야…!"

그미는 다시 또 손자를 불러 보았다. 그렇지만 동해는 보이지 않았다. 그미는 어려서 배운 서툰 수영 실력으로 몇 분 동안은 버틸 수 있었다. 하지만 바닷물을 적잖이 마신 뒤로 기운이 많이 빠졌다. 몸도 점점 굳어졌다.

이렇게 죽는구나 하는 생각이 들었지만 그미는 눈에 보이지 않는 동해를 찾아야만 했다.

"동해야…! 동해야…!"

살아서, 꼭 살아서 손자 동해를 찾아내고 싶었다. 그런데 수면 아래의 차가운 바닷속에서 누군가가 두 발목을 틀어쥐고 잡아당기는 것 같았다. 물속에 잠겼다가 물 밖으로 고개를 내밀면 다시 깊은 바닷속에서 누군가가 그미의 발목을 잡아당기는 듯했다.

그렇게 몇 차례 반복되고 있는 상황에서 다시 또 날카롭게 각을 세우고, 희디 흰 갈기를 잔뜩 풀어헤친 삼각파도 하나가 다가오고 있었다. 잠시 뒤 그 삼각파도는 그미의 눈에 아련하게 보이던 인당수의 파란 가을 하늘을 완전히 덮어 버리고 말았다.

그미는 정신 줄을 놓고 싶지 않았지만 의식이 흐려졌다. 바다 밑으로 육신이 가라앉고 있었다. 그렇지만 죽기 전에 기필코 처리해야 될 소임이 하나 있었다. 품안에서 사라진 손자 동해를 찾아서 아이의 엄마와 아빠에게 데려다 주는 일이었다.

이 때문에 이춘심은 인당수의 깊고, 차갑고, 어두운 바다 밑으로 가라앉으면서도 목이 찢어질 정도로 외치고 또 외쳤다.

"동해야! … 동해야! … 우리 손지 동해야…!"

10.
칠산바다의
성난 파도

달과 술의 시인 이태백(李太白).

두보(杜甫)와 함께 당나라를 대표하는 시인이다. 시선(詩仙) 이태백은 시성(詩聖) 두보와 함께 중국 최고의 시인으로 추앙받고 있다. 일설에, 이태백은 중국 안휘성(安徽省) 당도현(當塗縣) 채석강(采石江)에서 익사한 것으로 전해진다. 뱃놀이를 하며 술에 취해 물속의 달을 잡으려 뛰어 들었다가 생을 마감했다는 것이다.

변산반도의 맨 서쪽에 있는 격포항(格浦港)의 채석강(彩石江).

이태백이 강물에 뜬 달을 잡으려다 빠져 죽었다는 그 채석강과 흡사해서 지어진 이름이라고 한다. 수만 권의 책을 높다랗게 쌓아 놓은 듯한 퇴적암 절벽이 일품이다. 채석강의 비경을 접하는 사람마다 느낌이 다르겠지만, 한 가지 공통점이 있을 수 있다. 바로 채석강은 세찬 파도가 빚어낸 기암절벽이라는 느낌일 것이다.

위도면(島嶼面) 파장금항과 진서면(鎭西面) 곰소항 사이의 항로는 33km이다. 시속 13노트 기준으로 1시간 40분가량 소요된다. 위도 파장금항과 변산면(邊山面) 격포항 사이의 항로는 14km이고, 소요 시간은 40분 정도다.

사정이 이런데도 근래까지 위도 파장금항과 변산 격포항 사이의 여객선 항로가 개설되지 않았다. 파도가 센 격포항에 안전한 접안 시설이 설치되지 않았기 때문이다.

위도 주민 수천 명의 오랜 숙원은 위도와 격포를 오가는 여객선 항로의 개설이었다. 그 숙원이 작년 10월에 이루어졌다. 격포항에 길고 튼튼한 방파제가 건설되고, 방파제에 여객선 접안을 위한 부두시설이 완공된 덕분이었다.

군산시에 본사를 둔 주식회사 KS훼리는 고군산열도와 위도 등지에서 운항 중인 7척의 여객선을 보유하고 있다. 서해훼리호는 KS훼리 소속 여객선이고, 군산 시내의 한 조선소에서 건조돼, 3년 전인 1990년 11월 1일, 위도와 곰소 구간에 처녀 취항했다. 약 2년 정도 위도와 곰소 사이를 운항하던 서해훼리호는 지난해 10월경 노선을 변경해 위도와 격포 구간의 항로에서 운항을 시작했다.

격포항에 방파제가 완성됨으로써 새롭게 생겨난 풍경이 몇 가지 있다. 그 가운데 하나는 위도 등 도서지방을 연결하는 여객선이 들어오기 시작했다는 점이다.

그리고 또 하나는 방파제 위에서 행락객들을 대상으로 좌판을 펼치고 해산물과 술을 파는 장사꾼이 등장했다는 점이다. 그 장사꾼은 모두 격포 주민이고, 대부분 중년 여성이다.

"옥자야! 너 우리 식독 엇다 놨냐?"

방파제 하단의 물가에 양동이를 들고 서 있는 김옥자의 귀에 들리는 이순신의 처 강신자의 목소리였다. 7~8m쯤 떨어진 방파제 위에서 내려다보고 있는 강신자의 손엔 식칼이 들려 있다. 강신자의 덜름한 반바지 차림과 새된 목소리로 짐작해 보자면, 도섭스러운 구석이 있어 보인다.

"언니 거기 있잖아요! 다라이 옆 도마 밑에….'

옥자는 칼 가는 숫돌이 큰 대야 옆 도마 밑에 있다고 알려 주었다. 숫돌의 위치를 전해 들은 신자는 이내 방파제 위에서 모습을 감췄다.

조희오의 처 김옥자. 올해 나이 27세인 그미는 전남 진도군의 한 작은 섬에서 태어났다. 서울에 소재한 S대학 국문과 86학번이다. S대학 사회학과 84학번인 희오와 대학동문이다.

두 사람이 처음 만난 것은 1986년 5월이었다. S대학의 유명 동아리 탈춤반에서 만난 두 사람은 섬 출신이라는 공감대 때문인지 첫 만남에서 친해졌다. 동아리 활동과 학생 운동을 함께 하면서 이내 깊은 사랑에 빠졌다.

그미의 키는 160cm 정도이고 어깨가 약간 넓은 편이다. 이목구비가 뚜렷하고 군살 없이 통통하게 찐 참살 때문인지 겉보기에 올차게 생겼다. 그렇지만 마른일을 할 사람이지 진일이나 막일엔 어울리지 않는 인상이다.

1986년 3월 1일 1종항으로 승격된 격포항은 항구 양쪽에 현대식 방파제가 완성된 이후, 변산반도의 해상교통 중심지로 부상했다. 줄포항과 곰소항을 제치고 전라북도에서는 군산항 다음 가는 두 번째 항구로 도약하고 있다.

항구 좌측의 방파제는 채석강 쪽으로 길게 뻗어 칠산바다의 거센 파도가 항구 안으로 들어오는 것을 막아 주고 있다. 항구 우측의 방파제는 닭이봉 밑 채석강 기암절벽에서 시작돼 위도 방향으로 길게 뻗어 격포해수욕장과 적벽강 쪽에서 밀려오는 높은 파도가 항구 안으로 들어오지 못하도록 막아준다. 폭이 꽤 넓은 이 방파제의 바깥쪽엔 일명 '테트라 포트'라 불리는 대형 삼각 다리모양의 인공 구조물이 쌓여 있다.

이 때문에 파라솔을 치고 돗자리에다 좌판을 깐 장사꾼들은 장사에 필요한 바닷물을 방파제 안쪽 하단에 내려가서 양동이로 길어 나른다. 그 바닷물이 큰 대야에 산 채로 넣은 낙지, 해삼, 전복, 개불 등 해산물을 살리고, 신선도를 유지해 주었다.

간밤에 일어난 칠산바다의 강한 돌풍은 격포항의 바닷물도 밑바닥부터 뒤집어 놓은 듯했다. 예로부터 사납기로 소문난 채석강 앞바다의 파도를 방파제가 틀어막고 있지만 오늘 격포항의 파고가 만만치 않다.

경사지고 뻐끔한 방파제 끝에서 거친 바닷물을 양동이에 담아 방파제 위로 올리는 일이 그리 쉬운 일은 아닐 성싶다. 남자도 아닌 여자가 해내기엔 여간 버거운 일이 아닐 수 없다.

그렇지만 옥자에겐 그 일이 식은 죽 먹기나 다름없어 보였다. 섬 출신인 데다 작년 여름부터 1년 넘게 이곳 방파제에서 장사를 해 온 덕분인지 거친 바다에 양동이를 담그고, 바닷물이 가득 찬 무거운 양동이를 물 밖으로 들어 올리는 몸놀림이 자연스럽다.

그미가 양동이를 들고 방파제 하단의 물가에서 방파제 위로 오르기 위해서 몇 걸음을 뗐다. 보통 남자가 들어도 낑낑댈 법한 양동이를 들고 무겁지도 않은 듯 거뜬거뜬 걸음을 떼는 참인데, 양동이의 손잡이가 뚝 끊어졌다. 손잡이를 설잡은 모양이었다. 플라스틱 재질의 양동이는 경사진 방파제 아래로 떼구루루 구르기 시작했다.

그미는 구르는 양동이를 붙잡으려고 급히 손을 내밀었다. 그렇지만 양동이는 이내 바닷물 속에 빠져 버렸다. 바닷물 위에 뜬 양동이는 벌써 저만치 떠내려가고 있다.

주춤주춤하던 그미가 그 양동이를 물 밖으로 꺼내려고 팔을 쭉 뻗었다. 양동이가 손에 닿지 않았다. 그러자 반바지 차림에 샌들을 신고 있던 그미는 바닷물 속으로 한 걸음 들어갔다. 무릎이 잠길 때까지 물속으로 들어갔지만 양동이는 손에 닿지 않았다.

"넌 진도 가시네람서 수영도 못허냐?"

바닷물에 양동이를 빠뜨리고 방파제 위로 올라온 김옥자에게 던지는 신자의 비아냥이었다.

"수영은 할 줄 아는데요. 물이 찬데 그깟 양동이 하나 때문에 바다에 뛰어들라구요?"

"그깟 양동이 하나? 허이구야, 너 돈 좀 벌더니만 푼돈은 돈으로 보이지 않나 보지!"

"아니 언니! 우리가 무슨 돈을 벌었다고 이러세요?"

"너 어저께 얼마나 벌었어?"

"어저께요? 글쎄요?"

"이 가시네, 또 또 시치밀 뗄라고 이러네, 솔직히 얘길 해봐! 내가 다 알고 있으니깐!"

"언니가 그걸 어떻게 알아요? 동해 아빠가 얘길 했나요?"

"희오 삼촌이 그런 걸 얘기헐 사람이냐?"

"근데 언니가 어떻게 아시냐구요? 어제 저희집 매상을!"

"내가 여기 격포서 이런 장살 멫 년 했냐? 저기 저 채석강 바위 위에서 8년, 이 방파제서 2년, 올해가 이 가시네야 10년째다. 근디 어저께 너그 집에 들어온 손님이 대충 멫 명인지 그걸 모르겠냐? 이 다라이 속에 들었던 낙지와 개불이 멫 마리나 팔렸고, 소라가 멫 개 없어졌고, 저그 저 개굴을 멫 망태기 팔었고, 이쪽에 쌓아 둔 빈 소주병이 멫 갠지, 화장실을 오고감서 눈으로 슬쩍만 봐도 그날 너그 집 매상이 얼마나 올랐는지 짐작을 헐 수 있는디, 니가 날 속일 수 있다고 생각허냐? 어제 느네 매상이 얼만지 내가 한번 맞춰 볼꺼나?"

"그래 한번 맞춰 보실래요? 맞추면 제가 음료수 한 병 드릴 텐게!"

"가시네야, 음료수 한 병으로 되겠냐? 짜장면을 사든 짬뽕을 사든 오늘 점심을 니가 내야지!"

"네, 좋아요. 언니!"

"그래, 너 어제 40만 원 넘게 벌었지?"

"우와, 언니 참 대단하시다! 혹시 점쟁이 빤스 입으신 건 아니죠?"

"점쟁이 빤슨 안 입었다만, 너 명심해! 이 방파지서 귀신 눈은 속일 수 있어도 이 언니 눈은 속일 수 없다는 걸!"

"네, 그럴께요!"

옥자가 큰 대야 옆에 놓인 아이스박스 안에서 음료수 한 병을 꺼내 병마개를 땄다. 유리컵에 음료수를 따라 신자에게 전했다. 유리컵의 음료수를 벌컥벌컥 단숨에 들이킨 강신자가 슬쩍 물었다.

"너 혹시 둘째 가졌냐?"

"아니, 언니가 그걸 어떻게 아셨어요?"

"내가 방금 그랬잖어. 귀신 눈은 속여도 내 눈은 속일 수 없다고!"

"네 언니, 사실은요. 2개월쨈데요. 앞으로 큰일이네요."

"뭐가 큰일여?"

"배가 부르면 여기 나와서 장살 할 수 없잖아요!"

"그래, 그것 참 걱정이네 잉!"

"저기 언니! 오늘 점심은 중국집으로 갈까요? 지금 위도에서 시어머님이 객선을 타고 나오시는데, 어머니랑 같이 가죠!"

"뭐? 지금 큰 어머니가 객선을 타고 나오신다구?"

"네! 동해가 독감에 걸려서 데리고 나오시는데, 아까 약속을 했던 대로 짜장면이든 짬뽕이든 제가 쏠께요."

"그래 그럼 그렇게 하구, 잇따 희오 삼촌 오면 우리 바께슬 갖다가 갱물을 더 퍼다 여기 다라이에 부으라고 해! 낙지고 개불이고 물이 적으면 이것들이 빌빌거리닌까 꼭 그렇게 해라 잉!"

신자는 자리를 떴다. 그미의 좌판은 이곳에서 등대 쪽으로 약 30m쯤 떨어진 지점에 있다.

40대 중반인 그미의 고향은 충청도다. 시댁은 위도면 소리다. 1980년대 초반에 그미는 남편과 함께 격포에 새로운 보금자리를 마련했다. 그동안 채석강 주변의 바위와 이곳 방파제에서 돗자리를 깔고 좌판을 벌여서 꽤 돈을 벌었다. 수억 원의 현금을 보유하고 있다고 동네방네에 소문이 짜하다.

그미의 남편 이순신과 김옥자의 남편 조희오는 먼 일가친척이다. 그래서 신자 내외는 희오와 옥자의 격포 생활을 헌신적으로 돕고 있다. 작은집에서 쫓겨난 뒤 격포에 특별한 의지가지가 없던 조희오 내외의 살갑고 든든한 벗바리가 돼 주었다.

옥자는 방파제 초입을 살펴보았다. 행락객들이 방파제에 몰려 들고 있었다. 바람은 세차지만 일요일이라서 오늘도 토요일인 어제만큼 장사가 잘될 것 같았다.

그미는 돗자리 뒤편 테트라 포트에 쌓여 있는 세 개의 파라솔 중 하나를 골라서 들었다. 오늘 아침 격포 방파제의 다른 장사꾼들은 강한 바람 때문에 파라솔을 세워 좌판 돗자리에 그늘을 만드는 것을 포기한 듯하다. 하지만 그미는 에멜무지로 파라솔을 세워 볼 요량이었다.

위험해 보이는 테트라 포트에 올라가서 파라솔 하나를 챙겨 들었다. 조심스럽게 테트라 포트를 건너 온 그미는 바람의 방향을 살펴면서 파라솔을 펴기 시작했다. 파라솔이 조금씩 펴질수록 강한 돌풍의 위력은 더욱 거세졌다.

그미는 이러다 파라솔과 함께 날아갈지도 모르겠다는 생각이 들어 겁이 나기도 했다. 그렇지만 파라솔을 쳐서 돗자리에 그늘을 만들면 오늘도 어제처럼 이 방파제의 여러 좌판 중 매출을 가장 많이 올릴 수 있을 것 같았다. 그래서 사부자기 파라솔을 칠 작정이었다.

"야, 이 가시네야! 너 죽을라고 환장을 했냐, 응?"

신자가 자기네 좌판 쪽에서 고함을 지르려 달려오고 있었다. 강신자의 고함소리에 개의치 않고 옥자는 내처 파라솔을 펴서 세우려고 계속 용을 썼다.

"너 죽을라고 정말 환장을 했어? 얼른 이거 안 내려 놀래! 얼른!"

신자가 옥자의 손에 들고 있는 파라솔을 붙잡고 호통을 쳤다. 김옥자는 마지못해서 파라솔을 접기 시작했다.

"나, 정말 너 때문에 오래 못 살겠다! 뭔 놈으 가시네가 이렇게 겁대가리가 없냐, 응?"

"헤헤 언니! 저 때문에 속이 타는 모양인데요. 음료술 드릴까요? 아님 찬물을 드릴까요?"

"됐어, 이것아! 음료수를 처먹든 찬물을 처먹든 너나 많이 처마시고 속 좀 챙겨!"

옥자가 싱긋거리며 제자리에 갖다 놓으려고 다 접은 파라솔을 들고 걸음을 옮기는 참인데, 고급 오토바이 한 대가 급히 다가왔다. 신자의 남편 이순신이 탄 오토바이였다.

"어이, 크으 큰일 났네! 임수도 앞으서 까랑졌대여!"

"아니 여보! 뭐가 임수도 앞에서 까랑져요?"

"개애액 객선이 침몰혔다고! 쩌그 저 임수도 앞으서!"

"뭐라구요? 서어 서어 서해훼리호가 임수도 앞에서 침몰했다구요…?"

신자와 순신이 주고받는 얘기를 옆에서 듣고 있던 옥자가 손에 들고 있던 파라솔을 떨어뜨렸다. 낯빛이 파랗게 질리고, 보랏빛이 된 입술은 심하게 떨리기 시작했다.

"제수씨! 희온 시방 으딧소?"

옥자는 대답을 하지 못했다.

"희오 시방 으딧냐께요?"

이번에도 옥자는 대답을 하지 못했다. 사시나무 떨듯 떨고 있는 김옥자를 부축하며 신자가 대신 대답했다.

"희오 삼촌은 개굴을 사러 장 사장네 수족관에 갔는디요. 아, 저기 오네요, 자전걸 타고 저기!"

마침가락으로 방파제 위로 자전거를 타고 오는 희오의 모습이 보였다. 그는 행락객들 사이로 천천히 자전거를 몰고 있다. 급할 것이 없다는 듯 천천히 자전거를 몰며 여러 곳의 좌판도 들여다보고, 지인과 마주치면 수인사를 했다.

"아, 이 사람아! 시방 뭍허능가? 언능 제수씰 자리에 앉히질 안꼬!"

남편 순신의 호통에 신자는 옥자를 돗자리에 앉혔다. 아이스박스에서 물병을 꺼낸 뒤 유리컵에 따라서 옥자의 입에 들이댔다.

"야, 이 가시네야! 정신 좀 차려라! 얼른 이 찬물 마시고 정신 좀 차리란 말이다! 흐으윽!"

정신이 나간 듯한 옥자의 입에 찬물을 담은 유리컵을 들이밀며 신자는 울음을 터뜨렸다. 옥자는 물 한 모금 입에 대지 않고 부르르 몸만 떨고 있다.

자전거 짐받이에 석화(石花)의 일종인 개굴을 한 망태기 싣고 좌판 앞에 당도한 희오의 얼굴이 금세 굳어졌다. 자전거를 급히 세운 뒤, 떨고 있는 옥자에게 다가갔다. 심상치 않은 옥자의 상태를 살피며 찌긋한 눈살로 신자에게 물었다.

"아, 아니 형수님! 이 사람이 왜 이러죠?"

신자는 어릿거리며 대답을 하지 못했다. 그러자 희오는 눈을 희번덕거리며 순신을 향해 울먹였다.

"형님! 이 사람이… 이 이 이 사람이 왜 이런답니까?"

"개액 객선이 쩌그 저 임수도 앞서서 침몰했다고 안 허냐! 흐윽…!"

순신의 어름거리는 대답이 채 끝나기도 전에 희오는 울부짖었다.

"뭐라구요? 서해훼리호가요? 으흑! … 어머니! … 동해야! … 아 어어어엉어…!"

생급스러운 울부짖음을 내뱉은 뒤 희오는 급히 자전거에 올라탔다.

"형수님! 제 처를 잠시 좀 부탁허요 잉!"

희오는 이렇게 신자에게 부탁하기 무섭게 자전거에 올라타더니 페달을 급히 밟았다.

"얌마! 너 시방 으딜 기어가는 것이여? 희오야…! 희오야…!"

짐받이에 싣고 왔던 개굴을 내려놓지도 않고 희오는 신자의 좌판 쪽으로 자전거를 몰았다. 등대가 세워져 있는 방파제 끝으로 가는 모양이었다.

순신은 겁이 덜컥 났다. 머릿수는 많지 않지만 띄엄띄엄 걸어가고 있는 행락객들 사이로 정신없이 자전거를 몰고 가고 있는 희오 때문이었다. 저러다 희오의 자전거가 행락객들을 등 뒤에서 들이박거나 야트막한 낭떠러지나 다름없는 방파제 밑으로 떨어질지 모른다는 불안감에 사로잡혔다.

"야 임마! 희오야! 희오야!"

이렇게 목청이 찢어질 듯 외쳐보지만 희오의 자전거는 멈추지 않았다. 순신은 오토바이의 시동을 걸었다. 과속으로 달리고 있는 희오의 자전거를 바람만바람만 뒤따르기 시작했다. 바짝 따라가면 희오를 자극할 것 같아서.

방파제 너머 격포 앞바다의 파도는 매우 높았다. 너울대는 파도 위엔 일엽편주도 없었다. 집채만 한 파도가 넘실넘실 너울거리고 있을 저 멀리 임수도 근해에도 서해훼리호의 모습은 보이지 않았다. 임수도 너머 위도 파장금항 뒤편의 바다에 작은 점처럼 보이는 소형 어선들이 감실감실 분주하게 움직이고 있는 것 같았다.

30분 전에 순신은 위도면 파장금리에 사는 오세팔의 전화를 받았다. 세팔은 서해훼리호가 오전 10시 10분경 침몰했는데, 승객의 수는 4백 명은 넘고, 5백 명은 안 될 것 같다고 했다.

하늘이 순신을 도왔는지 오늘 서해훼리호에 승선한 그의 가족은 없다. 희오의 어머니를 포함한 먼 친척은 다수 있지만 그의 친부모와 친형제 중 오늘 여객선을 타고 격포로 나오기로 한 사람은 한 명도 없다.

그렇기는 하지만 이 순간, 순신의 가장 큰 걱정거리는 제정신이 아닌 희오의 안전 문제였다. 정신없이 자전거 페달을 밟고 있는 희오가 만일 방파제 아래로 떨어진다면 정말 끔찍한 일이 벌어질 수 있다.

행락객들 사이를 이리저리 비집고 과속으로 자전거를 몰던 희오가 급기야 일을 내고 말았다. 방파제 끝에 세워진 등대를 약 200m쯤 남겨둔 지점에서 남자와 팔짱을 끼고 걸어가던 한 여자의 왼쪽 옆구리를 들이박은 것 같았다.

그 과정에서 희오는 자전거를 탄 채로 넘어졌다. 그대로 방파제 밑으로 떨어지는 것이 아닌가 싶었다. 다행히도 희오는 자전거와 함께 방파제 밑으로 떨어지지는 않았다.

희오는 일어섰다. 넘어진 자전거를 일으켜 세워 안장에 올라타려고 하는데, 여자와 팔짱을 끼고 걸어가던 남자가 조희오의 뒷덜미를 낚아챘다. 자전거에 옆구리를 부딪친 그 여자의 남편인 모양이었다.

키와 덩치가 큰 깍두기머리의 그 남자와 희오 사이에 드잡이가 시작됐다. 서로 주먹을 쳐들고 금방이라도 상대의 얼굴을 가격할 기세였다. 이 광경을 예의주시하고 있던 순신은 오토바이의 속력을 내기 시작했다. 희오의 욱하는 성격을 잘 알고 있는 터라 마음이 급해졌다.

순신은 1년이 넘게 희오를 아주 가까이에서 지켜보았다. 어려서부터 알고는 있었지만 성년이 된 이후에도 그는 법이 없어도 살 수 있는 고결한 품성을 갖고 있었다.

"대인춘풍 지기추상(對人春風 持己秋霜)."

희오는 언젠가 술자리에서 이런 문구를 내뱉은 적이 있다. 중학교 국어 교사인 장인이 장녀인 김옥자의 결혼을 허락하는 날, 맏사위인 그에게 평생 되새기며 살라고 소개한 문구라고 했다.

'남을 대함에 있어서 봄바람 같이 너그럽게 대하고, 자신을 지킴에 있어서는 가을서리처럼 엄격하게 하라.'

희오는 이 문구를 가훈으로 삼았다고 했다. 그래서인지 그는 물론이고 그의 처 옥자도 두루춘풍처럼 대인관계가 참 좋은 편이다.

그렇지만 희오는 한번 머리꼭지가 완전히 돌게 되면 물불을 가리지 않는 성격이다. 중키에 약간 야윈 편이지만 깡패들과 시비가 붙어도 결코 뒤로 물러서지 않는 두둑한 배짱도 갖고 있다. 고등학교 때부터 익혔다는 합기도 덕분이기도 했다.

아무튼 합기도의 고수인 희오와 깍두기머리 남자의 멱살잡이가 일촉즉발의 대결 국면으로 치닫고 있었다. 순신은 오토바이의 속도를 더욱 끌어올렸다.

"햐 이 마빡에 피도 안 마른 새끼가 뒈질라고 환장을 했나! 너 새끼 한번 죽어 볼쳐, 엉?"

"그려, 이 개새끼야 어서 죽여라! 나 살고 싶지 안응께 어서 죽이라고 이 새꺄!"

온갖 거친 말을 쏟아내며 먹살잡이를 하고 있는 싸움판에 순신이 도착했다. 순신이 오토바이를 세우는 사이 희오와 그 중년 남자의 주먹다짐은 더욱 험악해졌다.

"너, 이 새꺄! 나이가 몇이여, 엉?"

"아니 이런 X같은 새끼가 있나? 그걸 니가 알아서 묻헐라고 새꺄, 아까부텀 내 나일 묻는 거여, 씨발!"

"아니 이런 호로 상놈의 새끼가 있나!"

"뭐? 호로 상놈으 새끼!"

"그려, 이 새끼야! 쥐 X만한 게 위아래도 몰라보고 날뛰는 걸 보니 넌 애미 애비도 없는 모양이지, 엉?"

"그려 이 X새꺄! 난 애미 애비도 없다! 애미도 없고 애비도 없는 호로 상놈으 새끼다! 흐으윽! 흐으윽! 어엉어어! 어어엉어어!"

눈이 뒤집힌 희오가 갑자기 울부짖기 시작했다. 그토록 기세등등하던 희오가 어린애처럼 울음을 터뜨리자 그 남자는 얼떨떨한 표정이었다.

"이 이 X새꺄! 난 애미도 없고, 애비도 없는 호로 상놈으 새끼께 얼른 날 죽여라! 나 살고 싶지 않은께 얼른 날 좀 죽여 달라고 이 X새꺄! 어엉어어어! 어어엉어어! 엉어어어!"

희오는 그 남자의 턱밑에 머리를 들이밀고 "어서 죽이라!"고 외치며 꺼이꺼이 오열을 쏟아냈다. 50대 후반쯤 되어 보이는 그 남자는 어처구니가 없다는 눈빛이었다.

어느새 두 사람은 서로 악착같이 맞잡고 있던 멱살을 놓은 상태였다.

"어서 죽여, 이 X같은 새끼야! 어서 죽이라고 이 X새꺄! 어엉 어어어! 어어엉어어…!"

순신은 희오를 뜯어말리며, 그 남자에게 통사정을 했다.

"저기 사장님! 쩌그 저 위도서 나오던 여객선이 말여라우, 아까 까라앉았고만요. 그러다 본께 야가요. 시방 넋이 나가서 이러는디, 지발 한 번만 용서를 좀 혀 주시오…. 저기 택도 읎것지만 요걸 치료비에 보태쓰시고라우. 한번만 좀 봐주시오. 지발 부탁입니다요, 사장님…!"

순신이 만 원짜리 몇 장을 그 남자의 손에 쥐어 주었다. 자전거에 옆구리를 받힌 여자가 그 남자에게 다가왔다.

"저기 여보! 그 돈 돌려주세요!"

그 남자가 그 여자를 바라보았다. "무슨 소리냐?"고 묻는 표정이었다.

"글세, 아까 자전거에 살짝 부딪친 거라 아픈 데 없으닌까요. 그 돈 돌려 주시라구요!"

그 남자는 순신에게 돈을 돌려주었다. 순신이 그 돈을 돌려받는 참인데, 그 여자가 손에 쥐고 있던 물건을 내밀었다. 희오의 안경이었다.

이렇게 순신의 중재로 멱살잡이는 끝이 났다. 그런데 희오는 어느새 자전거를 타고 저만치 가고 있다. 자전거 짐받이에 실려 있던 개굴은 방파제 위와 아래에 떨어져서 여기저기 흩어져 있다.

순신은 그 개굴을 주워서 챙길 만한 마음의 여유가 없다. 정신없이 자전거를 몰고 있는 희오의 뒤를 따라가는 것이 급선무였다. 그래서 급히 오토바이의 시동을 걸었다.

희오의 자전거는 금세 방파제 끝에 세워진 등대 옆에 도착했다. 자전거에서 내린 희오는 멀리 바다 건너 임수도 근해의 상황을 살펴보기 시작했다.

순신은 오토바이를 세운 뒤 희오에게 안경을 건넸다. 두 사람은 나란히 서서 임수도 앞바다를 뚫어지게 바라보았다.

칠산바다의 성난 파도를 온몸으로 견뎌내고 있는 수평선 근처의 고슴도치섬 위도는 하늘의 거먹구름을 이불 삼아 드러누워 있는 듯했다. 돌풍이 고산군열도 쪽에서부터 위도 쪽으로 힘차게 몰고 가는 열구름이 수평선 위의 거먹구름을 벗겨야만 칠산바다의 성난 파도가 거친 숨소리를 조금은 누그러뜨릴 성싶었다.

암운이 드리워져 있는 임수도 근해.

겉보기엔 음음적막하다. 그렇지만 지금 이 순간 삼각파도가 너울대는 저 임수도 앞 인당수는 아비규환 그 자체일 것이다. 순신은 파장금에 살고 있는 깨복쟁이 친구의 기별을 받은 바 있다. 그래서 암운이 깃든 인당수의 현재 상황을 어느 정도 짐작하고 있다.

서해훼리호의 선체는 진작 인당수의 차갑고 깊은 바다 밑으로 가라앉았을 것이다. 침몰하는 서해훼리호의 선실에서 미처 빠져 나오지 못한 승객들은 모두 익사했을 것이다.

다행히 침몰하는 서해훼리호의 선체에서 빠져나오기는 했지만 높은 파도와 차가운 바닷물을 견디지 못한 승객들은 이미 숨을 거두었을 것이다. 그중 일부 승객만이 떠다니는 액젓통과 낚시용 아이스박스 등을 붙들고 버티고 버티다가 구사일생으로 살아남았을 것이다.

그들을 구조하기 위해서 서해훼리호 침몰 현장에 현재 나가 있는 배들은 해경의 경비정도, 해군의 함정도 아니고, 위도의 소형 어선들이라고 했다.

이런 사정을 전해들은 순신은 임수도 근해의 감실감실한 작은 점 같은 물체들을 생존자 구조에 나선 위도의 낚싯배나 고깃배라고 짐작할 수 있다. 그렇지만 사전 정보가 거의 없는 희오의 눈에 보이는 임수도 근해의 원경은 평소와 크게 다르지 않았다. 단지 이곳 방파제 너머의 바다처럼 파도가 높고 바람이 거셀 듯했다.

"형님! 객선이 까라 앉았단 소식은 어서 들었소?"

"너도 잘 알잖여, 파장금 사는 오세팔이! 그 친구가 위도서 삐삐를 쳤길래 전활 혀봤더니만 글씨 객선이 10시 10분쯤 까랑졌다지 뭐냐!"

희오는 왼쪽 팔목에 차고 있는 손목시계를 들여다보았다.

"그럼 벌써 40분 정도 지났는데, 흐으윽! 흐으윽…!"

"아직 포기헐 일이 아닝께 맘을 좀 단단히 먹어라! 큰 어머니허고 동해는 분명 살아있을 텅게 절대 포기허덜 말고…!"

"형님! 어머니와 동해가 살아 있다면 얼마나 좋겠습니까? 근데 근데 만에 하나 흐으윽! 어머니! 동해야…!"

희오의 떨리던 목소리가 흐느낌으로 변했다. 순신도 희오의 어깨를 토닥거리며 훌쩍거리기 시작했다.

바다가 아니고 육지라면 얼마나 좋을까. 자동차가 아니더라도 저 자전거나 오토바이를 타면 금방 참사 현장에 다다를 수 있을 것이다. 여기서 저 현장까지의 거리는 10km 정도밖에 안 되니 오토바이를 타고 가면 채 10분도 걸리지 않을 텐데 말이다.

이런 생각을 하다 보니 순신은 섬에서 태어났다는 것이 정말 한스러웠다. 서해훼리호가 침몰했다는 믿기지 않는 현실도 그렇지만 그 참사의 현장을 눈앞에 두고도 당장 달려갈 수 없다는 현실이 원통하기 짝이 없었다.

강한 북서풍이 몰고 온 높은 파도를 헤치고 참사 현장에 갈 수 있는 방법을 궁리해 보았다. 뾰족한 방법이 쉽게 떠오르지 않았다.

실행 가능성은 희박하지만 한 가지 방법이 한참만에 떠올랐다. 조희오의 친 작은아버지인 조칠봉을 찾아가서 부탁을 하면 될 것 같았다. 횟집을 운영하고 있는 조칠봉에게는 중형 어선이 있으니 마음만 먹으면 얼마든지 참사 현장에 다녀 올 수 있었다.

그런데 순신은 이내 고개를 설레설레 내저었다. 칠봉의 처 서향자가 이런 날 배를 띄우라고 허락할 것 같지 않았다. 만약 오늘이 파도가 거의 없는 날이라고 하더라도 그미는 조카 희오를 위한 출항을 허락할 위인이 아니었다.

순신은 한숨을 몰아쉬었다. 박복한 희오의 처지를 따져 보자니 눈물이 앞을 가렸다.

"형님! 저게 뭐죠? 경비정인가요?"

흐느끼고 있던 희오가 설움이 흠뻑 배어 있는 듯한 목울대를 크게 울려서 갑자기 묻는 통에 순신은 눈물을 급히 훔치며 바다를 바라보았다. 고군산열도 쪽 바다 위에 경비정 한 척이 나타났다.

"임수도로 가는 해경 경비정 아닐꺼나?"

"형님! 흐으윽! 그으 그렇다면 정말로 객선이 까라앉았단 말입니까?"

순신은 차마 말문을 열 수가 없었다.

"흐으윽! 어머니! 동해야! 어엉어어어! 어어엉어어…!"

희오는 어느새 무릎을 꿇고 앉아서 오열을 토해냈다.

"아앙아아! 어엉어어! 어머니! 동해야! 어머니! 동해야…!"

순신의 입에서도 오열이 터져나왔다.

"어엉어어! 어어어엉! 아어어…!"

저 멀리 먹구름을 머리에 이고 있는 듯한 위도를 바라보며 희오와 순신이 이렇게 대성통곡을 하자 방파제 끝자락의 등대 주변에 사람들이 한 명 두 명 모여들기 시작했다. 그들 가운데는 방파제 주변의 테트라 포트 위에서 바다낚시를 즐기던 낚시꾼들도 있었다.

등대 주변에 모인 사람들의 시선도 일제히 멀리 임수도 근해로 향했다. 그들은 나름대로 전해들은 소문과 현재 벌어지고 있는 일련의 상황들을 종합해서 수군거리는 듯했다.

그런 가운데 희오와 순신의 대성통곡은 한참 동안 계속됐다.

"흐으윽! 엉어어! 아아앙! 엉엉엉…!"

이순신의 울음소리는 뚝 그쳤지만 희오의 흐느낌은 격포항 부둣가에 있는 칠봉의 횟집 앞에서도 계속 이어졌다.

"어머니! 흐으윽! 동해야! 흐으윽…!"

"희오야! 어떡헐래? 횟집에 들어갈래? 아니믄 여그 있을래?"

희오의 대답이 없자 순신은 혼자서 횟집 안으로 들어갔다. 손님들이 북적거렸다. 칠봉의 모습은 보이지 않고 카운터에 앉아 있는 서향자의 모습이 눈에 들어왔다.

그미는 텔레비전에서 생방송으로 진행 중인 뉴스특보에 시선을 고정시키고 있었다. 서해훼리호 침몰 소식을 다급하게 알리고 있는 뉴스특보였다.

"저기 작어머니!"

"어이 조카 어쩐일인가?"

"작은아버진 어디 가셨소?"

"주방서 회를 뜨고 있는디, 작은아버진 뭣허게?"

"긴히 드릴 말씀이 있어가꼬라우!"

"알었응께 쫌만 기둘리소 잉!"

서향자는 주방으로 가서 칠봉을 데리고 나왔다. 카운터 앞에 선 칠봉은 순신의 통통 부어있는 눈을 보더니 담담한 어조로 입을 열었다.

"너그 집안엔 벨일 읎냐?"

"예! 천만다행으로 우리 집안엔 오늘 객선을 탄 사람이 없는디요. 대리 큰오매허고, 희오 아들 동해가 탔다고 안허요!"

"무우 무시라고야? 형수허고 동해가 객선을 탔다고?"

순신은 솟구쳐 오르는 눈물을 주체할 수 없자 시선을 천장으로 돌렸다. 희오의 어머니와 아들이 오늘 서해훼리호에 승선을 했다는 사실을 전해듣자 칠봉과 향자의 얼굴이 창백하게 질려버렸다. 큰 충격을 받는 모양이었다.

잠시 뒤 칠봉이 물었다.

"살었데, 죽었데?"

"사실 그걸 알 수가 없어가꼬 작은아버질 찾아왔는디요. 한 가지 부탁을 좀 헙시다. 지송허요만 저허고 희올 위도에다 좀 태워다 주시오!"

"무시라고야? 우리 배로 너거들을 위도다 태워다 주라고야?"

이순신은 머리를 긁적이는 걸로 대답을 대신했다.

"아니 조카! 시방 정신이 있는 것여, 없는 것여?"

"아니 작어머니! 그게 무신 말씀이시오?"

"그 큰 객선도 까랑졌는디, 이런 날 쬐깐헌 우리 밸 타고 위돌 가자는 것이 말이 되는 소리여?"

"작어머니! 이런 날은 차라리 쬐깐헌 배가 안전헌께요. 염려 마시고 배를 좀 띄우게 혀주시오!"

"무신 일 나믄 조카가 우리 집안 책임질껀가, 잉? … 큰집 성님허고 희오 아들이 객선을 탔당게 나도 시방 가심이 미어지네만 우리 벨 타고 위도에 가자는 소릴 헐라믄 얼른 나가소, 씨잘데 없는 소릴 헐 꺼믄 얼른 나가라고!"

순신은 기가 차서 할 말을 잊었다. 칠봉도 아내 향자의 주장이 옳다는 기색이 역력해서 이순신은 그만 고개를 떨구고 말았다.

이때 횟집 밖에서는 희오의 울음소리가 서글프게 들려왔다.

"어머니! 엉어어어. 동해야! 어엉어어어…!"

순신은 횟집 밖으로 나와 희오를 오토바이 뒷좌석에 태웠다. 격포항 오른쪽에 있는 방파제나 여객선 선착장에 나가 있는 것이 좋을 성싶었다. 온 국민을 충격 속에 빠트린 초대형 참사인데, 사고 현장으로 가는 선박이 틀림없이 그 근처에서 곧 뜰 것 같았다.

희오의 처 옥자는 현재 순신의 집 안방에 누워 있다. 순신의 아내 신자와 고등학생인 큰딸이 돌보고 있다. 의식이 많이 돌아온 상태였다.

반면, 등 뒤에서 허리를 끌어안고 있는 희오는 시간이 흐를수록 의식이 더 혼미해지는 듯했다.

오토바이를 몰고 있는 순신의 속내는 매우 복잡했다. 그렇지만 가슴속 깊이 되새기고 있는 각오가 하나 있다. 이 끔찍한 참사의 수습이 언제 마무리될지 모를 일이지만 수습이 원만하게 끝나는 그날까지 희오 내외를 돕겠다는 굳은 다짐이었다.

그렇게 하는 것이 친형제는 아니지만 집안 형의 도리이고, 고향 선배의 도리라고 생각했다. 그 어떤 고난이 닥쳐도 그 도리만큼은 반드시 지키고 싶었다.

어느새 오토바이는 격포항 여객선 선착장에 도착했다. 오토바이 뒷좌석에 앉아 있다가 먼저 내린 희오는 담배를 꺼내 물었다. 순신은 라이터를 꺼내 조희오의 담뱃불을 붙여 주었다.

희오는 울음을 그쳤다. 안경알 너머의 조그만 눈에서는 설움과 탄식으로 쥐어 짜낸 뜨거운 눈물에 심지를 박고 있는 독기의 불꽃이 타오르기 시작했다.

담배를 꼬나문 순신은 여객선 터미널 출입문 앞으로 다가갔다. 문이 굳게 닫혀 있었다. 유리로 된 출입문을 흔들고 두드려 봐도 안에서는 아무런 반응이 없었다.

순신은 터미널 출입문 앞에서 격포항에 정박 중인 배들을 살펴보았다. 100여 척의 소형 어선들이 정박해 있다. 그 가운데는 여객선 선착장 근처의 부둣가에 정박 중인 칠봉의 고깃배 새만금호도 눈에 띄었다. 10톤 크기의 FRP어선인 새만금호를 타고 나선다면 임수도 근해까지 무사히 다녀올 수 있을 듯했다.

이래저래 칠봉 내외가 한없이 원망스러웠다. 역시나 오늘도 매몰차기 짝이 없던 향자의 눈빛은 두고두고 잊지 못할 것 같았다.

담뱃불을 운동화발로 짓이겨 끈 순신은 사방을 둘러보았다. 희오의 모습이 보이지 않았기 때문이었다. 그래서 희오를 찾아 나서는데, 멀리서 요란한 사이렌 소리가 들려왔다. 구급차 3대가 여객선 선착장에 도착했다. 구급차 안에서는 백색 가운을 입은 의료진도 쏟아져 나왔다.

순신은 그들이 나누는 이야기에 귀를 기울였다. 곧 격포항에 도착할 구급차는 14대인데, 방금 도착한 3대를 포함한 총 17대의 구급차는 임수도 근해에서 구조된 승객이나 수습된 시신을 부안이나 전주에 있는 병원으로 옮기는 임무를 맡고 있다고 했다.

"아니 작은아버지! 여긴 어쩐 일이요?"

선착장에 조칠봉이 나타났다. 차림으로 보아 배를 타고 출항을 할 모양이었다. 그런데 순신을 대하는 그의 태도는 마치 도둑질을 하다가 들킨 사람처럼 영 부자연스러웠다.

"어 거거 무시냐, 음 부안에 사는 아는 성님이 말이다. 어 급히 위돌 좀 들어가자고 혀서 나왔는디, 음 음 어찌기 헐래? 너거들도 같이 들어갈래?"

"저야 같이 들어 갔으믄 좋것소만 희오란 놈이 어찌기 헐랑가 모릉게, 쪼끔 지둘려 보실라요? 갸 생각은 어떤지 물어보고 말씀 드릴텐게!"

칠봉은 새만금호의 출항을 준비하기 위해서 선착장 근처의 부둣가로 부랴부랴 걸음을 옮겼다.

순신은 사라진 희오를 찾아 나섰다. 여객선 터미널 건물 뒤편에서 희오가 바지를 추스르며 걸어오고 있었다. 노상방뇨를 하고 걸어 나오는 모양이었다.

"희오야, 너 어찌기 헐 꺼냐? 작은아버지가 부안 사는 어떤 양반을 태우고 위돌 들어간다는디, 우리도 같이 갈꺼나?"

희오는 대답을 하지 않았다.

"임마, 어떡기 헐꺼냐고? 새만금홀 타고 위돌 갈 꺼여, 말 꺼여?"

희오는 고개를 좌우로 흔들었다. 그의 눈빛엔 죽었으면 죽었지 작은집 배를 타고 위도에 들어가고 싶지 않다는 오기가 섞여 있는 듯했다.

순신도 그렇게 하는 것이 좋을 듯했다. 희오가 왜 승선을 거부하고 있는지 그 속사정을 충분히 헤아리고 있는 터라 버럭 화가 치밀었다.

"그려 씨발, 저 밸 타곤 죽어도 가지 말자! 우덜이 가자고 신신 당불 헐 때는 씨발 콧방귀도 안 뀌더니, 부안 사는 어떤 새낀진 몰러도 그 새낄 태우고 위돌 들어간다고 안 허냐! 어이구 씨발! 저렇기 돈밖에 모리고, 있는 새끼들, 가진 새끼들, 높은 새끼들 헌티는 발발이 새끼처럼 팍팍 기는 저런 눔이 어찌기 씨발 작은애비냐? 흐으윽! … 어엉어어어! … 앙아아아…!"

순신이 목메어 울어대자 희오도 울부짖었다. 두 사람의 대성통곡이 선착장에 울려 퍼졌다.

칠봉의 고깃배 새만금호는 출항을 하기 위해서 후진을 시작했다. 갑판 위엔 예닐곱 명의 남녀가 타고 있었다. 그 가운데는 어깨에 카메라 끈을 걸친 남녀도 있었다. 신문사 기자인 듯했다.

그렇게 서해훼리호 참사 현장으로 떠나고 있는 칠봉네 새만금호를 바라보면서 희오와 순신은 목청껏 오열을 토해 냈다. 가진 것도 없고 잘난 것도 없다 보니, 피붙이들한테도 괄시와 천대를 받고 있다는 비통함 때문에 더욱 더 슬픔과 설움이 복받치는 모양이었다.

"어엉어어! 엉어어어! 어어어어 엉어어어!"

11.
고통과 죽음의 바다
인당수(印塘水)

고해(苦海).

쓰디 쓴 고통의 바다, 참혹한 죽음의 바다 인당수에서 산 사람과 죽은 사람이 격포항 여객선 선착장에 도착했다. 새만금호가 난바다를 향해 출항한 지 15분쯤 지난 뒤였다.

인당수에서 생존자 1명과 익사자 2명을 싣고 온 어선은 희오의 외삼촌인 이윤복의 낚싯배 삼성호였다.

삼성호 갑판 위의 산 자와 죽은 자 3명은 어젯밤 삼성민박에서 묵었던 낚시꾼 중 일부였다. 삼성민박 투숙객 8명 중 5명은 실종된 상태다.

"저기 외삼춘! 어머니허고 동해는 못봤소?"

삼성호의 뱃머리가 선착장에 닿자마자 배위로 뛰어 오른 조희오가 이렇게 물었다. 윤복은 대답 대신 깊은 한숨을 내뱉었다.

"어머니허고 동행 혹시 못 봤냐구요? 왜 말씀이 없으세요. 제발 말씀을 좀 해보시라구요. 삼촌! … 봤소, 못봤소? … 흐으윽!"

윤복은 시울이 팅팅 부은 눈을 연신 끔벅거리면서 먼 산만 바라보았다. 희오는 땅딸막하고 목이 짧은 윤복의 어깨를 흔들며 "대답 좀 해보라!"고 다그쳤다. 그래도 윤복은 묵묵부답이었다. 마침내 희오는 윤복의 어깨에 얼굴을 묻고 오읍(嗚泣)하기 시작했다.

"어머니! … 동해야! … 어엉어어어! … 어엉어어!"

그 사이 삼성호 갑판 위에서는 생존자와 익사자의 하선 작업이 시작됐다.

생존자는 은테 안경의 박 실장이라는 남자였다. 삼성호가 선착장에 도착할 때 박 실장은 낡은 이불을 뒤집어쓰고 있었다. 은테 안경을 바다에 빠뜨렸는지 안경을 끼지 않았다. 눈동자는 초점이 완전히 풀려 있었다.

입술이 창백한 박 실장은 의료진이 가져다 준 새 담요를 둘렀다. 저체온증 탓인지 턱은 물론이고 온몸을 덜덜 떨었다. 그는 몸을 제대로 가누지 못했지만 의료진 여러 명의 부축을 받아 안전하게 선착장에 내렸다.

"동해야! … 동해야! … 어머니! … 어머니! … 어엉어어어!"

희오가 이번엔 순신의 가슴에 얼굴을 묻고 울고 있다. 그는 펑펑 쏟아지는 눈물을 훔치며 갑판 위에 드러누운 2구의 주검을 내려다보았다.

낚시복 차림인 남자의 시신. 머리가 많이 벗겨진 이 대머리 남자는 어젯밤 삼성민박에 투숙했던 낚시꾼들의 지도자격인 김 사장이다. 눈썹이 짙고 50대 후반쯤 돼 보이는 김 사장의 얼굴은 편안해 보였다. 피부와 입술이 창백하다는 점을 뺀다면 마치 잠을 자고 있는 사람 같았다. 숨을 거둔 지 얼마 되지 않아 그런 듯했다.

희오는 알지 못하겠지만 김 사장은 서해훼리호 침몰 직후, 이춘심이 붙잡으려고 했던 액젓통을 낚아챈 바 있다. 그런데도 싸늘한 주검이 되었다. 액젓통을 붙들고 삼각파도 위에서 버텼지만 일찍 구조되지 못해 결국 사망한 모양이었다.

야외복 차림인 여자의 시신. 큰 키에 늘씬한 몸매의 귀부인 타입이다. 이 여자는 오늘 아침 서해훼리호에 승선할 때는 물론이고 서해훼리호 3층 갑판 위에서도 김 사장 옆에 꼭 붙어 있었다. 고양이 모양의 백금 귀걸이를 하고 있는 이 여자는 손목에 고급스러운 시계를 차고 있다. 그 손이 김 사장의 손 위에 포개져 있다. 마치 두 남녀는 손을 잡고 저승길을 함께 걸어가고 있는 것 같았다.

그렇게 갑판 위에 누워 있는 두 남녀의 주검을 잠시 내려다보고 있던 희오는 다시 목메어 울어댔다. 희오의 옆에서 그 주검을 슬쩍 훑어본 순신의 눈에서도 눈물이 쏟아져 나왔다.

배 위로 들것이 올라왔다. 두 남녀의 시신을 선착장에 대기 중인 구급차로 옮길 모양이었다.

들것을 들고 승선한 백색 가운의 의료진은 모두 남자였고, 모두 4명이었다. 그 중 2명이 먼저 김 사장의 시신에 하얀 천을 덮었다. 그런 다음 김 사장 옆에 누워 있는 여자의 시신에 천을 덮었다.

"어엉어어어! … 아아앙아! … 엉어어! … 아아앙!"

그 광경을 지켜보고 있던 희오가 큰 소리로 통곡했다. 마치 자기 어머니와 아들 동해의 시신에 하얀 천을 덮고 있는 것 같은 착각에 빠진 듯했다.

쏟아지는 눈물을 좌우 양쪽 손바닥으로 훔치던 희오가 담배를 꺼 내들었다. 그러다 외삼촌 윤복 앞에서 맞담배질을 할 수 없다는 생 각이 들었던지 조타실인 브릿지 뒤편 선미(船尾) 쪽으로 향했다. 순 신은 그 뒤를 따랐다.

선수(船首) 쪽에서는 윤복이 사복경찰로 보이는 남자와 이야기를 나누고 있었다. 그 남자의 광대뼈는 유난스럽게 불거져 보였다.

"아까 선착장에 내린 냥반은 박 실장님이라고 들었꼬라우. 이 남 자 분은 김 사장님이라고 허던디, 어저끄 나지 때는 우리 배 삼성호 타고 왕등서 낚시질을 했고요. 저녁으는 저희 집 삼성민박서 모다 주무셨고만요."

"어디에 있는 어떤 회사 직원인가요?"

수첩에 윤복의 말을 꼼꼼하게 적고 있던 그 남자가 물었다.

"글씨 지는 암것도 모린다고 아까 말씸을 드렸잖요."

"선주님! 그게 말이 되는 소립니까? 그럼 어떻게 이분들의 낚싯 배 예약을 받았습니까?"

"저 박 실장이라는 사람이요. 열흘 전에 저희 집에 전활 혀서 예 약을 혔는디요. 어저끄 아침 새복에 지가 여그 격포항 선착장에 나 와가꼬 이 냥반들을 왕등으로 실고 갔는디, 어떤 회사 직원들인지

야글 안 해주는디 그걸 지가 어찌기 알것소?"

"이 배 이름이 뭐죠?"

"아따 참 승질나게 허시네! 아까 말씸드렸잖요, 삼성호라고!"

"아 네 네, 그럼 말입니다. 이 삼성호는 낚싯배 허가를 받았나요?"

윤복은 기가 찬 모양이었다. 벌어진 입을 다물지 못했다. 그런 이 윤복을 바라보고 있던 그 남자의 표정은 순간 어리뜩했다.

"그 그럼 선주님! 대애 댁으로 말입니다. 낚시질을 오신 분들은 모두 세 분인가요?"

"어따 참말로 말귈 못 알어들으시네 잉! 아까 말씸을 드렸잖요. 어저끄 저희 집에 낚시질을 오신 분은 남자 분 넷, 여자 분 넷, 이렇게 야달 분인디, 지가 시방 사고 현장인 임수도 앞서서 열로 실고 온 냥반은 모다 세 분이랑께요."

"그럼 나머지 다섯 분은 어디 계시죠?"

"고걸 지가 어찌기 알어요. 까랑지는 객선서 빠져 나오덜 못혀가 꼬 시방 바다 밑에 지시는지, 다행히 객선선 빠져 나왔지만 산더미 같은 농올 우그서 허우적거리다가 갱물을 억수로 마셔 돌아가셔가 꼬 열로 절로 둥둥 떠댕기는지 고걸 지가 어찌기 안단 말여요!"

"알겠구요. 근데 선주님! 이 분들을 싣고 왜 격포로 나오셨죠? 가까운 파장금항으로 가시질 않고?"

"젓갈통을 붙들고 있던 쩌그 저 박 실장님을 지가 우연히 발견 히서 구졸했고, 마침 이 두 냥반이 근방에 떠 있걸래 딴 낚싯배들 도움을 받어가꼬 포도시 인양을 허게 됐구만요. 근디 박 실장 저 냥반이 격포로 쪼까 실어다 달라고 신신당불 허잖요. 그려서 참말로 목심을 걸고 열로 왔는디, 고것이 머 잘못 됐능가요?"

"글쎄요. 그건 이다음에 자세히 조살 해봐야 될 것 같은데…."

"무시 어쩌고 어쩌라우? 지를 자세허게 조살 혀봐야 쓴다고라우?"

"당연하죠. 생존자 구조 과정허고 사망자 인양 과정, 그리고 이곳 격포항으로 오게 된 동기를 자세히 조살 해야 되는 것 아닌가요?"

이순신은 비위가 몹시 상했다. 속에서 울화통이 터져 견딜 수가 없었다.

"어이, 당신 직업이 머여?"

"그건 알 것 없구요. 묻는 말에 대답이나 똑바로 하세요!"

"대답을 똑바로 안 허믄 날 어떡헐 껀디?"

"대한민국은 법치국가닌까 알아서 하시고, 당신 이름이 뭔지 말씀해 보세요?"

'당신'이라는 단어와 '이름'이라는 단어가 귀에 거슬려 윤복은 눈동자가 눈썹에 매달렸다. 나이도 어린 것이 버르장머리 없이 깐죽거리고 있는 것은 알량한 권력을 믿고 그런다는 생각이 들자 머리가 빙 돈 것이다.

"이름?"

"네, 이름요?"

"내 이름은 개새낀디, 니 이름은 머여?

입술을 깨물고 있는 윤복의 눈길이 심상치 않아 보이자 그 남자는 뒤로 한 발짝 물러설 기색이었다. 하지만 내뱉는 말 속에는 결기가 묻어 있었다.

"대한민국은 법치국가라고 방금 말씀을 드렸을 텐데…."

"야 이 X새꺄! 법치국가서 이려도 되는 것이여, 엉?

윤복이 그 남자의 멱살을 거머쥐었다. 그 남자는 깜짝 놀라 몸을 움찔했다.

"난 무식헌 뱃놈이라 요 X같은 나라가 법치국간지 망치국간지는 모리것다만 야 X새꺄! 법을 안다는 새끼가 이 지랄을 떨어도 되는 것이여, 엉?"

그 남자는 이글이글 타는 듯한 윤복의 눈빛에 주눅이 들었는지 선뜻 입을 열지 못했다.

"너 이 배에 내 허락도 읎이 올라와 가꼬 선주인 나헌티 소속허고 관등성명을 정확허게 밝혔냐, 안 밝혔냐?"

그 남자는 뭔가 켕기는지 입이 떨어지지 않았다.

"야, 이 새꺄! 소속도 안 밝히고, 직책허고 이름도 안 밝힌 새끼가 무신 권리로 나헌티 이것저것 캐묻는 것이여? 내가 씨부랄 니놈으새끼가 으디서 굴러 쳐먹는 개 뻭따군지, 뉘집서 태어난 개상놈으 새낀지도 모리는디, 문 뺌시 니 조살 받어야 돼? 야, 이 X새꺄! 대한민국이 법치국가라고야? 그려 법대로 한번 혀봐라! 날 깜빵에 처넣고 콩밥을 멕이든, 사형장으로 보내서 요 X같은 시상서 하직을 시키든 니 맘대로 한번 혀보라고 새끼야!"

윤복의 단단한 팔뚝에서 순간적으로 쏟아져 나온 우악스러운 완력이 그 남자의 멱을 단단히 조였다. 그 남자의 얼굴은 난로처럼 벌겋게 달아올랐다. 잔뜩 벌어진 그의 입에서는 목청에서 고통스럽게 짜낸 듯한 '캑캑!' 소리가 연신 터져 나왔다. 숨통이 콱콱 막히는 모양이었다.

"아니 사돈! 사돈! 어쩌 이러요, 시방?"

삼성호 선미 브릿지 뒤편에서 희오를 보살피고 있던 순신이 선수 쪽으로 급히 뛰어와서는 이윤복의 팔뚝을 붙잡았다.

"이거 놔! 이 손 노랑께! 이 씨벌새끼 오늘 콱 멕아지를 비틀어 쥑여버리게!"

순신은 윤복을 간신히 뜯어 말렸다. 윤복이 멱살을 잡고 있던 손을 놓자 그 남자는 거칠게 숨을 몰아쉬며 헐떡거렸다.

"야, 이 개새끼야! 시방 내 누님허고, 내 매제허고, 내 손주가 죽었는지 살았는지 몰라가꼬 참말로 미치고 환장허것는디, 무시라고야, X도 아닌 너그들이 날 조살헌다고야?"

순신이 허리를 끌어안고 있지만 윤복은 분이 풀지지 않는지 삿대질을 하면서 그 남자에게 악담을 퍼부었다.

"야 이 X같은 새끼야! 객선이 까랑져 가꼬 사람이 죽어가는디도 곧바로 갱비정 한 척, 헬리콥타 한 대 못 보낸 요놈으 X같은 나라가 무시 어쩌고 어쩌야, 법치국가? 그려 씨발! 지대로 된 법치국가라믄 니 새끼도 이 X같은 나라서 월급을 타먹는 철밥통인가 본께 언능 임수도 앞바다로 기어가서 실종잘 찾어야 될 것 아녀! 객선이 까랑졌다는 소식을 듣고 배타고 나가서 목심을 걸고 산 사람을 구줄

허고, 죽은 사람을 건져서 여까지 뎃꼬 왔댕만 무시 어쩌고 어쩌야? 날 자세히 조살허것다고? 아 씨발, 내가 어쩌다 이런 X같은 나라으 국민이 돼가꼬 이런 더러운 꼴을 당한다냐! 흐으윽! … 어엉어어어! … 엉어어어!"

윤복은 악을 바락바락 쓰다말고 울부짖었다. 그 남자는 어느새 삼성호 뱃머리에서 선착장으로 뛰어 내려 구급차 쪽으로 걸어가고 있었다. 순신도 구급차 뒤편으로 사라져가는 그 남자의 뒷모습을 노려보았다.

윤복의 통곡과 악다구니가 그친 건 의료진이 갑판 위에 있던 시신 1구를 선착장 아래로 옮기고 난 뒤였다. 먼저 옮겨진 시신은 고양이 모양의 백금 귀걸이를 하고 있는 그 여자의 주검이었다.

김 사장이라는 남자의 시신을 옮기기 위해서 4명의 의료진이 들것에 달라붙었다. 남자의 주검이라 아까보다는 힘이 부치는 모양이었다. 옆에 서 있던 이윤복과 이순신도 힘을 보탰다. 조희오는 그 광경을 선체 왼쪽 기관실 출입구 앞에 서서 지켜보았다.

고해의 인당수에서 싣고 온 3명의 산 자와 죽은 자를 선착장의 구급차에 인계한 삼성호가 출항 준비를 시작했다. 삼성호가 격포에 입항할 때의 선원은 선주인 윤복 한 사람 뿐이었다. 그런데 출항을 앞둔 지금은 선원이 두 사람 같았다. 뱃일에 이골이 난 순신이 허드렛일을 돕고 있기 때문이다.

순신은 기관실 위 구조물에 놓여 있던 낡은 이불을 선미 쪽으로 들고 갔다. 생존자인 박 실장이라는 사람이 쓰고 있던 그 이불을 브릿지에 갖다 놓기 위해서다.

윤복은 '토고리'라 불리는 어선용 두레박으로 바닷물을 여러 차례 퍼올려서 갑판 위에 쫙쫙 뿌렸다. 2구의 시신이 누워 있던 자리는 '모도리'라는 어선용 솔로 빡빡 문질러서 이물질을 깨끗하게 닦아냈다. 그는 사자(死者)의 원혼을 삼성호 갑판 위에 티끌만큼도 남기고 싶지 않은 모양이었다.

희오는 선미 뒤편에 우두커니 앉아서 격포항 방파제를 바라보고 있다. 그 모습은 마치 '물 건너 손자 죽은 사람' 같았다.

이렇게 삼성호가 출항을 앞두고 있는데, 경찰관 2명이 뱃머리 앞 선착장에 다가왔다. 격포항 부둣가에 있는 어선신고소에서 나온 20대 초반의 전경이었다.

"삼성호! 삼성호! 잠깐만요!"

갑판 위에서 토고리와 모도리로 정신없이 두레박질과 솔질을 하고 있던 윤복이 뱃머리로 다가가서 물었다.

"어쩌서 그러는 것이여?"

"입출항신고서 좀 가져 오실래요?"

"야, 씨발새끼들아! 이 난리통에 시방 무신 입출항신고서여, 엉!"

"위도서 나오실 때 출항 신골 했습니까, 안했습니까?"

"야, 이 새꺄! 객선이 까랑졌다고 마을회관서 급히들 사고 현장으로 나가달라고 방송을 허는통으 씨발 화장실서 똥누다 말고 밑구녁도 못 닦고 뛰어 나왔다. 그런디 씨부랄 출항신골 언지 했겠냐, 엉?"

"그럼 출항할 수 없습니다!"

208

"무시 어쩌고 어째야, 출항할 수 읎어야?"

"네, 그렇습니다!"

뱃머리에 서 있던 윤복이 선착장으로 뛰어 내렸다. 전경의 먹살을 부여잡고 되물었다.

"무시 어쩌고 어째야? 출항을 할 수 읎어야?"

전경은 기죽지 않고 대답을 했다.

"예! 출항할 수 없습니다!"

"무신 근거로?"

"법에 따라 저희는 삼성홀 출항시킬 수 없습니다!"

"법에 따라?"

"네, 그렇습니다!"

"야, 이 씨부랄 새끼들아! 법엔 여객선이 까랑지믄 갱찰이 어떡기혀야 쓴다고 나와 있디? 만살 제치고 출동을 혀서 승객을 구하라고돼 있디, 아니믄 너거들은 상관읎는 일잉께 팔짱 끼고 앉어서 구경만 허라고 돼 있디? 이 싸가지 없는 새끼들아, 대체 법전엔 어찌기나와 있더냥께?"

"어쨌거나 어서 이 손 놓으십시요. 안 그러면 공무집행방해 혐의로 어선신고소로 모시고 갈 수도 있습니다!"

"무시라고야, 공무집행방해 혐의? 아나 언녕 쇠고랑 채서 날 좀잡어가거라! 어서, 이 씨발새끼들아!"

윤복은 먹살을 놓고 불끈 쥔 두 주먹을 전경의 턱 밑에 나란히 내밀었다. 수갑을 채워서 얼른 잡아가라는 뜻이었다. 이때 순신이 뱃머리에서 선착장으로 뛰어내렸다. 2명의 전경은 순신과 안면이 있는 사이였다.

"야, 이 새끼들아! 너거들 언능 가서 최 소장 이 새끼 열로 좀 기어나오라고 혀, 후딱!"

"형님! 소장님은 지금 여기 나오실 수 없는 상황입니다."

"야, 이 새꺄! 위도서 생존자허고 사망자가 격포항에 첨으로 도착을 혔는디, 그 새낀 으디서 묻허고 자빠졌간디 코빼기도 안 비는 것이여?"

"높은 분들이 오셔서요. 지금 브리핑 중이십니다."

"무시 어쩌고 어째야! 브리핑 중? 아, 이런 개새끼들이 있나! 사람을 한 맹이라도 더 구졸혀야 될 판국에 현장에 달려갈 생각들은 안 허고, 무시라고야, 브리핑 중!"

순신이 급하게 걸음을 뗐다.

"아니 형님! 어딜 가실려구요?"

"으딜 가긴 새꺄! 신고소 가서 다 엎어버릴란다!"

"형님, 제발 이러지 마세요! 제발 이러지 마시라구요!"

전경 2명이 순신의 앞을 가로 막고 통사정을 했다.

"비켜! 이 개새끼들아!"

순신을 붙들고 있던 전경 1명이 귓속에 대고 속삭였다.

"형님! 사실은 말에요. 아까 삼성호 선주님하고 배 위에서 싸우신 분 있지요? 그 분이 위에서 파견된 분인데, 이 밸 출항시키지 말라고 소장님께 호통을 치던걸요. 그래 저희가 하는 수 없어 여길 나왔는데요. 형님! 제 생각엔 말에요. 어차피 위도서 출항 신골 안하고 왔으니 여기서도 그냥 가시면 될 듯한데, 낚싯배라 승객을 실은 순 없을 듯하니 형님허고 희오 형님은 얼른 배에서 내리시고, 선주님 혼자서 출항을 허게 하시죠?"

"야, 이 개새꺄! 고것이 말이 되는 소리냐, 엉?"

전경의 귓속말을 찬찬히 듣고 있던 순신이 버럭버럭 악을 썼다. 귓속말을 전하던 전경은 겁에 질렸는지 벌써 얼굴이 굳어 버렸다.

"야, 이 새끼들아! 너거들 뒈지고 싶지 안으믄 저리 비켜, 후딱!"

순신이 앞을 가로막고 있던 2명의 전경을 밀치고 걸음을 떼는 참인데, 격포항 어선신고소의 최 소장이 멀리서 선착장 쪽으로 걸어오고 있는 모습이 눈에 들어왔다. 정복 차림인 최 소장의 등 뒤엔 3명의 낯선 남자들이 따르고 있었다.

"어이고 순신이 형님도 여기 계시고, 삼성호 이 선주님도 여기 계시네, 안녕하세요? 이 선주님!"

최 소장은 이순신보다 나이가 한 살 아래다. 그래서 평소 순신을 '형님'이라 부르고 있다. 최 소장은 윤복도 잘 알고 있다. 윤복은 낚싯배를 운영하고 있는 터라 격포항에 입항이 잦았고, 입출항 신고를 하기 위해서 어선신고소에 자주 들렀다. 그러다보니 두 사람은 제아무리 곤란한 상황에서 마주쳐도 서로 낯을 돌릴 수 있는 입장이 아니었다.

"저기 이 선주님! 이 분들을 좀 여기 삼성호에 태울 수 있을까요?"

"이 냥반들이 묻허는 분들인디요?"

"방송국서 나오신 기자분들인데요. 이 선주님이 이분들을 위도까지 잘 좀 모셔다 주시면 고맙겠습니다."

"고거야 무시 어렵겄소만 출항 신곤 어떡기 혀야 쓸께라우?"

"헤헤, 그냥 얼른 들어가세요. 걱정 마시고."

"만약으 말이요. 이 분들을 태우고 위도로 들어 가다가 사고가 나믄 어찌기 헐 껀디요?"

"뭐 별일 있겠어요? 위도서 여기 오실 때도 큰 탈이 없었는데."

"그려도 만에 하나 사고가 나믄 누가 책임 지냐고요?"

"하 참, 난감한 일이네!"

윤복의 질문에 최 소장이 대답을 못하자 순신이 중재를 하고 나섰다.

"저기 기자님들! 어떡허실라요? 그럴 일은 없겄지만 이 쬐깐헌 배를 타고 위도로 들어가다가 만에 하나 사고가 나믄 어떡허실라우?"

순신의 뜬금없는 질문에 기자들이 난색을 표했다. 잠시 뒤 책임자급으로 보이는 금테 안경을 낀 기자가 대답을 했다.

"네, 삼성호의 출항은 저흴 도울려고 부득불 허가가 난 것이라고 해두겠습니다. 못 믿겠으면 이 카메라로 촬영을 해서 격포항 어선신고소에 테잎을 남겨 놓겠습니다."

이 제안에 최 소장과 윤복은 동의했다. 결국 삼성호는 격포항 어선신고소에 신고를 하지 않고도 위도로 출항할 수 있게 되었다.

희오와 순신을 포함한 삼성호의 승선자 모두는 한시라도 빨리 서해훼리호 참사의 현장인 인당수에 도착해야 될 사람들이었다. 삼각파도가 넘실대는 고해에서 배가 뒤집히는 한이 있더라도 말이다.

6톤급 목선(木船)인 낚싯배 삼성호가 격포항 방파제 뒤편의 든바다로 들어서자 선체의 옆질과 뒷질이 겁이 날 정도로 심해졌다.

하얀 물보라를 일으키는 파도가 뱃머리에 부딪치고, 뱃전을 때릴 때마다 '쿵! 쿵!' 하는 굉음이 울려 퍼졌다.

칠산바다는 아직도 허기진 모양이었다. 서해훼리호를 꿀꺽 삼키고도 여전히 배가 고픈 듯 몸부림하며 아우성을 쳤다. 여차하면 일엽편주 삼성호도 한 입에 집어 삼킬 기세였다.

격포항을 빠져 나온 삼성호가 위도 파장금항에 도착하기 위해서는 성난 칠산바다의 높고 낮은 물마루를 적어도 수천 개는 넘어야 될 성싶다. 그 가운데 삼각파도의 물마루는 정말 경계해야 될 대상이다. 삼각파도가 좌·우현의 뱃전에 강하게 부딪칠 경우 삼성호의 안전을 그 누구도 장담할 수 없는 상황이다.

윤복은 오늘 서해훼리호가 침몰하게 된 결정적인 원인 가운데 하나가 바로 그 삼각파도였을 것이라고 짐작했다. 그래서 그는 인당수에서 산 자와 죽은 자 3명을 싣고 격포항으로 나올 때도 삼각파도에 대한 경계를 단 한 순간도 늦추지 않았다.

현재 삼성호엔 위도인 3명, 외지인 3명 등 6명이 타고 있다. 본인을 포함한 6명의 목숨을 지켜내야 될 입장이라서 그런지 이윤복의 눈빛이 예사롭지 않았다. 브릿지의 출입구에 서서 배의 방향을 조절하는 창나무로 된 키 자루를 잡고 있는 그의 눈빛이 번득였다. 사뭇 비장한 느낌까지 들었다.

삼성호의 조타실인 브릿지의 너비는 윤복의 팔로 약 한 발쯤 된다. 높이는 윤복의 어깨쯤 되는데, 그 브릿지 안에는 방송국 기자 3명이 들어가 있다. 그의 등 뒤 갑판 좌·우측엔 각각 순신과 희오가 앉아 있다.

한참 전에 울음을 그친 희오의 눈은 통통 부어 있다. 눈물은 어느새 말라버렸다. 삼성호가 격포항 선착장에서 닻을 올리기 전까지 그는 어머니와 아들의 생사를 몰라 울부짖었다. 하지만 일엽편주를 꿀꺽 집어삼킬 듯이 아우성치는 물너울이 눈앞에 펼쳐지자 복받치는 슬픔을 부지불식중에 잡아매고 말았다.

"어이, 순신이!"

"야, 사돈!"

윤복과 순신은 위도 선후배이면서도 먼 사돈지간인지라 호칭이 애매한 것이 사실이다.

1933년생인 윤복은 누나 이춘심이 대리 조 씨 집안으로 시집간 이후, 사돈 관계인 1945년생 해방둥이 순신을 다른 고향 후배들처럼 불렀다. 물론 윤복은 인척인 순신을 남다르게 대해 주었고, 또한 각별하게 챙겨왔다.

반면, 순신은 윤복을 다른 고향 선배처럼 '형'이나 '선배'로 부르지 않았다. 어떤 계기로 그런 호칭을 사용하게 됐는지 정확한 기억은 없지만 순신은 어려서부터 윤복을 '사돈'이라고 불러 왔다.

"여그 브릿지 안에 구명조끼 있응께 갖다가 자네도 입고, 희오도 좀 입히소!"

브릿지 안의 외지인 3명은 구명조끼를 착용하고 있지만 브릿지 밖 위도인 3명은 구명조끼를 입지 않은 상태였다.

"나야 필요 없소만, 희오 야는 입히는 것이 좋을 것 같은디 … 희오야! 너 구명조낄 입을래?"

희오가 입기 싫다는 듯 고개를 흔들었다.

"사돈! 야도 구명조끼가 필요 없다고 허는디라우, 에이 걍 갑시다, 설마 문 일이 날랍디여!"

윤복은 순간적으로 고민에 고민을 거듭하다가 말문을 뗐다.

"저그 순신이! 파장금으로 기냥 갈랑가? 아니믄 임수도 근방을 쪼까 훑어보고 들어갈랑가?"

"임수도 근방서 무신 볼일이 있간디요?"

윤복은 말을 입안에서 뱅뱅 돌릴 뿐 밖으로 내뱉지 못했다. 등 뒤의 선미 우현에 앉아 있는 희오가 두 사람의 대화에 귀를 기울이고 있기 때문이었다. 윤복은 서해훼리호 침몰 현장에서 생존자 여러 명을 구한 바 있다. 다른 낚싯배들과 힘을 합해서 여러 구의 시신도 인양했다. 그런데 누나 춘심과 손주 동해의 얼굴을 보지 못했다. 물론 매제 임사공의 생사도 확인하지 못했다.

다른 낚싯배들이 구조한 생존자나 인양한 시신을 눈으로 직접 확인하고, 브릿지 안에 설치된 무전기로 수소문을 해봤지만 친족 3명의 행방을 찾지 못했다. 그렇지만 약 40분 전 격포항 선착장에서 희오가 춘심과 동해의 행방을 물었을 때 차마 이런 사실을 알려줄 수가 없었다. 조카인 희오가 큰 충격을 받을 것이란 판단 때문이었다.

"아니, 기자님! 위험헌디 어쩌 밖으로 나오시오?"

브릿지 안에서 기자 한 명이 카메라를 들고 밖으로 나왔다. 카메라 기자인 듯했다.

"헤헤! 까짓것 죽기야 하겠습니까?"

"갈수록 농울이 더 심헌께요. 어지간허믄 기냥 안에 들어가 지시는 것이 좋을 턴디 그러시네 잉!"

"감사합니다만 저도 직업이 직업인지라 어떨 땐 목숨을 걸고 촬영을 해야 될 때가 있거든요!"

카메라 기자는 무거운 방송용 카메라를 들고 기관실 앞 갑판 위까지 조심스럽게 걸어간 뒤 어깨 위에 카메라를 걸치고 촬영을 시작했다. 비틀거리면서도 넘어지지 않고 촬영을 하는 모습이 용할 정도였다.

임수도 너머의 인당수엔 해경의 경비정 한 척이 떠 있다. 고군산열도 쪽에서 헬리콥터 한 대가 나타났다. 헬리콥터의 목적지는 인당수나 위도의 관문인 파장금항 같았다. 인당수 해역엔 아직도 20여 척의 소형 어선들이 분주하게 움직이고 있었다. 실종자를 찾거나 인양을 하고 있는 모양이었다.

삼성호가 난바다에 들어선 뒤 벌써 여러 차례 삼각파도가 몰려왔다. 윤복은 그 삼각파도가 좌·우측 뱃전을 정면으로 때리는 상황을 만들지 않으려고 무던히 애를 썼다.

삼성호가 임수도 근해에 다다르자 윤복이 순신을 찾았다.

"어이, 순신이!"

"야, 어쩌 그러시오?"

"인자부텀은 정신을 바짝 챙겨서 주변을 쪼까 살펴보소 잉! 어쩌 믄 시체가 말여, 여그까지 떠밀렸는지 모링께 잉!"

"야, 알었구만요!"

윤복의 당부를 엿들은 희오도 바다 위를 예의주시했다. 삼성호가 임수도를 지날 때까지 바다 위에서 표류하고 있는 생존자나 실종자 는 보이지 않았다.

윤복이 브릿지 안 우측 벽면에 설치돼 있는 무전기의 스위치를 켰 다. 시끄러운 잡음 속에서도 위도의 소형 어선들끼리 교신을 하는 소리가 들렸다. 삼성호를 호출하는 소리도 무전기에서 흘러나왔다.

"삼성호, 어딧쏘? … 삼성호!"

윤복이 무전기의 수화기를 들었다.

"여그 삼성호! 만복호 나오소!"

"여그 만복호요! … 으따 성님, 으디여 시방?"

"격포엘 좀 댕겨 왔는디, 자넨 으딘가?"

"시방 여그 파장금인디요! 으따 성님, 선착장에 퍼놓은 시신들을 참말로 눈 뜨고는 못 보것습디다!"

"파장금 선착장으 시신이 몇 구나 있던가?"

"정확히는 모리것는디요, 아까 지가 거그 있을 땐 시신이 한 열대 여섯 구 정도 되던디요!"

"혹시 우리 집 식구들 못봤능가?"

"안 그리도 성님 말씀을 듣고 찾어봤는디라우, 대리 누님도 안 비고, 사공이 성님도 안 비던디, 다들 죽은 것 아닐꺼라우?"

윤복은 잠시 말을 잇지 못했다.

"만복호! … 쬐끄만 남자 아인 못봤능가?"

"야, 파장금 선착장엔 얼라들 시신은 읎던디요!"

교신을 끝낸 뒤 윤복은 흐르는 눈물을 오른손 손바닥으로 닦아냈다. 교신 내용을 옆에서 귀담아 듣고 있던 순신과 희오도 눈물을 훔쳤다.

"삼춘! 쩌그 저 형제섬 쪽에 뭐가 떠 있는데, 저게 뭐죠?"

윤복과 순신의 시선이 희오가 가리키고 있는 손가락 방향으로 돌려졌다. 검은 물체 하나가 떠다니고 있었다.

"사돈! 혹시 시신 아닐꺼라우?"

윤복은 시력이 좋지 않은 듯 눈을 잔뜩 찡그리고 그 물체를 유심히 살펴보았다. 액젓통 같기도 하고, 사람의 시체 같기도 했다.

윤복은 후다닥 창나무를 틀어 뱃머리를 좌측으로 돌렸다. 임수도를 지나 인당수 초입으로 들어서던 삼성호의 뱃머리는 딴치도 뒤편의 형제섬 쪽으로 향했다.

"아니, 저 X새끼들은 시방 문 지랄을 허고 있는 것여, 엉?"

순신이 서해훼리호 침몰 지점에 머물고 있는 해경의 경비정을 향해 퍼붓는 욕지거리였다.

"야, 이 씨부랄 새끼들아! 여그 기어 왔으믄 거그 있들 말고 이짝

저짝 쏘아 댕김서 시신을 찾어야 될 것 아녀, 엉!"

순신은 이렇게 욕지거리를 퍼부어 대지만 그저 대답 없는 공허한 메아리일 뿐이었다.

잠시 뒤 삼성호가 표류 중인 그 물체에 가까이 접근했다. 지근거리에서 살펴보니 그 물체는 분명 사람의 시신이었다. 브릿지 안에 있던 2명의 기자가 밖으로 나왔다. 바깥 상황이 긴박하게 돌아가자 앉아서 보고만 있을 수가 없었던 모양이다.

조심스럽게 기관실 앞 갑판 위로 이동하는 기자 2명이 착용하고 있는 구명조끼를 보고 이윤복은 창나무를 잡은 채 허리를 굽히고 브릿지 안을 들여다보았다. 바닥에 널려 있는 구명조끼 두 개를 챙기는데, 무전기에서 삼성호를 호출하는 소리가 흘러 나왔다.

"여그 현대호! 삼성호, 어딧쏘?"

"여그 삼성호! 동생 어쩌긍가?"

"성님! 여그 쬐깐헌 남자 애가 한 맹 있는디요. 혹시 야가 희오 아들 아닐랑가요?"

"키가 얼맨헌디?"

"쬐깐혀요. 많이 먹었어야 두세 살 쯤 먹은 것 같은디요!"

"그려? 글먼 갸가 살었능가, 죽었능가?"

"어따 성님! 이 난리통으 쬐깐헌 애기가 어찌기 살었것소! 폴쏘 죽었지!"

윤복은 할 말을 잃었다. 희오는 또 눈물을 쏟아내기 시작했다.

"현대호! 거가 으디쯤여?"

"성님! 여가요. 근께 식도 뒤 거북바우 짝인디요. 해경 경비정서 한 5백 미타쯤 떨어져 있고만요. 어찌기 헐꺼라우? 성님이 이짝으로 오실라요?"

삼성호가 식도 뒤편의 거북바위 쪽으로 가기 위해서는 뱃머리를 정반대 방향으로 돌려야 된다. 그 때문에 윤복의 머릿속은 복잡해졌다. 눈앞에 보이는 시신을 못 본 체 하고 곧 바로 그 쪽으로 가는 것이 옳은 일인지, 아니면 시신을 인양한 다음 그 쪽으로 가는 것이 좋을지 헷갈렸다.

"희오야! 넌 어떡허믄 좋겄냐?"

고심하고 있는 윤복을 대신해서 순신이 희오의 의향을 물었다.

"흐윽! … 흐윽!"

"울지만 말고 언넝 대답을 혀봐, 어여!"

"흐으윽!"

희오가 가타부타 말이 없자 순신이 윤복에게 제안을 했다.

"사돈! 글로 갑시다!"

"얼로 가자고?"

"어따 거북바우 짝으로 가장께요!"

"근디 고것이 참말로…."

윤복이 이렇게 말꼬리를 흐리자 마침 옆에 서 있던 카메라 기자가 끼어들었다.

"저기 선주님! 시신이 저렇게 떠다니고 있는데, 먼저 인양을 하셔야 되는 것 아닌가요?"

순신이 듣기에 카메라 기자의 간섭이 귀거칠었다. 그러다보니 가만히 듣고만 있을 수가 없었다.

"이것 보드라고요. 기자 양반! 댁이 먼디, 우덜더러 이래라 저래라 허는 것이여, 시방?"

"여러 선생님의 다급한 사정은 저도 이해가 갑니다만 그래도 저렇게 시신이 떠다니고 있는데, 그냥 지나치시는 건 도리가 아닌 듯해서요!"

"도리라우? 쩌그 저 갱비정이 한 대 떠 있는디 저 새끼들 허는 꼬라지가 갱찰된 도리를 다 허는 것이요? 오늘요. 가만 본께로 객선이 까랑진 뒤로다 생존잘 구허고, 사망잘 찾아가꼬 인양을 허는 건요 죄다 쬐깐헌 위도 어선들인디, 이 정도 혔으믄 여거 위도 사람들은 참말로 사람 도릴 다 헌 것 아니우?"

순신이 눈에 모를 세우고 따지자 카메라 기자는 입을 굳게 닫았다.

"삼춘! 저 시신을 인양허고 갑시다요!"

윤복은 희오의 제안을 기다렸다는 듯이 받아 들였다.

"그려, 그렇기 허자! 혹시 저 시신이 너그 오맨지, 사공이 이모분지, 아니믄 너그 아들인지 모린 게 몬자 저 시신을 인양혀야 쓰겄다!"

안색이 조금 밝아진 윤복은 무전기 수화기를 들었다.

"여그 삼성호! 현대호 어딧능가?"

"여그 현대호! 성님 후딱 말허시요!"

"난 시방 자네허고 반대 짝에 있는디, 좀 지둘려 주소!"

"어쩌서라우? 거그서 무신 급헌 볼일이라도 있소?"

"어이! 여그 시신 한 구가 있어서 후딱 인양을 허고 그짝으로 갈 텐게 그리 알소!"

"저기 성님! 그러믄 말요. 우리 밴 파장금으로 들어갈 텐께 그 짝으로 오실라우?"

"그러세! 현대호 몬자 파장금항으로 들어가소! 그라고 거 있잖은가, 고 쬐끄만 애기! 자네가 쫌 잘 채앵 챙 … 흐으윽! … 엉어어어!"

윤복은 하던 말을 채 마무리하지 못하고 울음을 터뜨렸다. 옆에서 귀를 기울이고 있던 희오는 머리를 얼싸쥐고 흐느꼈다. 잠시 뒤 삼성호가 시신이 떠 있는 지점에 도착했다. 출렁이는 너울을 타고 떠내려가고 있는 그 시신은 여성의 주검 같았다.

순신이 삼성호 선체 중간의 갑판 위에 납작 엎드렸다. 뱃전 하단의 수면 위로 오른팔을 쭉 뻗었다. 선체의 옆질과 뒷질이 심한 상황에서 그 시신을 붙잡는 것이 결코 쉬운 일이 아니었다. 결국 순신은 그 시신을 놓치고 말았다.

브릿지에서 창나무를 잡고 있는 이윤복이 고함을 쳤다.

"뱃머릴 다시 돌릴 텐게 웽간허믄 이번 참에 끝내버리세 잉!"

"야, 알었응께 다시 한번 혀봅시다!"

하지만 이순신은 두 번째 시도에서도 그 시신을 붙잡지 못했다.

"어이, 순신이! 열로 와서 자네가 요 창나물 좀 잡소!"

"야, 고게 낫것네요!"

순신과 윤복은 서로 역할을 바꾸었다. 순신은 브릿지 출입구 앞에 서서 창나무를 잡고 천천히 배를 몰았다. 윤복은 기관실 앞 갑판에 배를 깔고 엎드렸다.

표류 중인 한 여인의 시신이 윤복의 손에 잡힐 듯 말 듯한 지점에 다가왔다. 선체 우현 난간 너머로 팔을 길게 뻗은 윤복이 그 시신의 머리채를 어렵게 붙잡았다.

어느 틈엔가 윤복의 옆엔 희오가 무릎을 꿇고 앉아 있었다. 윤복이 그 시신의 머리채를 낚아채자 희오는 잽싸게 뱃전 아래로 팔을 뻗었다. 그의 오른손엔 시신의 왼쪽 팔목이 붙잡혔다.

이때 밀려 온 삼각파도가 선체 우현을 강하게 때렸다. 이순신의 조타 실력이 서툴러서 그랬는지 집채만한 삼각파도가 좌측 뱃전을 정면으로 친 모양이었다. '쿵!' 하는 굉음이 들리는가 싶더니 선체가 거의 우측으로 넘어갈 정도로 기우뚱했다.

"희오야…!"

희오가 바다에 빠지고 말았다. 그는 구명조끼를 입지 않은 터라 맨몸으로 높은 파도 위에서 허우적거렸다. 다행히 섬 출신이라인신 공양의 바다 인당수에서 한동안은 버틸 수 있을 것 같았다. 하지만 그는 빠른 조류에 휩쓸려 벌써 저만치 떠내려가고 있었다.

윤복이 오른손으로 붙잡고 있던 그 시신의 머리채를 놓고 허겁지겁 브릿지로 향했다. 순신이 잡고 있던 창나무를 빼앗아 뱃머리를 돌린 다음, 배의 속력을 한껏 끌어올렸다.

"희오야! … 희오야! … 겁먹지 말고 정신 바짝 챙겨야 된다 잉!"

황망한 안색의 순신이 손나발을 만들어서 대고 목이 터지라고 외쳤다. 높은 파도 속으로 희오가 빨려들어 갔다가 헤쳐 나오기를 반복하자 갑판 위에 서 있는 순신은 발을 동동거리며 외쳤다.

"희오야! … 희오야!"

윤복이 능수능란하게 배를 몰고 희오가 떠 있는 지점에 접근했다. 격렬하게 요동을 치고 있는 뱃머리 위엔 순신이 밧줄을 챙겨 들고 우뚝 서 있다. 선체의 뒷질이 매우 심할 때는 그가 뱃머리 너머의 바다 위로 풍덩 떨어질 것 같았다. 그런 위험을 감수하면서 그가 드디어 오른손에 들고 있던 밧줄을 바다 위로 던졌다. 그러나 안타깝게도 희오는 그 밧줄을 손으로 붙잡지 못했다.

다시 삼성호는 희오에게 접근을 시도했다. 이번에 순신은 기관실 출입구 옆에 상앗대를 들고 섰다. 순신이 바다 위로 내려뜨린 상앗대의 끝을 희오가 간신히 붙잡았다.

순신 혼자의 힘으로는 희오를 배 갑판 위로 끌어올리는 것이 힘들어 보였다. 다행히 그 광경을 지켜보고 있던 기자들이 달려들어 힘을 보탰다. 카메라 기자를 제외한 2명의 기자가 순신을 거들었다.

배 위에서 내려준 상앗대를 붙들고 인당수에서 간신히 빠져 나왔지만 조희오의 머리에서는 피가 뚝뚝 떨어졌다. 배 위로 올라오는 과정에서 요동치는 선체에 머리를 세게 부딪친 모양이었다.

희오가 인당수에 빠져 표류한 시간은 채 10분도 되지 않는다. 그런데 그 사이에 바닷물을 많이 마셨는지 희오는 여러 차례 구토를 했다. 얼굴이 창백해진 그는 오한에 몸을 덜덜 떨었다.

순신이 희오를 부축하고 브릿지 뒤편 선미로 이동했다. 브릿지 출입구 앞에는 낡은 이불이 놓여 있었다. 윤복이 브릿지 안에 있던 낡은 이불을 벌써 꺼내놓은 모양이었다. 이순신은 그 이불로 희오의 몸을 감쌌다. 하지만 옷이 젖은 상태라 이불을 머리꼭지까지 뒤집어써도 희오의 오한증은 누그러지지 않았다.

"사돈 언능 위도로 들어갑시다! 야가 여 추워서 죽을라고 안 허요!"

"그리야 쓰것는디….."

"어째 말꼬리를 흐리시오. 언넝 파장금으로 들어가잔 말이요!"

"쩌그 저 시신은 어찌기 허고?"

"아니 사돈! 시방 조카가 죽기 생겼는디, 대관절 어쩌자는 거요?"

"나도 미치고 환장허것네! 씨발 이런 X같은 상황에서 내가 어찌기 허는 것이 옳은 건지 참말로 판단이 안 서는디, 대체 어쩌면 좋것능가?"

"사돈! 우덜도요. 넘이사 죽던 말던 우리 살길만 찾자고요. 저 시신을 인양헌다고 밥이 나오요, 옷이 나오요? … 누나허고 매제허고 손지가 살았는지 죽었는지도 모르는 판국에 묻헌다고 그 낚시꾼들을 태우고 격폴 갔소? 씨발 우덜도요 넘들 생각헐 것 없이, 시상이 어찌기 돌아가든지, 이 X같은 나라가 망허든지 말든지 인자 신경 끄고 우덜 살길이나 찾읍시다! … 넘들도 다 그렇기들 사는디, 우덜이 머 잘났다고 도덕을 따지고, 양심을 따진단 말이오! … 어여 갑시다! 파장금으로 언능 가장께요. 일면식도 없는 저 시신이 얼로 떠내려가든지 우덜이 알 바 아닝께, 그만 냅싸두고 언능 파장금으로 가잔 말이요, 사돈! … 희오 야가 죽기 생것소, 시방! … 흐으윽!"

순신이 울부짖자 윤복의 눈에서도 눈물이 펑펑 쏟아졌다. 이불을 뒤집어 쓴 채 이빨을 딱딱 부딪치며 떨고 있는 조희오는 눈물을 머금고 있다.

그 옆에서 순신과 윤복의 실랑이를 지켜보고 있던 방송국 기자들의 눈에도 눈물이 가득 고였다. 그 가운데 카메라 기자의 눈물은 유난히 뜨겁게 느껴졌다.

"사돈! 언능 가장께라우! 오늘 참말로 조카 새끼까지 쥑일라고 이러요?"

"아무리 X같은 시상이라고 허지만 친조카를 죽으라고 내버려 둘 놈이 으디 있다고 이러능가?

"야, 물론 그러것지라우! 그런디 말여요. 친 작은애비라는 격포 조칠봉이 그 작자가 오늘 어쩐지 아시요? 우덜을 말여라우. 위도다 좀 실어다 주랑게 어쩐지 아냐고요? … 씨발! 지 조카새끼는 위도다 실어다 못줘도 돈 있는 새끼, 빽 있는 새끼들은 태우고 위도로 들 옵디다. 나도요. 그 작자가 작은애비뻘 되요만, 오늘부텀은 그 작자를 개새끼 취급을 허기로 혔소! … 씨발! 친 작은애비란 눔이 어찌기 그럴 수 있다요? … 엉어어! 어엉어어어…!"

순신이 오열을 하자 이윤복은 닭똥 같은 눈물을 뚝뚝 떨어뜨렸다.

"아니 사돈! 혹시 여그 이 냥반들 땜시 이러는 거요? 카메랄 들고 있는 이 방송국 기자 냥반들 땜시 이러냔 말이요? … 참 딱허요 잉! 기자들이요. 하도 뻘짓들을 많이 허다 본께 요새 시상 사람들이 기자를 기레기라 부른답디다. 기자들이 얼매나 미우믄 쓰레기에 비유헐꺼라우! 그렇지만요. 시방 이 냥반들도 눈물을 삼키고 있잖요. 이 냥반들도 사람이고 인간인디, 시방 우덜이 묻을 잘 허고, 묻을 잘 못허고 있는지 어째 모리것소? 격포서 목심을 걸고 나와가꼬 여그 인당수서 참말로 사람 도릴 헐라다가 이런 일을 당헌 것 아니우? 이 냥반들도 눈 딱 감어 줄 텐께 언능 파장금으로 들어가잔 말이오!"

이렇게 순신과 윤복이 서로 받고채기로 벌이고 있는 실랑이가 길어질 조짐을 보이자 옆에서 지켜보고 있던 기자 한 명이 개입하고 나섰다. 세 명 중 책임자급인 금테 안경의 기자였다.

"저기 선장님! 얼른 파장금항으로 가시죠!"

이순신과 이윤복이 '당신이 뭔데?' 하는 눈빛으로 그를 노려보았다.

"아까 그 여자분 시신은 인양을 안 해도 되는데요. 바다를 한번 쭈욱 둘러 보십시요! 그 시신이 어디로 갔는지 지금 제 눈엔 보이지 않습니다."

순신과 윤복은 삼성호의 선수인 이물 쪽과 선미인 고물 쪽, 그리고 좌·우현 너머의 바다를 살펴보았다. 그런데 정말로 그 시신은 오간 데가 없었다.

바다에 빠진 희오를 구하는 사이, 그 시신이 인당수의 거친 파도 위에서 사라져버렸다. 수면 아래로 가라앉은 것인지, 아니면 삼각 파도에 실려 멀리 떠내려갔는지, 신기하게도 눈에 보이지 않았다. 참으로 귀신이 곡할 노릇이었다.

시신이 사라지고, 금테 안경의 기자가 이순신의 주장을 거들자 윤복은 키의 방향을 조절하는 창나무를 우측으로 확 틀었다. 삼성호의 뱃머리가 파장금항 쪽으로 급히 돌려졌다.

인당수의 사나운 물너울이 다시 또 삼성호를 집어삼킬 듯이 달려들었다. 강한 돌풍을 동반한 삼각파도가 흰 물거품을 휘날리며 간간히 밀려와서 뱃전을 강타했다. 그럴 때마다 브릿지 뒤편 선미에 서 있는 기자들의 얼굴빛은 누렇게 변하는 것 같았다. 혹시 삼성호가 침몰할지도 모른다는 불안감에 사로잡힌 듯했다.

그렇지만 쏜살같이 인당수의 거친 물길을 헤치고 나가는 삼성호의 창나무를 잡고 있는 윤복의 눈빛은 독기가 오른 맹수처럼 번쩍 빛이 나기도 했다. 삼각파도에 배가 뒤집혀도 상관이 없다는 눈빛이 역력했다. 죽음의 바다에서 간신히 빠져 나와 덜덜 떨고 있는 조카 조희오를 살리기 위해서는 1분 1초라도 빨리 파장금항으로 들어가야 된다는 절박함 때문인 듯했다.

마치 곡예를 하듯 과속으로 인당수의 거센 물마루를 넘고 있는 삼성호의 브릿지 안에는 희오와 순신이 앉아 있다. 강한 바닷바람을 조금이라도 피해 보려고 브릿지 안에 들어가 있다.

순신은 아직도 희오의 머리에서 뚝뚝 떨어지고 있는 붉은 피를 화장지로 연신 닦아냈다. 브릿지 안에서 밖으로 터져 나오는 조희오의 기침 소리엔 쇳소리가 섞여 있는 듯했다.

서해훼리호 침몰 지점에 닻을 내리고 있는 해경 경비정 주변에는 여러 척의 소형 어선들이 떠있다. 멀리서 다가오고 있는 대형 선박

들이 몇 척 있는데, 해경 경비정과 해군 함정인 듯했다.

침몰한 서해훼리호 선체에서 빠져 나온 듯한 잡동사니가 인당수 여기저기에 떠다니고 있다. 액젓통과 낚시용 아이스박스, 술병과 옷가지 등 잡다한 부유물 속에서는 어린아이의 젖병도 눈에 띄었다.

20여 분 뒤, 삼성호는 파장금항 방파제 안으로 들어섰다. 파장금항 우측에 위치한 선착장 근처엔 수십 척의 소형 어선들이 정박해 있다. 선착장 위에는 많은 사람들이 모여 있다. 그 수는 어림잡아 대략 3백 명쯤 되는 것 같았다.

선착장에 접안한 현대호 갑판 위에는 여러 명의 사람들이 서 있다. 갑판 위의 시신을 선착장 위로 옮기는 모양이었다.

삼성호의 뱃머리는 파장금항 좌측의 부둣가를 향하고 있다. 선착장이 있는 파장금항 우측의 부둣가는 여염집이 한 채도 없어 휑뎅그렁한 반면, 좌측의 부둣가는 여염집은 물론이고 상가와 음식점도 몰려 있다. 이 때문에 이윤복은 삼성호를 파장금항 좌측으로 몰고 있는 것 같았다. 무엇보다 희오의 오한증을 가급적 빨리 누그러뜨릴 수 있는 장소를 찾는 것이 급선무였기 때문이다.

삼성호의 선체 앞머리가 2층짜리 양옥 건물인 동굴여관 앞 부둣가에 닿았다. 뱃머리가 부둣가에 닿자마자 브릿지 안에서 먼저 순신이 밖으로 나왔다. 이불을 뒤집어 쓴 희오가 그 뒤를 따라 나왔다.

순신은 희오를 부축해서 하선했다. 그런 다음 지체하지 않고 동굴여관으로 들어갔다. 방송국 기자들도 그 뒤를 따라서 부두로 내렸다.

동굴여관의 1층은 식당이다. 2층은 숙박시설인데, 마당에서 풋것을 손질하고 있던 오세팔의 처 최지미가 순신과 희오를 맞았다. 이불을 뒤집어 쓴 희오를 보고 깜짝 놀란 표정이었다.

"지수씨! 세팔이 으딧소?"

"글씨 쩌그 저 대웅이 삼춘네 탈각장에 갔는디요. 근디 이 총각은 대리 희진이 삼춘 동생 아니우?"

"야, 막내 동생 희온디요. 총각은 아니고 결혼을 헌 애 아빠디, 언능 보일라 좀 켜서 따순 온수 좀 쓰게 혀주시오."

"고것이 머 어렵겄소만, 대체 이 삼춘은 어쩌서 이런다우?"

"격포서 나오다가요. 임수도 근처서 시신을 인양허다가 물속에 빠져까꼬 이렇기 됐는디, 야가 시방 추와서 죽을라고 헌께 언능 따순 물 좀 뜨끈뜨끈허게 데펴 주시오!"

세팔의 처 지미는 상황의 다급함을 인지했는지 하던 일을 멈추고 2층으로 통하는 계단을 뛰어 올랐다. 이순신은 조희오를 부축해서 천천히 그 계단을 올라갔다.

계단을 타고 오른 2층의 첫 번째 객실이 201호였다. 출입문이 열려 있는 그 안에서는 최지미가 이부자리를 펴고 있었다. 손끝이 여물기로 순신의 친구들 사이에 소문이 자자한 그미가 벌써 보일러의 스위치를 켠 모양이었다.

"지수씨! 고맙소!"

"벨말씀을요. 더 필요한 것 있으믄 부담 갖지 말고 말씸 허시오잉!"

"야, 참말로 고맙소, 지수씨!"

미지가 객실에서 나가자 희오는 급히 뒤집어쓰고 있던 이불을 벗었다. 알몸이었다.

순신은 욕실로 들어가서 온수가 잘 나오는지 확인했다.

"희오야! 여거 따순물 나온께 언능 들어와서 샤월 좀 히봐라."

욕실로 들어선 조희오는 샤워를 하기 시작했다. 온수가 몸에 닿자 희오의 오한증은 많이 누그러진 듯했다.

"욕좃물을 콸콸 틀어 놨응께 샤워 끝나믄 여거 들어가서 몸을 푹 담궈라 잉!"

이렇게 당부를 한 뒤 순신은 욕실 밖으로 나왔다.

"후유…!"

순신이 안도의 한숨을 길게 내뱉었다. 그가 안도의 숨을 내쉴 수 있는 것은 욕실에 들어간 뒤 희오의 움직임이 크게 달라졌기 때문이었다. 욕조에 몸을 푹 담그고 있던 희오가 방으로 나온 것은 그 후 한 시간쯤 지난 뒤였다.

"형님! 정말 고맙습니다!"

"그려! 언능 그 옷 입어라!"

"아니 이 옷들은 어디서 구한 거죠?"

"어! 겉옷은 여그 동굴여관 세팔이 옷이고, 속옷은 장선종이네 만물상회서 사왔다."

욕실에서 나온 희오는 먼저 수건을 챙겨 몸을 닦았다. 그런 다음 탁자 위에 있는 속옷과 겉옷을 차례로 챙겨 입었다.

희오가 정상을 되찾자 순신은 한없이 기뻤다. 앞으로 넘어가야 될 산은 첩첩산중이겠지만 인당수에 빠진 조희오가 멀쩡하기에 이순신은 일단 잃었던 활력을 되찾을 수 있게 되었다.

"약도 좀 사 올라고 힜다만 살디가 없어가꼬 그냥 왔는디, 머린 좀 어떠냐?"

"피는 멎었구요. 아프지도 않네요!"

"그려? 참 다행이네! 암튼 간에 인자 괜찮은 거지 너?"

"네, 괜찮습니다!"

"참말로 괜찮냐고 임마?"

"헤헤, 아직 제가 젊잖아요!"

희오의 입가에 살짝 비친 미소를 보고 순신은 불끈 기운이 솟았다.

"글먼 어여 가자!"

"어딜요?"

"탈각장에 가보자고!"

"탈각장이 뭐 하는 곳인데요?"

"거 있잖어. 박대웅이라고!"

"아, 그 개깃배 허는 대웅이 형님요!"

"그려, 갸가 거 키조개 껍딱을 까는 작업장을 갖고 있는디 거글 탈각장이라고 허던디, 언능 글로 가보자고!"

위도에서는 키조개를 '개지'라고 부른다. 서해안의 대표적인 키조개 서식지가 있는 위도엔 잠수부들을 싣고 바다에 나가서 키조개를 채취하는 일명 '개깃배'를 운영하는 선주들이 적지 않다. 그 개깃배들의 주요 정박지가 바로 파장금항이다.

바다에서 캐온 키조개의 조갯살 중 상품 가치가 있는 것은 폐각근(閉殼筋)이라고도 하는 조개관자다. 키조개의 껍데기를 닫기 위한 한 쌍의 근육인 이 조개관자를 따로 떼어내는 작업장을 위도에서는 '탈각장'이라고 칭한다.

"그럼 형님도 그 탈각장엘 다녀오셨나요?"

"어! 잠시 들렀다 왔는디, 참말로 눈 뜨고는 못보겄드라! 씨발 인양헌 시신들 수십 구를 얼굴도 안 가리고 쭉 뉘여 놨는디, 눈물이 앞을 가려가꼬 도저히 쳐다 볼 수가 읎더라고!"

"희진이 형님도 거그 계시던가요?"

"으디 너그 성 희진이 뿐이냐, 희진이 처, 벌금 너그 이모! 외숙모! 다들 거기 있던디, 허유!"

순신이 말을 다 잇지 못하고 한숨을 내뱉었다. 희오의 눈에는 다시 눈물이 고이기 시작했다. 잠시 잊었던 슬픔이 엄습한 모양이었다.

"사공이 이모부도 돌아가신 건가요?"

"아 살었으믄 폴쏘 파장금으로 실려 왔겄지! 근디 아직까장 실종된 상태잖여! 그러다 본께 탈각장 앞서서 너그 순녀 이모도 땅을 치며 통곡을 허던디, 어이구 씨부랄, 하루아침에 과부가 되기 생겼으니 앞으로 이 일을 어쩌믄 좋다냐!"

"승무원 중에 살아남은 양반은 한 분도 없나 보죠?"

"그런가벼, 너그 이모를 포함혀서 승무원 가족들도 거진 다 나와가꼬 시방 탈각장 앞서서 울고 있던디, 암만혀도 다 돌아가셨것지!"

파장금 만물상회 주인인 장선종은 순신의 후배고, 동굴여관 주인인 세팔은 순신의 친구다. 순신은 선종과 세팔한테 들었다며 서해훼리호 침몰 이후의 상황을 간추려서 희오에게 전해 주었다.

순신이 들려 준 첫 번째 이야기는 '살 사람은 어떻게든 사는 것 같다'는 내용이었다.

현재 파장금항에는 적지 않은 외지인들이 머물고 있다. 그들은 대부분 오늘 아침 선착장에서 서해훼리호를 타지 못한 사람들이다. 그 가운데는 어젯밤 술을 너무 많이 마셔서 탈이 난 사람도 있고, 갑자기 몸이 아팠던 사람도 있다. 그런가 하면 여객선을 타려고 선착장에 나왔지만 정원이 초과돼 승선을 하지 못한 사람도 있다. 아무튼 이런저런 사연으로 오늘 아침 서해훼리호에 승선하지 못한 사람들은 참사를 모면했다. 분명 천운이 있는 사람들이었다.

오늘 아침 여객선에 승선을 하지 못한 위도 주민도 적지 않다. 승선을 하지 못한 개인적 사정은 각양각색이었지만 그들 역시 천운을 타고난 사람들이 아닐 수 없었다. 아무래도 오늘 서해훼리호를 타고 위도에서 격포로 나가다가 변을 당한 실종자나 사망자는 발떠쿠나 날떠쿠가 매우 사나운 사람들이 틀림없어 보인다.

이순신이 조희오에게 전해 준 두 번째 얘기는 서해훼리호 침몰 직후의 생존자 구조와 시신 인양작업에 관한 내용이었다.

서해훼리호가 침몰하는 광경을 처음 목격한 배는 벌금리 낚싯배인 만길호였다. 6톤급 어선인 만길호 선주 양만길은 파장금항 뒤편에서 낚시꾼들의 바다낚시를 돕던 중 우연히 서해훼리호가 침몰하는 광경을 목격하게 되었다.

만길은 낚시꾼들에게 부탁을 해서 낚시질을 접게 한 뒤, 무전기를 통해 위도의 어선들에게 참사 소식을 알렸다. 그런 다음 배를 타고 파장금항으로 들어와서 순녀식당의 바깥주인인 백남봉에게 그 소식을 전했다.

또한 위도에 단 하나뿐인 공영버스를 운영하고 있는 강 기사에게 이 사실을 알렸다. 강 기사는 이 비보를 군산해양경찰서 소속인 파장금항 어선신고소에 신고했다. 이렇게 해서 서해훼리호 참사 소식은 관공서에 공식 접수 됐다.

해경이 접수한 사고 소식은 멀리는 서울의 청와대에 보고됐고, 가까이는 위도면의 여러 마을에 통보됐다. 이장과 어촌계장 등 각 마을의 공동체를 이끌어가는 사람들이 마을회관의 방송 시스템을 통해 참사 소식을 주민들에게 알렸다. 집안에 머물고 있거나 바깥에 나가서 일을 하던 중에 이 소식을 접한 어선의 선장이나 선주들은 배를 몰고 거친 바다로 나섰다.

오늘 생존자 구조작업에 나선 위도의 소형 어선들은 대부분 5~15톤급의 소형 어선으로 모두 40여 척이었다. 구조 요청을 받고 득달같이 달려 온 어선들이 사고 지점에 당도한 시간은 사고 발생 후 약 20분에서 1시간 사이였다.

해경 경비정이나 헬리콥터 등이 참사 현장에 당도하기 전 아비규환의 아수라장인 인당수에서 위도의 어선들이 구조한 생존자는 무려 69명이었다. 오늘 생존자가 총 70명이니 단 한 명을 제외한 생존자 모두를 위도의 어선들이 구한 셈이다. 물론 인양한 시신도 수십 구에 이르니, 삼각파도 위에서 목숨을 걸고 펼친 위도 어부들의 구조활동은 우리나라 해운역사에 길이 남을 법했다.

이렇게 큰 공을 세운 위도의 어선들 중에서도 가장 큰 박수를 받을 만한 어선은 단연 종국호였다. 10톤급 어선인 종국호는 낚시꾼 10명과 선원 1명을 태우고 파장금항 뒤편의 든바다에서 낚시를 하고 있었다. 서해훼리호가 침몰됐다는 소식을 무전기를 통해 알게 된 종국호는 빠른 속도로 사고 현장으로 달려갔다.

낚시꾼들은 종국호가 사고 현장으로 출동하는 것을 반대했다. "파도가 위험하다! 잘못하면 우리도 죽는다!"며 파장금항으로 회항하자고 따지고 들었다. 그러나 종국호 선주 이변우는 낚시꾼들의 말을 듣지 않았다.

올해 나이 마흔세 살인 선장 변우는 사고 현장에 맨 먼저 도착했다. 거센 풍랑에 배가 심하게 흔들리면서 배안에 물이 차올라 하마터면 갑판 위까지 바닷물이 벌창이 될 뻔했지만 변우는 생존자 구조작업을 멈추지 않았다. 배에 타고 있던 낚시꾼들도 끝내는 팔을 걷어붙이고 나서서 생존자 구조작업을 도왔다.

종국호의 생존자 구조작업엔 밧줄이 사용됐다. 바다 속에서 허우적거리고 있는 생존자의 겨드랑이를 밧줄로 묶어 갑판 위로 끌어올리는 방법이었다. 종국호는 생존자를 한 사람이라도 더 살려 내려고 필사적인 구조활동을 펼쳤다. 1시간 남짓 지난 뒤 구조된 생존자들이 갑판 위에 가득 차자 이변우는 눈물을 머금고 구조활동을 중단하고 뱃머리를 파장금항으로 돌릴 수밖에 없었다. 생존자들을 바다에 그대로 남겨 둔 채로 말이다. 그 사이 한 척 두 척씩 현장에 도착한 위도의 소형 어선들이 구조작업에 나서 생존자 23명을 추가로 구조했다. 바다에 떠 있는 시신도 40여 구나 인양했다.

순신이 전해 준 이야기 속엔 친인척 수십 명이 변을 당해 줄초상이 나게 생겼다는 서글픈 사연도 포함돼 있었다.

식도리의 B씨 집안에서는 어젯밤에 어머니 탈상을 했다. 그래서 육지에서 자식들을 포함한 친인척 36명이 제사를 모시기 위해서 어제 오후 서해훼리호를 타고 위도로 들어왔다. 그런데 오늘 아침 육지로 나가다가 거의 모두 실종된 상태다.

일가족 수십 명의 실종 소식을 접하자 희오의 눈두덩이 다시 또 벌겋게 부어오르기 시작했다. 그 B씨 집안에 비해 수적으로는 적지만 자기네 집안도 지금 줄초상을 당할 수 있는 처지였기 때문이었다. 어머니와 아들, 그리고 친 이모부의 생사를 확인하지 못하고 있으니 조희오네 집안에서도 줄초상을 피할 수 없는 상황에 직면하고 말았다.

희오가 순신를 따라 동굴여관 대문을 나선 것은 오후 4시쯤이었다. 만물상회와 파장금항 어선신고소를 지나 여객선 선착장 근처에 있는 탈각장 앞에 도착하자 수백 명의 무리 중에서 대성통곡을 하고 있는 낯익은 목소리가 희오의 귀청을 때렸다.

"희오야! … 희오야! … 엉어어어! … 앙어어어!"

여객선 승무원인 임사공의 처이자 희오의 친 이모인 이춘녀였다.

"이모! … 엉어어어! … 이모…! 흐으윽! … 엉어어어!"

춘녀를 안고 희오도 대성통곡을 했다. 그 옆에 서 있던 희오의 큰형 조희진과 그의 처, 신궁자와 그미의 남편, 그리고 윤복과 그의 처 박양란도 그 옆에 서서 오열했다.

한참 뒤 희오는 순신을 따라 탈각장 안으로 들어갔다. 30여 평쯤 되는 탈각장 바닥엔 40여 구의 시신들이 'ㄷ'자 형태로 누워 있었다. 하나같이 편히들 잠을 자고 있는 것 같았다. 익사자들의 입 주변에서 흔히 볼 수 있는 하얀 거품도 없었다.

희오는 한 구 한 구 시신의 얼굴을 살펴보았다. 그 가운데는 잘 알고 있는 지인의 시신도 몇 구 있었다.

희오의 눈을 번쩍 뜨게 하는 시신도 있었다. 두세 살쯤 돼 보이는 사내아이의 시신이었다. 현대호가 무전기를 통해 삼성호에 알려 주었던 바로 그 사내아이의 시신 같았다.

"흐으윽! … 흐으윽!"

희오는 눈물을 하염없이 쏟아냈다. 아들 동해는 아니었지만 그 아이의 얼굴에 동해의 얼굴이 겹쳐져서 그는 쏟아져 나오는 눈물을 감당할 수가 없었다. 눈에 밟히는 동해의 얼굴에 어머니 이춘심의 얼굴까지 포개져 그는 한참 동안을 그 사내아이의 시신 앞에 걸음을 멈추고 엉엉 울었다.

약 10분 뒤, 수십 명이 동시에 울부짖는 대성통곡이 시작되면서 한 구의 시신이 탈각장 안으로 들어왔다. 그 시신은 위도 사람으로 다름 아닌 딴치도 주민 고창댁이었다.

"엄마! … 장모님! … 형수님 !… 숙모! … 제수씨! … 엉어어어…!"

고창댁의 시신을 따라서 탈각장 안으로 들어오는 사람들이 반복적으로 외치는 호칭은 조금씩 달랐다.

하지만 대부분 그 시신과 깊은 인연을 맺고 있는 사람들이었다. 그 사람들 중에는 혈족도 많지만 같은 동네 주민들은 물론이고 다른 동네의 주민들도 적지 않았다.

위도는 섬이라는 지형적 특성상 핏줄이 얽히고설켜 있다. 그러다 보니 오늘 서해훼리호 참사로 희생을 당한 사망자나 실종자는 상당수가 얼키설키 인척 관계를 맺고 있다. 사정이 이렇기에 서해훼리호 참사가 발생한 오늘 위도는 섬 전체가 초상집이나 다름없는 죽음의 섬, 통곡의 섬이 되고 말았다.